献给大兴安岭和她的守护者!

大兴安岭深处

纪红建 著

湖南人民出版社·长沙

目 录

序景
阿巴河畔不眠的倾听
001

第一景
是孤岛，也是家园
021

面对这片土地，心中只有虔诚与敬畏　021
古老的传说　027
犹如奔腾不息的额尔古纳河　039
疙瘩汤　076
写进生命　084
说到老班长，他突然眼眶湿润　088
故事是大家共同书写的，奇乾谁都有故事　099
选择、期盼、承诺和坚守　108

第二景
大兴安岭的眼睛
118

跟随这缕阳光,可以看到他的心灵世界　118
大兴安岭的眼睛　128
抢救一棵树　133
关于意义与光荣　144
让我的灵魂和精神随你而去　149

第三景
心灵的呼唤
156

一位列车长的大兴安岭之旅　156

假如没有文学,我的生活该会怎样　163

放弃与选择　170

成全和支持　174

寂寞而又坚强　183

我性格内向,但对生活充满向往　197

这不是简单的重复　202

寻找价值　214

孤勇者　220

第四景

我从奇乾来

229

我从奇乾来   229

最大收获   234

时常梦见   243

打开思绪，满脑子大兴安岭的场景   249

菜窖、樟子松、绿屏"战"道和文化展厅   255

一个温暖的童话世界   261

尾声
浩 瀚
270

致 谢
279

序景

阿巴河畔不眠的倾听

一

大兴安岭的夜,宁静纯美。

看不到任何人为的光线。

风吹林海的阵阵"涛声",阿巴河潺潺远去的流水声,偶尔树枝"咔嚓"的折断声,还有细微的虫鸣声……

这种宁静,这种纯美,令初次踏入这片土地的我沉醉不已。

"汪汪!"

"汪汪!"

…………

深夜十一点多,营区前突然传来一阵狗叫声,荡漾在茫茫夜色中。

最开始只有一条，后来又有其他同伴加入。两条，三条，四条，或者五条。它们边叫边跑，边跑边叫，越叫越勇，越叫越凶……

在奇乾中队的第一个夜晚注定无眠。

这是2021年7月下旬的一个晚上。我是头一天从长沙乘飞机到达海拉尔的。第二天一大早，在内蒙古自治区森林消防总队大兴安岭支队宣传科相关负责同志的带领下，我爬上越野车，赶往奇乾。近10个小时的行驶中，我们一直穿行在茫茫的绿色海洋。一路上，我感受到大兴安岭的多彩绚丽、浩瀚广阔，也感受到这里忽晴忽雨的独特的小气候。奇乾是内蒙古自治区呼伦贝尔市额尔古纳市下辖乡，地处额尔古纳河畔，大兴安岭北部原始森林腹地；而隶属于大兴安岭支队莫尔道嘎大队的奇乾中队，不仅身处祖国北部边疆最前沿，还守护着我国95万公顷唯一集中连片的未开发原始林区。

当我们穿过茫茫密林到达中队时，已是傍晚。苍茫的暮色，渐渐隐没了远处的山峦。红色屋顶、白色墙面的营房呈凹字形嵌在森林深处，食堂的烟囱冒着炊烟，眼前的一切是那么整齐、干净，让人顿生好感。几条黄的、黑的大大小小的狗，飞快地跑了过来，热情地摇着尾巴。

晚饭后，中队指导员王德朋带我参观中队荣誉室。王德朋是个90后，戴着眼镜，帅气而又斯文。来自呼伦贝尔扎兰屯市的他，2008年考上北京林业大学的国防生，毕业后他选择了大兴安岭。在库都尔大队待了四五年后，他回到北京林业大学继续攻读硕士研究生。研究生毕业后，他又毫不犹豫地投入大兴安岭的怀抱，并义无反顾地来到奇乾中队。不少同学和朋友说他傻，读完研究生明明有机会走出大山，他却在大兴安岭越走越远、越走越深。

荣誉室不大，但我却感受到它的厚重与分量。王指导员说，每年新队员下队，中队都要利用参观荣誉室的时机开展队史教育，用创业的艰辛历程、用一块块沉甸甸的奖牌激励他们扎根林海腹地，用一茬茬奇乾人几十年来积淀形成的奇乾精神感召他们、熏陶他们。中队不仅责任和使命重大，而且历史悠久。大兴安岭是祖国北疆的"绿色长城"，不仅抵御着西伯利亚寒流和蒙古高原的旱风，还是巩固东北平原的天然屏障，守护着"中国大粮仓"松嫩平原的粮食生产安全，生态价值特殊而重要。奇乾中队守护的这95万公顷原始林区，地处大兴安岭的北部，是欧亚泰加林带东西伯利亚泰加林在我国境内唯一延伸部分。如果按中队人数平均算下来，每个人的防火区有两万多个足球场那么大。概括起来说，奇乾中队有三个显著特点。其一，地处边境线旁。中队驻地离中俄边境只有2.5公里，这对广大指战员忠诚度的考验直接而严峻。其二，地处冷极线上。中队驻地位于祖国版图鸡冠处，年平均气温零下3摄氏度，最低气温历史纪录达零下53摄氏度，全年无霜期平均只有82天，冬季长达9个月。其三，地处林海腹地。在整个大兴安岭消防支队，奇乾中队防区最大、任务最重、年平均参加打火次数最多。中队于1963年4月成立，自从成立之日到今天，在大兴安岭守护了大约二万二千个日夜。可以说，在这里，队员常年与大山为伍、与密林为伴、与寂寞抗争。离这里最近的乡镇是莫尔道嘎镇，距离中队驻地有 150 多公里；这里一年有 6 个月大雪封山，白雪皑皑；中队驻地人迹罕至，不通常电，不通邮政。

　　冬天挑战的是生存极限，夏天则考验着打火水平。什么是打火？其实就是灭火、扑火，但队员们都习惯叫打火，叫起来更加亲切，更加带劲。大兴安岭的夏天虽然很短，却是火灾的高发期。主要是雷击火，人为火极少。特别是 6 月到 8 月，是干雷暴高发期。北部林区特殊的地理位置、地质构造和气候环境，极易引发干雷暴。加上这里到处是油脂含量高的松树，一旦发生干雷暴，就有可能引发森林火灾，且易燃难扑。有一天，北部林区打雷多达一千多次，可能是有记录以来最多的一天。前几天，驻地打雷了，一个小时里扎扎实实打了 40 分钟的雷，是雷暴，电闪雷鸣的。只要听到雷声，队员们心里就会担忧，就会警惕起来，做好打火的一切准备。打雷下雨还算好，电闪雷鸣伴随着降雨，且降雨量达到一定强度后，打雷引发的火灾可能就会自动熄灭。怕就怕干雷暴。要是干雷暴，或者雨量太小不能熄灭火源，火源就会蔓延成灾。这里山高林密、灌木丛生，在外人看来是那么神秘与奇妙，但却是打火难度极大的地区。

　　"打火一定很危险吧？！"我说。

　　王指导员平静地说，和平年代，打火就是"战争"。"我们手里虽然不拿枪，但是拿着打火用的风机。风机上的风筒就是我们的枪。拿着它上火场，感觉就像上战场打仗。打火是森林消防队伍存在的意义，虽然我们是那么渴望没有火灾。"

　　林火分为树冠火、地表火和地下火。其中以树冠火的扩散最为迅猛。火在树冠上燃烧，火头往往有十几米高，借着风势，从一棵树烧到另一棵树，在林子里肆无忌惮地游荡。队员们抵达火场后就立即开始打火吗？不是的。风大、温度高的时候，火势最猛，这时候一般不直接打火，因为火势难控制，危险性很大。怎么办？指挥员马上勘察地形和天气，预测过火面积，确定隔离带的建立位置。队员们则根据指令，砍倒林木，挖壕沟，打出隔离带，把大火控制在一定范围内。啥时候向"火魔"进攻呢？往往在风力变小、气温下降时开始。老队员组成尖刀班，冲在前面，背着风力灭火机打火头，年轻队员则跟在后面清理余火。打火时最痛苦的是缺水。长时间靠近烈火，会造成人体水分加快流失。有经验的老队员格外珍惜带的水，无论多渴，每次都只抿一小口。一些年轻队员没经验，还在前往火场的路上，就喝完了自带的水。有经验的班长会给年轻队员支招：用刀划开桦树皮，插入一根木棍，引出水分，用瓶子接住。个把小时后，就能接三四厘米深的桦树汁。大家分了，每人抿一口。但只是杯水车薪，要解决这个问题，必须派队员寻找水源。在火场，"扣头"是最动听的一个词。"扣头"的意思是分布在不同火线的队伍实现碰面，这意味着队伍完成了对火线的合围，火势得到了控制。火场上能见度不高，打火的队伍也不知道什么时候能够实现"扣头"。只有观察整体火情的后方能察明一切。他们会通过对讲机告诉火线上的指挥员：某某中队注意，前方多少米是某某中队，马上实现"扣头"！这声音传来时，大家就知道，终于能从火的地狱回到温暖的人间了。

夏天不仅干雷暴频发，还蚊虫肆虐。最常见，也最可恶的是草爬子。这家伙个头只有芝麻那么大，呈椭圆形，没吸血时腹背扁平，背面稍隆起。你别看它小样儿不咋地，名字却有好几个，学名叫硬蜱，别名叫扁虱、壁虱，俗称草爬子，是寄螨目、蜱总科。这小家伙不仅名字多，能量更是大得很。它是嗜血的寄生虫，专叮比它大得多的"庞然大物"。吸血前，它比蚊子还小，吸血后能变成赤豆一般大。要是被它叮咬，它会将头钻到皮肤里，不断地吸血。如果发现及时，还能够将头一起拔出；待它变得赤豆那么大了，就不好拔了，很有可能头会留在体内。其实被吸点血不算什么，可怕的是这可恶的家伙在吸血的同时会分泌毒素，有可能导致被叮咬的人出现高热、呕吐、昏迷、关节疼痛等现象，严重时甚至威胁生命。要是这家伙的头留在了体内怎么办？得赶紧把它弄出来，不能让毒素留在体内，更不能让其扩散。奇乾中队的队员们几乎都有被草爬子咬过的经历，但他们不怕。为什么？因为他们一到大兴安岭，就会打森林脑炎疫苗。再说每当7月底8月初时，草爬子就会长上翅膀飞走，不再咬人。森林里还有蚊子、小咬和瞎蠓，虽然它们不像草爬子那样有毒，但更令人讨厌、烦躁。早晚蚊子和小咬跟着叮，中午瞎蠓跟着叮。瞎蠓飞得快，就连训练跑步，它都能紧追不舍。蚊子咬了鼓个包，几个小时就消掉了；小咬咬了鼓个包，要三四天才能消掉；瞎蠓咬了会肿得像拳头一样大，要一个星期左右才能消掉。外出打火时，队员们都是全副武装，使它们没有可乘之机。外出干活时，队员们都会想办法把头和面部罩住。但站岗和晚点名时，还真是不可避免被咬，只能靠自己的意志力扛下来。一班岗下来，能拍死上百只瞎蠓。晚点名时，队员们站着标准的军姿，一动不动。这时，能听到蚊子"嗡嗡"飞来的声音，然后落在他们脸上，清晰地感觉到被吸血的过程。

……

季夏的大兴安岭，晚间有了丝丝凉意。毫无睡意的我，披上外套，走出接待室，向营区大门走去。

中队营区地处阿巴河"几"字形的河谷处，坐北朝南，三面环水。营区大门朝南而开。阿巴河呢，继续往西蜿蜒前行四五里后，注入额尔古纳河，奔向辽阔的呼伦贝尔大草原。

刚才激烈而凶猛的狗叫声渐渐平息下来，很快恢复了之前的宁静。

"老师好！"

快到大门口时，哨岗的一个消防员站着挺拔的军姿，向我敬了一个标准的军礼。我也习惯性地回了一个军礼。我曾在北方当兵十二年，离开部队已有十二年了，但很多在部队养成的习惯可能今生都无法改变。

"老师也当过兵？"

我微笑着点头。

"我们是战友！"

他又回敬了个军礼。

他叫高凯凯，是中队战斗一班班长，来自古城西安。

高凯凯说，他是2012年12月入伍的，是最后一批冬季入伍兵。新兵一下连，就来到了奇乾中队。一开始，有些战友不想来，主要是这里太偏太远,还有半年的时间大雪封山,几乎是与世隔绝。但随着时间的流逝,这里洁白的冰雪世界、浩瀚的绿色海洋,让新兵们的心渐渐沉寂下来。这里不仅成了他们生活和工作的家园,也成了他们心灵的家园,他们都不想离开这里。每到老兵退伍季,大家总是难舍难分,哭成一团。2018年消防队伍改制,奇乾中队退出武警部队序列,转隶应急管理部。从部队转隶地方,意味着要脱下军装。他们都舍不得。但慢慢地,他们开始理解,并且大多数人都毫不犹豫地选择继续留队。其实也没啥变化,只是换了身衣服,原来是橄榄绿,现在是火焰蓝。他们的言行举止仍然是军人作风,站着说话的时候,手总是习惯性地自然放在裤缝间,坐下来时,上身依旧挺拔。使命也没变,还是守护大兴安岭。高凯凯说,选择留下是正确的,这足以让他荣耀一辈子。

"刚才狗怎么叫得那么凶?"我有些好奇。

"它们看到熊瞎子(狗熊)了。"高班长说,"熊瞎子叫声像狗,不仔细听,可能分不清是狗还是熊在叫。"

我一激灵。

"不要害怕,熊瞎子在对面的山上,它们不敢下来。呆瓜它们叫,是朝熊瞎子宣示主权,不让它们靠近营区。"高班长说,"熊瞎子长得像狗,皮毛黑色,视力也不好,又叫黑瞎子。"

"呆瓜又是谁?"

"呆瓜是条狗,是中队指战员的亲密'队友'。"说起呆瓜,高班长脸上露出了发自心底的笑容。他说:"狗是我们奇乾中队最好的朋友,也是中队的重要组成部分。它们不仅日夜守护营区,还跟着我们一起训练、生活和劳动。听以前的老班长说，最多的时候，中队养了三十来条狗。狗多，人认狗难，狗认人也难。当时一天到晚穿迷彩服进行训练，狗就记住了迷彩服，只要看到穿迷彩服的就不咬，看到穿其他衣服的就咬。为了好辨别，我们根据每条狗的特点，逐一给它们取名。头几天，狗记不住它们的名字，我们也记不住。叫着叫着，就相互记住了。一叫到哪条狗的名儿，它就摇着尾巴跑过来。消防员休假回来穿着便装，刚一下车，狗扑上去就咬，但一叫它的名儿，就摇起尾巴来。只可惜这里条件艰苦，也没有好的医疗条件，后来中队的狗老的老、病的病、伤的伤，剩下的很少了。"

中队有五条狗，除了呆瓜，还有初一、钢镚、小黑和小黄。呆瓜年龄最长，资历最老，贡献也最大。它是条母狗，刚出生不到两个月就来到中队，至今已经九个年头了。它小时候呆萌可爱，块头较大，长着浓密的黄毛，所以队员们给它取名呆瓜。小时候，它非常顽皮，老是跟着队员们到处跑，有时候还会跟他们玩捉迷藏。冬天下雪，它会变得非常兴奋，喜欢在雪地里面打滚；夏天蚊虫飞舞，它只要看到，总喜欢飞奔而去，追起蚊虫来，蚊虫受了惊吓，到处乱飞，它也跟着四处瞎蹿。可能是藏獒和中华田园犬结合生下的缘故，它天性胆大，不怕"是非"。长大后，它渐渐成了中队的领头狗。晚上，它总是带领它的小分队，与中队消防员一起"站岗"。只要附近的林子里稍有风吹草动，它们就能察觉到。不论是碰上野猪，还是熊瞎子，它们都会勇猛地冲上去，与它们干仗。呆瓜两次受伤，都是因为跟接近营区的野猪干仗。一次大腿被拱伤，一次肚子被拱破，都伤得不轻，现在走路还瘸。呆瓜真的很勇敢，肚子被拱破的那次，鲜血直流，肠子都快要露出来了，但它还是对野猪穷追不舍，直到把它们赶到远处的林子里。那次受伤，它元气大伤，老老实实休息了两个多月。原来队员们外出跑五公里时，大家跑到哪儿，呆瓜就跟到哪儿，比队员们还跑得快。伤病，加上年纪大了，现在它跑不动了。但它还是跟着队员们一起跑，尽最大努力跑。实在跑不动了，它就在中途等着，等队员们折返后一起跑回来。初一、钢镚、小黑都是黑色的，是一母二子。初一是母亲，钢镚和小黑是儿子。钢镚是老大，小黑是老二。初一三岁，因为是大年初一那天到的中队，就叫它初一。初一是2020年生的钢镚和小黑。其实当时生了四条小狗，但有两条夭折了，于是队员们给存活下来的老大起名钢镚。贱名好养活，取名钢镚，也是希望它命硬，能够在奇乾这个地方健健康康、平平安安地活下去。小黑长得像极了妈妈，满身黑色，现在个头也和妈妈差不多了。唯一的区别，就是小黑脖子那块稍带点红色。就是队员们，如果不仔细看，也分不清是初一还是小黑。考虑到呆瓜年纪大了，上个月又接了一只小黄狗来到中队。但它现在还不太活跃，还在适应这里的环境。

还有呆子，虽然它失踪三年了，但高班长说他必须说说它。呆子和呆瓜同辈，它们几乎同时来到中队。呆瓜是母狗，呆子是公狗，呆子的块头比呆瓜还要大，力气也更大，而且更加勇猛，更加有担当。它们一起守卫营区，一起陪同队员们训练，称得上珠联璧合。高班长很是伤感地说："我记得很清楚，是2017年7月18日，星期二，天气不错。那天一早，我们朝'2.5公里处'的公路上跑步，呆子它们也一路跟上了。虽然跟着我们，但它们不像我们这样保持队形跑。它们有时在队伍前面跑，有时在队伍后面追，有时在公路上跑，有时跑到附近的山上或是河边，一会儿跑，一会儿停。还时不时地在树根部或是矮灌木丛边撒尿，标识领地范围。天天都这样跑，谁会想到有意外发生呢，所以谁也没有在意呆子它们的行程。当我们跑步回到营区时，发现唯有呆子没回来。一开始也没多想，只觉得有可能它跑到附近的林子里去了，说不定正跟野猪干仗呢！但一直到晚上，还是不见呆子的踪影。这下我们着急了，开始在附近的林子里找，找了个底朝天，还是没找到。第二天一早，我们又沿着昨天跑步的路线，在附近的林子里、悬崖上和河边，四处呼叫。找了一遍，又找一遍，还是没看见。后来，我们又扩大了寻找范围，在阿巴河边找，还是不见踪影。虽然没有找到呆子的踪影，但我们有了自己的推测。跑步路线附近，既有百米之高的悬崖，也有水流湍急的阿巴河，呆子有可能是失足摔到悬崖下面了，也有可能失足掉到了阿巴河里。在一处悬崖处，我们还发现了动物的足迹和毛发，随后又在几块石头上发现了动物的血迹。我们激动起来，赶紧用绳子绑着身体，顺着悬崖往下爬。当我们来到悬崖底部时，却什么也没看到，非常失望。我们猜想，悬崖上的毛发和血迹，有可能是其他动物的，但也有可能是呆子的。如果是呆子的，有可能它的遗体被野兽叼走了。为了表达对呆子的思念，我们就在这个悬崖上的一棵白桦树下，堆了一个小土包，上面插了一根树枝。呆子刚刚失踪的那几天，我们有些茶不思、饭不想。能不伤心吗？能不留恋吗？打心眼里说，它不是一条普通的狗，而是我们同甘共苦的战友……"

夜，更深了！

不远处的阿巴河，正潺潺地流向远方……

二

2024 年春末夏初时节，我再次来到奇乾中队，这时大兴安岭的冰雪还未完全融化。

第一个深夜，或许已是凌晨，我静静地坐在中队接待室，翻阅着关于大兴安岭、关于奇乾的书籍与资料，思考或回忆着这里的一切。我无法入睡，一会儿坐在床上，一会儿又坐在沙发上，最后在房间里来回踱步。对这里，我是熟悉的，同时又是陌生的。

突然，外面传来了一阵急切的狗叫声。我赶紧从窗户望去，一条狗闪电般地蹿出营区，钻进了林子。看不清颜色，但个儿不小，像是呆瓜，也可能是其他狗。我下意识地看了看时间，凌晨一点。我打算出去看看。

"老师，是不适应这里的环境吗？"刚到楼下，便碰到王德朋指导员。

我先是摇头回答："不是，不是，刚看到一条狗跑到前面的林子里去了，想下去看看。"接着，又惊讶地问他："您怎么还没睡？"

"我看到您房间的灯一直没熄，怕您不适应，所以一直没有睡觉。"王指导员说，"屋外冷着呢，您得披上大衣！"

王指导员的举动温暖人心。

与上次直接从海拉尔到奇乾不同，这次我先到的莫尔道嘎大队，并在那里停留采访。我是傍晚到达莫尔道嘎镇的，在镇上，我见到了王指导员。我感到意外，他异常惊喜。他说，没想到还能见到纪老师！他还告诉我，听说我要来奇乾，他主动申请下山来接。"老朋友了，必须下山来接。"那天晚上，我品尝到了大拉皮、蘸酱菜、锅塌土豆丝、扒猪脸、锅包肉等东北特色菜，更感受到大兴安岭的消防员真挚而又浓郁的情谊。三天后，我们跨过激流河、穿过白鹿岛，经过227个弯道，来到奇乾中队。

钻进林子的那条狗摇着尾巴回到了营区。是条灰色的狗，但不是呆瓜，更不是初一、钢镚、小黑和小黄。我问王指导员。他说，是七月，属阿拉斯加犬。刚才估计是野狼，或者是猞猁，或者是狍子，或者是狐狸，或者是野猪，靠近了营区，被豹子一样勇猛的七月赶跑了。七月？我说，不是只有呆瓜、初一、钢镚、小黑和小黄吗？王指导员说，初一去年死了，与野猪干仗时受伤死的。后来为了防止它们近亲繁殖，钢镚、小黑和小黄都被送下山了，只留下了呆瓜。再后来，七月和黑豹先后来到山上。七月是七月出生，所以叫七月。呆瓜老了，加上有伤，不爱动了，也动不了。天冷时，它睡在楼里，有时睡一楼，有时睡二楼。它自己能从里面开门，但不会从外面开。要大小便时，它就会从里面开门出来，待换岗的队员回来，再跟着进屋。呆瓜老了，也不换毛了，完全与自然融为一体了。一到夏天，它身上就爬满了草爬子，但不用打疫苗，完全适应和免疫了。七月正值壮年，它的心没有呆瓜细，也没有呆瓜有耐心。有时候，大家会给呆瓜它们揪草爬子。揪出来的是小的还好，大的就非常痛。揪的时候，呆瓜感觉到痛了，就会默默起身，走到远处。七月就不行，只要一揪，就会痛得嗷嗷叫。揪多了，它们就形成了条件反射，只要看到队员们做出揪草爬子的姿势，呆瓜就会立即走开，七月就会嗷嗷叫。黑豹其实是一只母狗，却取了一个公狗的名字。现在它怀孕了，怕它咬人，就把它拴了起来。

我们漫步在营区。阿巴河正静静流淌，白桦像哨兵一样列队在四周。

"我愈加感受到原来所学专业对现在工作的重要意义了。"王指导员说。

我停下脚步，望着王指导员，期待他进一步的解释。我知道，这次来奇乾，更重要的任务，是发现他们的变与不变。

不变的，肯定是他们的"忠诚、坚守、创业、乐观"。

变的呢？

王指导员说，他渐渐意识到，原来所学的有关生态、动物、林木，还有地形、土壤、气象等知识，现在都能用得上，对森林消防工作大有帮助。大兴安岭林区的树木不如南方森林丰富，除了一些灌木和花草不太认识，像兴安落叶松、白桦、黑桦、樟子松等优势树种他都能认出来，也知道这些树种的分布情况。整个林区主要以兴安落叶松为主，南部为生长蒙古栎和兴安落叶松的针阔叶混交林。博克图西北的兴安岭东站为植被分界线，向南有蒙古栎过渡地带……牙克石以西接呼伦贝尔草原，植被以羊草、大针茅（混生贝加尔针茅）为主。不仅要知道它们的分布情况，还要知道每种树的属性。只有这样，作为一名森林消防指挥员才能真正做到心里有数。黑熊、野猪、狐狸、猞猁、狍子、野狼、兔子等是大兴安岭常见的动物，还有原麝和鹿，鹿又分梅花鹿、驼鹿、马鹿，但它们不常见，也不上道。鸟主要是老鹰、乌鸦、猫头鹰、黑嘴松鸡等。昆虫就更多了，数不过来。冬天，根据动物脚印大小，能判断出动物的种类与大小。这几天，营房周边黑熊、猞猁和野狼的踪迹多了起来，野猪明显减少了。这说明大兴安岭肉食性动物达到了平衡，或者正在走向平衡。

"2018年11月9日，是所有消防员都必须铭记于心的一个日子。那天，国家综合性消防救援队伍授旗仪式在人民大会堂庄严举行。当时我还是中队长，中队指战员认真观看了这个新闻。当听到'对党忠诚、纪律严明、赴汤蹈火、竭诚为民'的宣誓声响起时，我心中肃然起敬。我相信，我们所有指战员的感受都是一样的。一般人可能难以体会，但如果你也是一名森林消防员，你也在祖国北部边疆最前沿，你身上也肩负着党和国家、时代与人民赋予的责任与使命，你能不肃然起敬吗？你能不热血沸腾吗？"我能感受到王指导员心中的激动。

成为国家综合性消防救援队伍中的一分子，奇乾中队将面临更多的挑战，承担更重的使命。森林消防队伍转隶转制后，他们不仅要完成扑灭森林火灾的本职工作，还要提高自身山岳、水域、地震等多方面的救援能力。转制后的这些年，奇乾中队的装备更加体系化、更加精良了，配备了无人机和运兵装甲车等。现在天上有无人机，空中有直升机，地面有装甲车，这些新特装备的配备，让救援队伍如虎添翼，效率大大提高。总而言之，条件好了，但队员们思想上却丝毫没有放松；身份变了，但纪律上决不打折扣；装备优良了，但本领决不退化。为此，中队制定了详细、全面的训练表，这样做不仅能提高队员们的身体素质，更能满足未来每一种救援的不同需求。日常管理，实施"严格管理、严格要求"和"一日生活制度"，早晚的体能训练和日常的专业训练都照常进行。王指导员说："我们深刻地意识到，不仅要在日常训练上迎头赶上，更要让每一名队员能够时刻谨记过去的优良传统。这片北纬53度的林海，依然是我们生活和战斗的地方，这首冰与火之歌，依然在这片土地上面向未来传唱。"

装备和训练比以前更精了，特别是每年陆续配发灭火救援装备，这让中队的打火理念进一步得到提升。2019年"6·19"金河林业局秀山林场的那场火灾，发生在马尾松生长地带。马尾松不像南方的树木那么高大，也不像传统的松树有一个主干，它只有两米多高，像章鱼一样贴着地面生长，没有主干，油脂含量特别高，且长在高山的阳坡。雷击火一般发生在半山腰以上，一旦发生雷击火，着火后，马尾松燃烧速度快，且火势强度大、推进速度快。它长得非常密，打火时，没经验的消防员以为踩到地面了，其实只不过是在树枝上行走，连腐殖层都没踩到。当时消防队刚转制不久，灭火工具还比较欠缺。他们先是用风力灭火机开出一条道来，再借助油锯和割灌机打出隔离带。那次打火非常危险，也非常艰辛。2023年8月6日，大兴安岭北部林区发生特大火灾，比秀山林场那场火灾还要大。与秀山林场那场火灾相比，地点相似、地形相似、植被相似、气候相似。也是按照原来的方法打火，唯一不同的是，这次有更好的装备与技术做支撑。一部分分队配发了大功率的水泵，还有一部分分队配发了装甲车、沟机等大型机械，甚至还配备了大型无人直升机。装甲车用最快的速度将消防员运送到火场，大功率的水泵远距离把水输送到火场，沟机迅速挖出隔离带。特别是无人直升机，可对火场进行实时监控，这对基指和前指都有很大帮助，整体打火效能大幅度提高。最终，大家用最短的时间把火给扑灭了。

"我们的救援方式和效果在逐步发生变化，科学的打火理念也在慢慢形成。"王指导员说，"人员当然也在发生变化，并且是最先发生变化。"

转制后，奇乾中队新进的消防员占比越来越高，并且以来自内蒙古自治区的居多，老消防员越来越少。新进的消防员中，有大学生，也有高中生和中专生，有的参加过工作，还有的当过兵，成分和结构比转制前复杂。同一批消防员中，年龄相差五六岁很常见。由于不少人在地方工作过，且大学生的比例增高，所以无论是社会阅历，还是个人素质，都比之前的队员有所提升。老队员越来越少了，有退出队伍的，也有通过消防队伍"增编抽组"，选择回到家乡建功立业的。原中队长郭立华就通过"增编抽组"回到了老家宁夏，队员陈振林回了广西老家，仇志江去了山西，张铁成调到了莫尔道嘎大队六中队，张先铎调到了牙克石的支队机关，聂文慧调到了呼和浩特的总队机关。"增编抽组"既是个人意愿，也是国家需要，更是消防队伍温暖人心的"团圆计划"。

但奇乾中队部分队员不想回去，在奇乾干的年头久了，有无法割舍的情感。勤务保障班班长王震，是中队服役时间最长的消防员。自新兵以来，从未离开过奇乾。"增编抽组"时，他有机会申请回老家，但他放弃了。他也想与家人团聚，想更好地照顾家里的老人和小孩，所以面对选择时，他非常痛苦与纠结。最后他还是决定留下来，他说，与其带着痛苦与遗憾离开奇乾，还不如老老实实在奇乾待着。战斗一班班长高凯凯即将退出，2024年是他在中队工作的最后一年了。当年，他完全有机会回老家的，但他想把自己的青春奉献在奇乾，他舍不得奇乾。还有唐敏、文喆、蔡浩、于精瑞等人都有机会回老家，但他们都舍不得离开奇乾，选择继续待在这里。李成是中队改制后第一个考上中国消防救援学院的队员，今年该毕业了，说不定他会申请回奇乾。走与不走，回与不回，都是矛盾与痛苦的，都牵系着对奇乾的深情厚谊和悠悠眷念。

"您自己呢？您自己的个人问题呢？"

2021年采访王指导员时，我听说他有一个深刻理解与支持他的女朋友。现在怎么样了？

他说："我们2022年7月领的证，2023年4月举办了婚礼。但我们早在2016年就确定了关系。她也是林学相关专业毕业的，在呼和浩特环保部门工作，对我的职业和工作能够感同身受。"早在

2018年，王指导员刚到奇乾不久，当时作为女朋友，她就来过奇乾。从呼和浩特坐两个小时的飞机到海拉尔，再从海拉尔坐近十个小时的汽车到莫尔道嘎，然后从莫尔道嘎上山来奇乾。他妻子晕车，来奇乾的路途中非常痛苦，但她还是抹着眼泪来到了奇乾看他。之前，他们之间也会有些小矛盾。作为女朋友，那时也有小抱怨，说，哎呀，要是你在身边该多好啊。但来到奇乾，她更加理解了王指导员的工作。从那以后，她不再抱怨分居两地的事儿。"跟她谈了七八年恋爱，几乎很少出去玩，休假计划总是因为任务需要而临时取消。她理解了我的工作，当然也就理解了打火。每次上火场前，我不会告诉双方父母，但我一定会跟她说，她会在恰当的时候再告诉双方父母。这成了我家的一种习惯，当然也是大多数消防员的习惯。"云淡风轻的语气中，我感受到家人支持的巨大力量。

王指导员是在中队干得年头最久的主官。他感受最深的是，奇乾中队是一个独立的营区，这里跟城市消防不一样，跟大队也不一样，很多事情都要他们自己独立解决。正因为中队的特殊性，让他得到历练，成长了很多。中队有个说法，没有经历过奇乾冬天的消防员，并不是一个真正的奇乾人。这里的夏天，虽然不如城市热闹，但鸟语花香、景色迷人，也是大家训练的好时节。但还没到冬天，就大雪封山，一切都沉寂下来。冬天，王指导员的脑子里始终紧绷着一根弦：暖气不能停。只要停上几个小时，中队所有的东西都有可能被冻坏，队员们就面临生存考验。"这样的环境，也让我的思想更加成熟，让我不断总结经验，改进管理模式。铁打的营盘流水的兵，假如有一天我调离了奇乾，我会看淡看开，但我还是会大哭一场，是不舍，也是感恩……"

我静静地倾听着。

营区微弱的灯光，照亮他坚毅的脸庞，他的眼眶噙满泪水。

第一景

是孤岛，也是家园

是孤岛，也是家园。它犹如奔腾不息的额尔古纳河，从未停止前进的脚步。

面对这片土地，心中只有虔诚与敬畏

大兴安岭，有壮丽的自然风光，有丰富、多样的生物，这使它成为了祖国的瑰宝；在大兴安岭深处，雄浑的大自然与静谧的人类文明交织成一幅壮美的画卷……

不论是谁，也不管是否来过大兴安岭，我们心中都有一个大兴安岭。

在大兴安岭深处的密林中穿行，我感悟着生命的真谛与意义，也愈发感受到大地的宁静和自己的渺小。随着行走的深入，特别是倾听了消防指战员、大兴安岭老人们的讲述，又浏览了《中国大兴安岭森林》《大兴安岭历史编年》《大兴安岭上的不朽丰碑》《大兴安岭大火灾》《武警大兴安岭森林支队志》《中国内蒙古森林工业集团有限公司志》《林中散记》等图书，辽阔而神奇的大兴安岭在我脑海中逐渐清晰而亲切。

见过它春天的模样。春天的鲜艳最先抹上那漫山遍野的映山红蓓蕾。紫褐色的枝条吸着生命的乳汁，不等生出尖尖的绿叶，像少女红唇一样的映山红花瓣便吻上了四周闪着幽蓝色光泽的冰雪，温热了寒冬冰清玉洁的肌肤。这个季节，还有巨石般的冰块和铁屑样的雪粒。奶液似的冰河里，波浪抚慰和叩击着冰封的河壁，升腾起如幻似梦的神奇雾气，浸软了河岸边残存的冰块。尽管河面还没完全融化，但潺潺流水奏着一支支欢歌，这是春的信息、春的旋律。它滋润着森林高耸的手臂和大地编织的绿衣。融化了的河面，映着最早的踏春人的笑脸，向人们打开一扇扇春的窗子，展现一个新绿勃发、春风渐暖的世界。

也目睹了它夏天的风采。在绿雨中，在暖风里，这里变成了绿色的海洋。兴安落叶松、樟子松、白桦、黑桦、杨柳、山榆、柞椴等数百种树木，构成森林家族，交织成一片。青翠欲滴的树叶在阳光的照耀下闪烁着生机勃勃的光彩。就连那百年的参天古树，也不由得挤出老泪般的松油，献上遗传千年的古色古香。林子里，缬草、黄花菜、野火球、百合、漏芦、唐松草、翠雀、山银柴胡、北侧金盏花、大花杓兰、桔梗、短瓣金莲花等数不清的琪花瑶草，洋溢着浓郁的芬芳，装点着大兴安岭这个美丽壮健的北国少女。

消防指战员绘声绘色地讲述着这里的秋天。大兴安岭的秋天比夏天还短暂，却展现了绚丽多姿的秋之美，犹如童话世界一般。浩渺林海中，高耸挺拔的常绿松柏，金黄满身的兴安落叶松、白桦树,五彩斑斓的灌木丛……缤纷的色彩构成了一幅幅美妙的秋之画卷。最美的是被誉为"兴安美少女"的白桦林,好像穿着一身洁净清爽的白裙,头似戴着明黄色的金冠,在阳光照耀下显得通透晶亮。坐车穿过林带时,一道道直立的灰白色白桦树干会在眼前快速闪烁过去。此时,每一棵树都是黄金树,像是在燃烧的火焰树;仿佛每一片叶子都在迸发激情,都在最绚丽地怒放。走在林子里,踩着沙沙作响的桦树落叶,迎着微微拂面的秋风,树叶在阳光的映衬下显得格外灿烂夺目,阳光从金黄的树叶间穿过,漏下斑斑点点的痕迹。

冬天的大兴安岭成了冰雪童话的代言人。可以感受到纯净的雪花飘落,听到雪地上踏雪的声音,银装素裹的世界仿佛不是人间。特别是雾凇,给人一种超凡脱俗的感受,使得林子宛如仙境般美丽。当寒冷的气流与温暖的湿气相遇时,雾凇便在树枝上凝结成冰,形成了一幅幅梦幻的画卷。树枝上的冰晶闪烁着七彩的光芒,仿佛一颗颗珍珠镶嵌在枝头,绚烂而又瑰丽。在阳光的照射下,雾凇散发出迷人的光辉,如同细腻的水彩画,给人一种宁静而又神秘的感觉。

冬天的奇乾是什么样子呢?队员们告诉我,最低气温历史纪录达零下53摄氏度,平均气温能达零下30多摄氏度。冬天不仅时间长,有9个月,降雪也非常厚,能达半米深。碰到极寒天气,整个林子就像结了冰雾一样。夏天有鸟叫,冬天就没有了,候鸟都迁徙走了,特别沉寂。还是有车上山的,但都换上了雪地胎,一周难来一辆车,主要是送菜的车,是小车,大车不让走,非常危险。如果司机不熟悉路况，很容易开出路面，陷到林子里。特别是3月底4月初，林子里的雪开始融化，路上有雪水也有冰，个别地方还有冰包，路面特别滑，很容易陷入冰包里。冰包是高寒地区的暖泉水沿着山坡流淌、堆积到公路上迅速结冻形成的，11月末出现以后直到次年5月份才开始化冻。冰包有大有小，积雪厚的地方冰包就大，积雪薄的地方冰包就小。如果车陷入大冰包里，就麻烦了，得叫人来抬。冬天队员们照常训练，不打折扣，扎扎实实，大家的积极性都很高，训练时甚至可以用热火朝天来形容。外出跑步时，大家全副武装，手套、帽子、脖套全戴上，脸、鼻子都盖上，只露出两只眼睛。跑步回来，整个帽子和脖套上都是厚厚的冰霜，睫毛长的队员，睫毛上还能够结冰。

我眼中的大兴安岭，洋溢着青春，朝气蓬勃，但在考古学家和生物学家的眼里，大兴安岭早已经不年轻了，足有两亿年的高龄。元古代后期，这里还是一个海槽，处于北部西伯利亚地台和南部中朝地台中间。从古生代晚期到中生代，沧桑巨变，酷热的太阳射出紫箭般的光芒，灼热的地球和陨落的星团冲撞，造成似乎银河骤落般的疾雨。于是，巨蟒般的泥石流、火山岩流到处奔泻……在经历无数次上升、褶皱、断裂、岩浆活动后，大兴安岭冉冉从海底上升，隆起至今长1400多公里，宽200至400公里，海拔1100至1400米的有峰不险、岭顶弥平的高山。到新生代第四纪，地壳运动变得相对稳定，大兴安岭隆起、断裂等地壳活动变得缓慢，但火山活动较为激烈。

从诞生的那一刻起，它就开始走向神秘！

这是一片凝固的海洋、一座古化石的宝库。如果有一把神奇的钥匙，打开时间之门，回到亿年前，不少科学家坚信在这里可以看到恐龙、猛犸、始祖鸟……这是并没有沉沉睡去、没有丧失勃勃生机的群山。科学家早用他们知识的手指触到了它不断跃动的脉搏。百万年来，它仍在缓缓崛起，继续把顶峰推向高空……

一万年前，第四纪大冰川结束，大兴安岭形成现代的植物、动物、气候、地貌体系，并开始出现人类的足迹。在这里的远古遗址中，发掘了刮削器、夹状器、雕刻器、石叶、石片、石簇、石环、陶片、骨器等远古文物。专家说，早在原始社会旧石器时代晚期，大兴安岭地区就开始孕育远古的文明，这里极有可能是我国北方民族生长的摇篮。

拥有32.72万平方公里面积的大兴安岭，不仅是世界上面积第六大的森林，更是我国面积最大的林区，是一颗瑰丽的绿色宝石。内蒙古自治区境内的大兴安岭，是我国四大国有林区之一，为我国最大的寒温带明亮针叶林区，森林资源面积837.02万公顷。大兴安岭林区以不到内蒙古自治区三分之一的森林面积，贡献了将近三分之二的森林蓄积量。它是东北森林带的核心腹地、北方防沙带的前沿阵地、我国北方生态安全屏障。

它还是一座巨大的贮水库。那深入地下的无数树根，紧握着无数条潜流，握住了大地的血脉。一棵桦树，一天就能吸取土壤里3400升水分。一亩林地，可以把一半以上的落雨吸收。而那些蔓延在地上不起眼的泥炭藓更是神通广大，它们甚至可以吸收比自身重16至20倍的水分。

它还是一台巨大的气候调节器。那树干的手臂、树叶的手掌，织起一张张几乎密而不透的绿网，吸收和反射掉百分之六十以上的灼人的阳光。到了冬季，森林那高大的身躯，高举的手臂像一片弹性屏障，把凛冽狰狞的狂风拒之于外。林中不只有冬暖夏凉的宜人气候，当干旱季节来临，它便会释放出乳汁般的雾气，无偿供给大地养分。

它还是一座巨大的化工厂。那不计其数的绿色叶片，如同一张张大口，吸着金灿灿的阳光，给地下增添着黝黑而又闪着油光的肥料。黑土地，肥沃的黑土地，地球上最廉价也最珍贵的黑色金子，这是大兴安岭的骄傲。

它还是人们不可缺少的宝库。城市建筑中有它坚强的骨骼，铁路大动脉上有它奉献的手臂。它提供的远远不只木材，那些树皮、树枝、树叶、树脂、果实的经济价值更是远远超过木材本身，源源不断地向人类提供造纸、造丝、造纤维的工业原料，它还提供着大量珍贵的药材和土特产。

任何事物都有两面性，大兴安岭也不例外。她可以是一个娓娓讲述童话的温柔少女，也可以是一个吞噬生命的恶魔。

大兴安岭属于北温带高寒地区，每年春夏时节，受贝加尔湖气旋影响，屡遭凛冽和干燥的大风。特别是春天，这刮不完的风像无数只强劲的手，妄图拧干大兴安岭的水分，给人为失火提供燃烧不尽的干柴。

大兴安岭的中南部处于雷击区，火气冲天、暴烈狂躁的雷公，经常在夏秋交替的万里晴空发作。似乎这里的每个树尖每根小草，都容易触动雷公过于敏感的神经，使得无辜的森林遭受雷电之苦、火灾之痛。

大兴安岭山多平坦，河多狭窄，缺少有利地形地貌做依托、做隔离，分割躲避随时可能发生的大火。加上这里原始森林和次生林中含油树种繁多，林草相接、林村相接、林镇相接，极易"火烧连营"。消防指战员、解放军、林业工人、护林员……走进林子的任何一个人，都站成了白桦，警惕地注视着这里的一切。

我在林间感受着这片神奇的土地，面对它，心中只有虔诚与敬畏。

古老的传说

传说从奇乾开始。

"你看过迟子建老师的《额尔古纳河右岸》吗？"那天早饭时，王德朋指导员突然问我。

我点了点头。这是茅盾文学奖获奖作品。

王指导员说："你对迟子建老师这个作品的细节有印象吗？她笔下的额尔古纳河右岸便是大兴安岭原始森林，是众多游猎民族的发祥地，这其中包括了小说里的主角鄂温克族。她的作品讲述的是与驯鹿相依为命的鄂温克部落的故事，描写了他们在大兴安岭原始森林里生活的场景，抒发了对大自然的热爱与敬畏、对生灵的关爱与体贴、对人的自然天性的礼赞与颂扬。或许，我们可以到奇乾乡找一找书中故事的影子。"

我越听越兴奋。

"要不我们再到奇乾乡转转?"王指导员懂得我急切的心情。

去奇乾乡,准确地说,是去奇乾乡政府所在地,更准确地说,是去北纬52度11分、东经120度46分的奇乾村。

越野车驶离通往中队的那条水泥路,然后驶上331国道。行驶约三公里后,又驶上一条旧公路。这是通往奇乾乡的路,也是通往额尔古纳河的路,约六公里。因为冰雪刚刚融化,冰水漫到了路面,冰包让路面坑洼不平。但这并不影响我的兴致与好奇。

一只动物的身影钻进了林子,如同一道闪电。速度快得看不清它的面貌,只知道是灰白色。可能是猞猁,也可能是狐狸,还不排除是小狼崽。在大兴安岭,看到这些动物都不稀奇。这里是寒带植物的王国,也是野生动物的乐园。

"怎么带着这个?"王指导员手中拿的那个绿白相间的塑料瓶子,同样让我好奇。是维生素鱼油奶贝,一种宠物营养补充剂。瓶子上,呆萌可爱的小狗图像惹人喜爱。

"给小狗带的!"王指导员说。

"小狗?"

王指导员向我道出原委。他说,莫尔道嘎电信公司的柴哥,每次上山巡线维修,都会带条狗跟着。柴哥叫柴瑞峰,但他们都习惯叫他柴哥。柴哥只要来奇乾,就必须带狗,因为这里有狼、熊等野兽出没。一开始,他总是带条母狗上山,后来又带条公狗上山。因为从莫尔道嘎到奇乾150公里的路途,全是弯弯山路,极不方便,所以每次下山时，他就把狗寄养在中队。2023年，这一公一母两条狗，不仅产生了恋情，还有了条小狗。奇乾的一个卡站，是夫妻哨，男的叫孙华。因为周边有熊和其他野生动物，他们也必须养狗。听说柴哥带上山的狗生了小狗，他就叫柴哥给他们留着。于是，小狗也成为卡站的一员。孙华家在满洲里，2024年3月两口子要下山，因为不方便带上小狗，于是托看守奇乾乡政府的李叔帮着养几个月。但养着养着，大家发现小狗长成螺旋腿了，估计是缺钙，原来中队也有狗出现过这种情况，补几次钙就好了。孙华他们5月上山，王指导员想在他们接小狗回卡站时，小狗的情况能有所好转，所以前两天在莫尔道嘎药店里买了这些营养补充剂。

我们来到李叔两口子住的房子。是木刻楞房屋，俄罗斯族典型民居，以实木为主，墙身全部由原木叠摞而成。李叔戴着一顶黑帽子，他媳妇系着红色围裙。他们热情地迎了上来，后来还跟着一条黑色的大狗和一条黄色的小狗。看到是熟人，大狗没有叫，而是热情地摇着尾巴，跑到大家面前闻来闻去。小狗的螺旋腿已经相当严重，走起路来一拐一拐的，显得缓慢而沉重。但它依然抬着头，摇着尾巴，热情地同王指导员打着招呼。

李叔祖籍辽宁，他父亲当年到根河满归当兵，后来不仅在这里成家，还就地转业在这里。他在这里工作八年了，主要负责看守乡政府和乡历史文化展览馆。他说，别看它是螺旋腿，但这小家伙可聪明呢，不论什么时候，只要这里有什么风吹草动，它都会第一时间发现并告诉他，有时比大狗还机灵。这时李叔媳妇插话说，老李可喜欢小狗啦，当儿子一样看，看小狗长成螺旋腿了，赶紧把自己吃的钙片给它喂上了。说完，李叔媳妇又问王指导员，人吃的钙片给狗吃，应该没事吧。王指导员也说不清，想了想对李叔媳妇说，应该没事吧，人和狗本质上都是动物。

乡历史文化展览馆在乡政府的二楼。乡政府也是木刻愣房屋，有三层。李叔和两条狗，带着我们走向展览馆。随着"嘎吱"一声，李叔为我缓缓打开奇乾，甚至是大兴安岭历史的大门。

早在隋唐时期，这个位于悠悠额尔古纳河右岸，蕴藏着独特魅力的边境乡村，就已初步形成，随着时间的推移，村落的故事逐渐丰富。

这里有1400年前室韦部族生存的遗迹。隋唐时期，是室韦诸部蓬勃发展和壮大的时期，他们的活动范围不断扩大，部落也不断增多。室韦成分复杂，分布地域广阔，经济形态多样，狩猎、游牧、农耕经济都存在。早期室韦人大都居于森林，从事狩猎经济活动。如隋朝时期的北室韦以"狩猎为务，食肉衣皮，凿冰没水中而网取鱼鳖"，且"多貂皮"；冬季"穴居"，夏季"巢居"。唐朝中期，长期深居森林中的蒙兀室韦，大部分西迁至呼伦贝尔草原。他们开始从事畜牧业生产，放牧牛、马、骆驼、羊，住毡房并掌握了熟皮技艺，开始了游牧生活。在长期的森林生活过程中，他们为今天的考古学家和历史学家留下了大量珍贵信息，如居住遗址、墓葬群等。

王指导员按地理位置，由远及近地向我介绍着遗址的情况。

这些失去生命迹象的遗址，它们是沉默的，但却印证着古老的传说。

黄火地遗址位于奇乾村南52公里处茂密的森林中，激流河从其西侧自南而北流过，遗址就在河东岸山坡台地上。遗址东西长约280米，南北宽约200米，分布面积5.6万多平方米。遗址内有自然石块垒砌的8条石墙和形状基本呈圆形的77座石堆遗址。石堆形状多为圆形、椭圆形、不规则形等，较分散且高低大小不一。8条石墙与石堆垒砌方法相同，有南北向、东西向或者南北向与东西向相连。这是10至12世纪，古代原蒙古人祭祀活动场所。

奇乾村南约17公里处，便是岭后遗址。地处激流河汇入额尔古纳河河口以东约5公里的激流河南岸。这个遗址坐落在山顶之上，平面呈半圆形，周长约300米，面积近5000平方米。遗址内分布有56处圆形穴居土坑址。此处山峰林立，森林密布，遗址被松桦林覆盖。根据遗址的性质和出土器物判断，该遗址年代为唐代至金元时期。

十八里遗址则位于奇乾村北侧9公里、额尔古纳河东岸约0.3公里的山坡台地上。遗址南侧有一条小溪，当地人称为十八里谷，向西流入额尔古纳河。遗址西侧和北侧有一道相连的呈直角形的土墙，墙体外侧设护城壕，土墙内分布有58座半地穴式圆形土坑居址。坑内发现手制夹砂陶片残片，表面磨光并饰附加堆纹。虽然不见其他遗物，但可断定这是一处较大的村落遗址，其年代属于或相当于唐代至辽金时期。

奇乾遗址就在奇乾乡东北1公里处。位于大兴安岭北端西麓、额尔古纳河下游岸上，与俄罗斯隔河相望，北面1公里处为阿巴河。遗址在一座小孤山东南坡上，东西长270米，南北宽70米，占地面积约1.9万平方米。自山顶至半山腰，分布有53座圆形半地穴式居址。大体可分为5排，排列较规整。从奇乾遗址的面貌和出土陶器等判断，这里应是一处较大的村落遗址，具有浓厚的原始狩猎经济文化面貌。遗址年代应属唐至辽金时期。

岁月远去，蒙古族祖先艰难而坚定的步伐、勇敢而动人的故事，早已淹没在历史的丛林中，但借助这些遗物，我却依然能看到熠熠生辉的文明光芒。

"曾经生活在这里的鄂温克部落呢？"对于迟子建笔下的鄂温克部落，我依然心心念念。

鄂温克部落从王指导员的讲述中，从文化史的学术考据中走了出来。"鄂温克"的意思是"住在大山林中的人们"。早在公元前2000年，即铜石器并用时代，鄂温克族的祖先就居住在外贝加尔湖和贝加尔湖沿岸地区。300多年前，他们中的一支从贝加尔湖畔迁徙至奇乾一带。因为与驯鹿相依为命，也被称为使鹿鄂温克部落，是"中国最后的狩猎部落"，也是中国境内保存"驯鹿文化"的民族之一。

新中国成立以前，使鹿鄂温克部落没有固定居所，在山林里以撮罗子聚居、游牧。撮罗子是一种以松木杆搭建的圆锥形窝棚，高约3米，直径约4米，上面的覆盖物夏天一般使用透气性能不错的桦树皮，冬季则用保温性更好的麂皮或者鹿皮。他们在密林中靠狩猎和饲养驯鹿为生。驯鹿是鄂温克族人最好的伙伴和朋友，也是他们的宝藏之一。驯鹿全身是宝，肉可吃，奶可饮，皮能制革，鹿茸、鹿鞭更是珍贵的药材。驯鹿也是他们的交通工具。他们用驯鹿代步，到雪地中打猎。驯鹿更是他们精神信仰的象征，他们用自己的生命来守护驯鹿，用毕生的心血来繁殖驯鹿。新中国成立初期，不少鄂温克族人来到了奇乾村，当地于1958年4月成立奇乾鄂温克民族乡。7年后，他们迁至根河市满归镇敖鲁古雅河畔。2003年8月，他们再由满归迁至根河市郊的敖鲁古雅鄂温克民族乡。

他们就这样和自然相伴相生，在自然中获取生命的保障，与河流、湖泊、森林、动物和植物和谐共处着。

他们的服饰、交通工具、歌舞等，同样让人心生向往。传统的服装是皮衣，以鹿皮、狍子皮等为主要原料，揉兽筋为线，缝制皮衣和骨扣。服装样式古朴，形状符合生产、生活的需要。例如，他们经常用完整的狍子的头皮做出外形与鹿头、狍子头非常相似的皮帽子。猎人戴上后只有两只眼睛露在外面，可达到迷惑野兽的目的。但随着新的生活方式、技术和生产工具的引入，他们离最初的生活方式越来越远。森林中猎物也变得越来越少，狩猎生活变得越来越难以为继。现在，他们已放下了猎枪。驯鹿、马、大轮车、马车、滑雪板、雪橇等是鄂温克族人原始的交通工具。金勒，鄂温克语意为滑雪板，以松木为原料，前端上翘，后端呈坡形，中间有一绑脚的带子，踏上穿行于林海雪原中，风驰电掣。鄂温克族人热爱音乐和舞蹈，男女老幼都喜欢唱歌跳舞，歌舞是他们生活的重要部分。他们的音乐音调单纯，舞蹈动作简单，习惯边歌边舞。他们最喜欢的歌舞有欢乐之火舞、阿罕拜舞、爱达哈喜楞舞、哲辉冷舞。他们崇拜天鹅，天鹅舞是妇女们最常跳的舞蹈。舞者以红布盖头，穿白布披肩，仿照天鹅的动作和声音。传说，天鹅曾在战争中帮助过他们。

在奇乾，最早的巡边记录始于中俄《尼布楚条约》签订后，清政府建立巡边制度。历史还记录了额尔古纳河右岸黄金矿藏被发现后，发生在这里的掠夺与反掠夺、侵略与反侵略。民国期间的军阀混战，使得大兴安岭地区的人民饱受兵灾匪患之难，这里的老百姓生活在水深火热之中。后来日军侵占我国东北，为了掠夺林区资源，曾先后四次闯进大兴安岭。1939年12月至1942年8月，东北抗日联军西北远征军及第三路军第三、第九支队，在极端艰苦的条件下，以不屈不挠的意志，进行了三次西征呼伦贝尔的壮举。他们用鲜血和生命书写了一曲惊天动地、气贯长虹的英雄赞歌。即使时光过去了八十多年，依然值得我们为他们而歌而泣：他们曾穿着单薄的衣裳在零下三四十摄氏度的严寒中，艰难转战在嫩西平原、兴安之巅；他们曾在敌人重重围困的一座座山岗上，前仆后继，直至战斗到最后一人；他们以血肉之躯英勇抗击着强大的敌人，给侵略者以沉重的打击，开辟了大兴安岭游击区；他们在茫茫林海一路行军一路宣传，唤起民众，众志成城，共御外侮。再后来的国民政府时期，国民党反动派纠集反动残余势力，网罗日伪时期的官吏、警察、特务、地痞流氓、土豪劣绅，组建反动组织，扰乱残害人民。1948年，额尔古纳旗人民政府把乌启罗夫划为第四区，开启了中国共产党领导下建设的新篇章。新中国成立后，边防军人、消防指战员、护林员等坚守在人迹罕至的高山密林深处和额尔古纳河畔，在泥泞和荆棘中巡边，筑立起祖国北疆的安全屏障。

在王指导员的带领下，我来到了莫尔道嘎国家森林公园。在公园里的龙岩山上，建有成吉思汗公园。18米高的大汗雕塑，戎装跃马，拉弓射雕。雕像旁，蒙古式的点将亭台威严肃穆，两侧刀、枪、矛、叉等古兵器分类排列。巨型雕塑的基座上，镌刻有颂扬大汗伟绩的《大汗祭》。相传当年成吉思汗回室韦祭祖，路上有了狩猎的想法，于是逐鹿至龙岩山顶。看到这里林海茫茫，云凝峰峦，他流连忘返。突然，一只大雕从高空冲下，成吉思汗提缰纵马，拉弓搭箭，弦响镝鸣，巨雕扑地。此刻，久有统一蒙古大志的成吉思汗，射雕发威，大吼一声："莫尔道嘎！"莫尔道嘎，蒙古语意为上马出征。于是，他挥师西进。莫尔道嘎也由此得名。

沿着古人的足迹，我们从莫尔道嘎向西驱车90公里，来到蒙古族室韦部落的发祥地室韦镇。它依山傍水，镶嵌在大兴安岭北麓、额尔古纳河畔，与俄罗斯小镇奥罗奇仅一河之隔。

坐在额尔古纳河畔，我倾听着关于蒙古族祖先的故事和传说……

那天晚上，我与莫尔道嘎大队代理教导员陈楞聪进行了一次长聊。他是一个80后，老家在河北邢台，2007年考上了北京林业大学的国防生，与王德朋指导员是校友。大学毕业后，分到大兴安岭支队，一干就是13年。刚分到大兴安岭时，一看离家那么远，林子这么大，天气还这么冷，心里有些闷闷不乐。但后来一想，不论是解放军还是森林武警，都是保家卫国，离家再近也不可能天天回家。渐渐地，他适应了大兴安岭的环境，也就释怀了。最开始在位于牙克石的二大队当排长，后来到大杨树大队一个中队当指导员，再后来去了阿里河大队一个中队当指导员，2023年6月到莫尔道嘎大队当代理教导员。

还在学校时，他就知道大兴安岭有个奇乾中队，在林子最深处，艰苦边远。在阿里河当中队指导员时，他曾带中队到原始林区打火，经过奇乾乡，打火回来时，曾到奇乾中队进行休整。那是他第一次直接接触奇乾中队。绿色的海洋，茂密的林子，通往中队的水泥路，来回穿梭的狗，热情的指战员，出奇的安静，无际的孤独——这是他对奇乾中队的印象。看到他们来了，奇乾中队队员们把宿舍腾出来给他们住，还让出被褥，而他们自己则住在走廊里。这是让他一辈子都无法忘记的深深情谊。离开奇乾中队，准备回阿里河时，陈楞聪他们把火场上剩下的油、米、青菜、肉类等全部留给了奇乾中队。他们知道，奇乾中队驻扎在原始林区，山高路远，极其不便，食物对他们非常珍贵。

接着，我们聊到了大兴安岭的河流。

森林，是大兴安岭的灵魂；河流，是大兴安岭的乳汁。大兴安岭的河流也是古老传说的讲述者。

以大兴安岭中轴线山脉为界线，往西的河流大部分汇入额尔古纳河，往东的河流大部分汇入嫩江，再进入松花江。大兴安岭是分水岭，它挡住了来自西伯利亚的风雪与沙尘，使祖国东北形成了富饶的东北平原。大兴安岭林区共有大大小小、长长短短的河流4000多条。这些细细的河流大多是无名的，条条碧水环绕着大兴安岭，在大森林间湍湍淙淙，就像母亲的乳汁一样哺育着这片土地。陈楞聪说，大兴安岭的一些地名，一开始他也觉得奇怪，后来才知道，它们其实是按照河流或湖泊命名的。但凡叫得上名的河流或湖泊，都会有一个地名与之相匹配。

我对此充满好奇。

陈楞聪一一列举。

像鄂伦春、达斡尔、鄂温克等生活在大兴安岭地区的少数民族，都是逐水草而居。他们沿着一片水域形成一个部落，这片水域是先民们经过长期实践选出来的。先民们会用河流和湖泊的名字为相关地点命名。

呼伦贝尔，因境内的呼伦湖和贝尔湖而得名。呼伦湖又名达赉湖，蒙古语意为"像海一样的湖"。贝尔湖是中蒙两国最大的界湖，蒙古语意为"雄水獭"，也是世界上最纯净的湖泊之一。

海拉尔，海拉尔河在境内流过，市以河名。海拉尔是蒙古语"哈利亚尔"音转而来，意为"野韭菜"，因河两岸野韭菜丛生而得名。大约6000年前，人类就在海拉尔河畔活动。清雍正十二年（1734），黑龙江将军在给雍正帝的奏章里说，海拉尔水草丰茂、土地肥沃，可以开垦并建城。于是在今天的海拉尔建成了最早的呼伦贝尔城。

额尔古纳市，得名于额尔古纳河。"额尔古纳"为蒙古语，意为"捧呈、奉献"。额尔古纳河是黑龙江的右上源。额尔古纳市历史悠久，是举世公认的蒙古族发祥地。隋唐时期，蒙兀室韦部落就在这里游牧狩猎，繁衍生息。海拉尔河流至阿巴该图山附近时向东拐去，拐弯处为165度，状如人捧呈物品，故从此处更河名为额尔古纳河。额尔古纳又名拉布大林，意为"尖山下的平原"，拉布大林街道办事处是额尔古纳市人民政府所在地。

牙克石是由满语"雅克萨"音转而来。清代，今牙克石市所在地的名称为"扎墩毕拉雅克萨"。当时免度河与现在的扎墩河被统称为"扎墩河"，"毕拉"为满语，"河"之意，"扎墩毕拉"即"扎墩河"。"雅克萨"为满语，意为"涮坍的河湾"。

根河市，因根河得名。根河，蒙古语译为"葛根高勒"，意为"一条清澈透明的河"。它以博大的胸怀接纳了来自遥远的驯鹿人在这里安家落户，直到今天长达300年之久。最低达零下52.6摄氏度的极寒世界，成就了根河市居民越冷越热情的独特个性。根河，驯鹿之乡，这里是上天赐福的地方，四季分明，空气洁净，河水清澈，天蓝，云白，是人间的世外桃源。

莫尔道嘎镇是呼伦贝尔市额尔古纳市下辖镇，因莫尔道嘎河流经镇区而得名。"莫尔道嘎"系鄂温克语，意为"有桦树林子的地方"。莫尔道嘎在蒙古语里是"上马出征"之意。让人印象最深的是，以莫尔道嘎为主题的电影《莫尔道嘎》在2021年获得了纽约亚洲电影节的最佳影片奖。该电影讲述了上世纪九十年代，一位鄂温克族伐木工人保护我国寒温带最后一片原始森林的感人故事。通过展现原始森林里的生活情境，传递了人与自然和谐共生的理念与追求。

"得耳布尔"为鄂温克语，"宽阔的山谷"之意。得耳布尔镇因得耳布尔河得名，隶属呼伦贝尔市根河市。得耳布尔河发源于得耳布尔境内的青年岭林场，全长272公里，由东北向西南流经得耳布尔镇，以及二道河、康达岭、永青等林场，汩汩滔滔，于额尔古纳市注入额尔古纳河。

…………

到处是河流，河流里都有古老的传说，从过去流向未来。

犹如奔腾不息的额尔古纳河

潺潺的阿巴河，无时无刻不在流向奔腾不息的额尔古纳河，激情满怀地传播着她怀抱里这支消防队伍的动人故事。

奇乾中队的营房原来在奇乾村，一开始在金矿附近。

早在1908年，清政府就在那里设置珠尔干河总卡伦，辖莫里勒克、毕拉尔河、牛尔河等地。因为有金矿，被越来越多的商人所觊觎。清末民初，许多"闯关东"的家族和邻国的俄罗斯商人都来到此处，采金、伐木、放牧、渔猎、经商……面积仅有一平方公里的奇乾村，吸引了过万的淘金工人入住。东西方文化在这里碰撞，原住民、边贸商人、"闯关东"人在这里长期生活，互相通婚，让这座小村庄显得热闹非凡。

新中国成立初期，百废待兴，国家经济建设急需大量木材。这一时期，林业企业的根本任务是保证国家建设需要的木材供应。1953年，为保护森林资源，政府将全部采矿人员转业安置，村上古老的木刻楞房屋便成了营林局的办公用房。同时，也开始对大兴安岭进行有计划的开发建设。国家派来大量复转官兵和大批支边青年，支援林区开发建设。大兴安岭林区铁路开始不断延伸，对原始林区的开发也相继开始。当时条件极其艰苦。工人们住简单的工棚子、地窨子，吃的是水煮冻白菜，头上戴的是狗皮帽子，身上穿的是羊皮袄，脚上穿的是毡疙瘩。他们在冰天雪地的大森林里战天斗地，采运木材。没有路，他们伐林开路；没有车，他们用牛马套子拉木头；缺少人力、畜力，他们发明了冰道运材的方法；没有水喝，他们取冰化水；没有床铺，他们伐木做成小杆铺；没有电，他们用蜡烛、电瓶灯、嘎斯灯、煤油灯……

奇乾中队就是在这样的背景下，于1963年4月成立，由林务大队改编而成。林务大队的前身，便是参加过清山剿匪的解放军骑兵团。与开发林区的工人不同的是，奇乾中队的职责是保护国家森林资源和维护林区社会治安。中队负责守护的林区，地处大兴安岭腹地，在北部边疆的最前沿。相对于林区的工人来说，当时中队的环境更加恶劣，条件更加艰苦。中队的驻地就在奇乾，当时还叫奇乾人民公社。营林局将一部分房屋交给奇乾中队。房子非常简陋，甚至难以遮风挡雨。一到冬季，天寒地冻，滴水成冰，指战员们常常冻坏手脚，伤亡事故也比较频繁。几年后，他们自己挖窑洞烧砖，搬出了木刻楞，住进了砖房。但不是在原址上建的，而是搬到了现在的石磊家附近。2000年，他们搬离奇乾村，来到了阿巴河畔。

在年轻消防指战员的眼中，金矿、老营房、木刻楞……就像远去的额尔古纳河，已经成为遥远而模糊的传说。但那些艰苦卓绝的岁月，仍珍藏在奇乾中队老消防员心底，历久弥新。

为了倾听这些刻骨铭心的记忆，我们从莫尔道嘎出发，驱车300多公里，前往额尔古纳市政府所在地拉布大林镇，拜访奇乾中队老副指导员王海。他本来住在莫尔道嘎，因为要陪外孙女上学，便临时住到了拉布大林。从山上往山下走，林子越来越小，草原和耕地越来越多，越来越辽阔。肥沃的土地，在太阳的照耀下闪闪发光。

阳光洒进屋里，照在王海的笑脸上。74岁的他，个头不高，头发已经花白，耳朵也有些背了，但精气神十足。看到奇乾来人了，他显得异常兴奋。一边招呼大家坐下，一边叫老伴和女儿赶紧端茶送水、递上水果。随后，他又一个一个地拉着手，问长问短，像久别重逢的亲人。

随着王海激情的讲述，奇乾中队的历史逐渐清晰。

王海祖籍内蒙古通辽市奈曼旗，小时候跟着父母来到图里河林业局，在牙克石市图里河镇上。1970年10月高中毕业后，他就下乡来到图里河镇西农月生产队。在那里待了八九个月，看到部队来征兵，他立即报了名。听说这支部队还是由解放军骑兵团改编而来，他更加兴奋。他还听说，解放军骑兵部队是一支非常威风的部队，由1932年成立的中国工农红军陕甘游击队骑兵大队发展而来，经历过土地革命战争、抗日战争、解放战争，经历了战火的考验，为国家独立和民族解放立下了赫赫战功。特别是大兴安岭的骑兵团，还为清山剿匪作出了巨大贡献。新中国成立后，由于国防和军队现代化建设的需要，特别是随着军队向摩托化、机械化方向发展，骑兵逐渐淡出了历史舞台。大兴安岭的骑兵团改为林务大队，担负起保护国家森林资源和维护林区社会治安的重任。

怀揣着对部队和军人的憧憬和敬仰，王海于1971年6月8日走进了部队。在海拉尔新兵连集训三个月后，被分到了奇乾。新兵下连时，中队临时抽调十个新兵去边防满归喂马，其中就包括王海。喂马的人可不是随便挑的，根红苗正的人才够条件。王海那会儿年纪还小，也没出过远门，不知道边防是啥。到边防后他才知道，这里和苏联只隔着一条界河。为啥到满归去喂马呢？因为边界关系紧张，奇乾中队的家属、乡政府的工作人员，还有几十匹军马，都疏散到了满归。在那喂了两个多月马后，10月5日，他们中的八个，由一个叫善成昆的排长领着，由满归往奇乾赶这批散马，一共54匹。另外两个战友则坐火车护送行李到莫尔道嘎，再从莫尔道嘎到奇乾。

考虑到奇乾要走好几天的路程，早在"十一"前他们就做好了出发的准备。首先是给马挂掌。教他们挂掌的是一个1963年入伍的老兵。再就是烙饼，烙发面饼，把去奇乾路上这些天吃的饼都烙出来。还准备了卜留克咸菜。排长也对他们八人进行了明确分工，有照看马的，有照看物资的，还有负责照看向导的。他们在附近的一个民族乡请了一个猎人当向导。这个猎人叫大佬飞，40岁上下，体格健壮。排长请乡长推荐向导，乡长推荐大佬飞时就说了，大佬飞很勇猛，也很有经验，是个打猎高手，但他特别贪酒，路上千万千万不能让他喝酒，一喝酒准闹事。

10月5日，他们出发了。第二天，大佬飞就不干活了，非要喝酒，说啥也不走了。幸亏出发前乡长做了特别交代：他这个人天不怕地不怕，就是怕枪口对着，要是他闹，就把他绑树上，用枪对着他，立马就好。前面几个赶马的人比较健壮，他们把大佬飞绑到树上，拿着枪对着他吓唬他，大佬飞果然服软了。在林子里赶马特别困难，总有几匹调皮的马不走正道，一不小心就钻到林子里去了。

第三天，他们赶着马来到一座大山下。大山叫滚突岭，特别陡，底下就是激流河。这座山是他们的必经之地。大佬飞在前面带路，排长善成昆断后。走到半山腰时，头马突然不走了，后面的马也跟着停了下来。王海骑的那匹马正好在最陡的坡上。因为太陡，马控制不住平衡，不停地向山下溜。王海害怕起来，他担心马滚下山掉进河里，却忘了自己还骑在马上。就在此时，只见山坡下的排长加快速度驾马到了半山腰，朝天连放三枪。嘿，马群一惊，跟着头马一匹接一匹地使劲朝山顶爬。不一会儿，马群顺利翻过滚突岭。想到前面那一幕，王海才开始后怕起来，头上直冒冷汗。

第四天，他们来到大营。这是伪满洲国时期日本人训练特务的地方，离奇乾中队还有90里地。由于赶马是个体力活，路上就吃得多了点，到了这里，带的发面饼就吃完了。他们还发现，装小米的米袋被刮破了，小米漏掉了，连小米粥都熬不了了。天已经很冷了，穿着秋衣秋裤的他们，冻得瑟瑟发抖。他们生起了一堆火，一个叫刘光文的战友把脚伸到火堆上烤。由于实在太累，他瞌睡了，鞋前半截都快烧没了，还不知道。由于闹事的马、不合群的马总是想脱离群体，总是往林子里钻，王海和另一个战友去看马了，他们回来时，闻到一股浓烈的焦皮味。发现刘光文的鞋子着火了，他们赶紧一脚把刘光文的脚踢开了。刘光文不仅鞋子烧坏了，脚指头也起泡了。

咋办？从大营到奇乾还得走一天一宿呢！排长就对大佬飞说，给你酒喝，但没有饭菜，你去打猎吧。大佬飞欣然接受。排长只给了他一支枪两发子弹。大佬飞出去二十多分钟，就听见林子里"砰"的一声枪响了。又过了不到五分钟，又响了一枪。王海他们找到草场把马圈上，大佬飞骑马也回来了——带回来两只大狍子。大营有锅。他们到河边把狍子处理干净了，就把肉扛回来放到锅里煮。大佬飞说："我说能吃你们才能吃，没说好就不能吃，否则就跟你们急。"锅里水开了，但肉里还带着血丝。大佬飞说："能吃了。"看着他大快朵颐，王海他们不好意思不吃，就都装出很好吃的样子。等大佬飞吃完了，睡觉去了，他们继续煮，煮熟了再吃。

第五天清晨，王海他们吓了一跳。54匹马全不见了。但排长处变不惊。他说："马基本上都有马绊，它们跑不了多远。"王海着急地说："排长，我们骑的马可没马绊啊！"排长说："没绊的，肯定都到家了。"王海问："家是哪儿？"排长说："就是奇乾呀！因为它们在那儿待过，对那里特别熟。"于是，他们一人提着几块狍子肉，循着马的足迹撵，这一撵一直撵到了奇乾。跑到中队一看，他们的马全部进了马圈。

中队在奇乾村，住的是木刻楞房屋。这里在额尔古纳河畔，与俄罗斯隔河相望。村里有乡政府，有边防连，有边防派出所，还是当地营林局的集散地，是个生活着数千人的热闹村庄。来到奇乾中队后，热情、乐观、勤劳的王海找到了自己的榜样，很快就融入这个欣欣向荣的集体中。由于王海工作积极、认真，1972年底领导安排他去学无线电，当报务员。其实他内心想当卫生员，不太想学无线电。但中队"既来之，则安之""干一行、爱一行、钻一行"的精神对他影响很大。中队老兵，有参加过抗日战争的，有参加过解放战争的，最多的是参加过抗美援朝的。比如中队第一任队长李春荣，就是从战火硝烟中走出来的。1952年从空军部队转业后，他被分到牙克石一个单位当保卫科科长。后来调到森警队（中国人民武装警察部队森林部队），在图里河森警中队当队长。再后来，奇乾中队成立，他把图里河森警中队的整支队伍几乎全部带到了奇乾以及奇乾以外的一个分队驻扎地乌玛，队员加家属，共有六七十号人。

在奇乾村营地以外，中队还有四个分队。往北是乌玛分队和伊木河分队，往南是西牛尔河分队和128外站。乌玛和伊木河是比奇乾更远的远处。奇乾到乌玛直线距离60公里，到伊木河有80公里。前往这两个地方根本就没有路，全是原始森林。林子太密，腐殖层太厚，去乌玛，60公里的直线距离，骑着马要走十几个小时。一路过去，马的身上、人的衣服和手脸，都会被树枝剐出横七竖八的口子。去伊木河就更远更难了。两个分队人吃马喂等基本物资都是靠边防团的艇队，在短暂的夏天，走水路给捎带过去的。后来，乌玛和伊木河这两个分队撤编，队员和家属也就搬离了那里。

王海在中队电台中心台工作。不管是中心台，还是各分台，只要出现故障了，他就带人去修。如果哪个分队报务员有事，他就会临时去顶替，也算个机动人员。

说起运送物资的不易，王海回忆起了一起小险情。那时王海正在乌玛临时替班。那天，王海和两个班长去奇乾购买物资。当时是3月，额尔古纳河上依然冰天雪地。他们坐在马车上，经过河面从奇乾往乌玛行驶。两个班长坐在前面，面向前方，王海坐在后面，面向后方。跑着跑着，突然"咔嚓"一声，马车停止前行了。王海一时没反应过来，以为是马不跑了。他扭过头对两位班长说："班长，你们在前面干啥呢，睡着啦？"两位班长也是一头雾水，嘟囔着说："哪睡着了。"正说着，冰塌了，马扑腾一下，掉进河里了。他们赶紧卸下马爬拉杆，使劲扯着马笼头，让马抬起头来。马越陷越深，水很快就淹到了马脖子了。情况紧急，他们只得将马爬拉杆插到马前腿后，一边抬，一边拽。在人马合力下，马终于爬到了冰上。王海他们虽然整得裤子全湿了，但都如打了一场胜仗般高兴。

因为当了报务员，王海主要在队里守电台，很少外出打火。但当报务员之前，他参加过打火，特别是第一次打火经历，令他刻骨铭心。

那是1972年5月，开江不久，冰雪刚化。一天，伊木河的林子意外着火。乌玛分队、边防连赶紧组织打火。人太少，火势太大，越打越大。奇乾是离伊木河最近的队伍，也是最先接到打火命令的。接到命令后，队员们就骑马火速赶往伊木河。分两批，第一批由副中队长带队，共20人。第二批由副指导员带队，共19人。王海是第二批奔赴火场的。

直到第二天晚上，王海他们才赶到火场附近。能闻到烟味了，但天也黑了,马也无法再行走了。他们只好在山脚找了个山窝窝扎营。夜渐渐深了,大家都睡着了,有的还打起了呼噜。但王海却毫无睡意。接近深夜十二点时,他突然发现脸上沾着东西,一扒拉,全是灰,是从火场飘过来的草木灰。他赶紧向副指导员报告。副指导员一看,不好,火烧过来了,咱得赶快挪地方。于是,他们挪到了额尔古纳河边的沙滩上。第二天早上一看,他们原来扎营的地方已经烧着了。

离伊木河只有10公里了,为了尽快赶到火场中心,副指导员决定沿着沙滩走。在江边,他们碰到了一块大石头,他们管它叫"讲台"。大石头一半在江里,一半拦住了他们的必经之地。人可以上去,但马上不去。怎么过去?副指导员说:"王海,你点子多,你觉得怎么办好?"王海说:"我拉着马缰绳,先爬上'讲台',再让马沿着'讲台'边的河道走。人在'讲台'上,拉着缰绳,马就不会乱跑。"副指导员说:"这个主意好,就按王海说的办。"于是,大家纷纷拉着马缰绳,让马一匹接一匹地沿着"讲台"边的河道走。就这样,顺顺利利地把18匹马送了过去。

王海的马最后过去。这匹马并不是他常骑的,脾气有点怪,不怎么听话。刚一下水,马就不干了,嘶嘶地叫了起来。王海牵扯缰绳,但马不配合,不但不配合,还往江中游去。王海一看,急了,大喊一声。听他一喊,马又回来了。为了更好地驾驭马,王海纵身一跃,跳到了马背上。但马还是不听话,扭头又往江中游。江水很深,马只露着半个脑袋了,王海的半个身子浸到了江水中。马在往界河的对面游,对面三个大兵正打着草,看到马往他们那边游,他们拿着刀、杈,虎视眈眈。王海很紧张,紧紧地抓着马鬃,抚摸着马脖子。他一边抚摸,一边对马说:"我知道,我骑在你身上你很遭罪,但再遭罪也不能去对面。那边是人家的地盘,不是你的家,你过去了会很麻烦。"要知道当时王海带着枪,枪挂在了马鞍上。他接着对马说:"你过去了没事,可我不能过去,我不能离开自己的祖国。我一过去,就属于武装越境了。"王海非常着急。他想,这样下去不行,必须想想办法。于是,他站到了马背上,使劲拽缰绳。马的头一下被拽了过来,改变了方向。恰在这时,岸上的其他马也在叫,它似乎看到了亲人,就拼了命地往回游。马一上岸,王海就坐在地上哭了起来。他不是被吓哭了,而是激动得哭了。这时,副指导员赶了过来,看到他棉衣棉裤都湿了,赶紧给他脱了,帮他把水拧干,再让他穿上。虽然王海的衣服湿了,天气还很冷,但他的心是火热了。

到达伊木河火场后,两支队伍一碰头,就商量着怎么进入火场。那时还没有二号工具,只有斧头、锯子、铁锹等。所谓二号工具,其实是由手柄和橡胶拍头组成的扑火工具,是根据树枝扑火的原理设计的,虽然简易,但却是扑打地面火的有效工具。火太大,根本无法靠近,也无法打火,只能堵截火头。于是,他们分组去挖隔离带。往林子里一走,王海他们就发现,近处的火头很难截。为啥?林子里的树都是三四十米高,火在上面烧着呢,怎么堵截?只能眼睁睁地看着树木燃烧。还有,林子里的植被太厚,人一进去就容易陷到里面。最危险的是,还有地下火,站杆(未伐倒的枯死立木)下面两三米全是火,人在里面寸步难行。

最后决定，在适合挖隔离带的地方进行堵截。在前去挖隔离带的路上，王海他们要经过一片林子，林子里树顶着火了。王海和排长曲景灿在队伍最后。曲排长说，王海，你先走，一定要快速通过林子。王海说，排长，你先走。他们互相谦让着。拗不过王海，曲排长只好先走，他顺利通过了林子，但等到王海通过林子时，连着倒了两棵树。王海是骑马，马尾巴被烧着了。他赶紧用手一撸，把火给撸灭了，最后总算是有惊无险。见到王海，曲排长说道："叫你先走你不走，你知道多危险吗？！"王海嘿嘿地笑着说："排长，我这人命大，不会出事的。"

他们冒着危险挖了几天隔离带，但火势还是没能控制住。来打火的人越来越多，拉布大林、三河等地的人都来了。没有交通工具，也没有路，队伍就贴着额尔古纳河边走。

这次打火，王海他们在山上住了一个多月。除了一件雨衣、一件皮大衣，他们啥也没带。只能就地取材，搭建临时窝棚。

清理完火线后，老天终于下起了大雨，一连下了好几天。为了做到万无一失，他们骑着马，围着火场走了三天，然后才回到奇乾。

王海还讲到这次打火发生的一个插曲。这次打火，差点丢了一个叫阿荣奇的兵。那天清晨，阿荣奇骑马去巡火场，直到晚上还没有回来。再后来，马自己回来了，但阿荣奇却没有回来。还是王海点子多。第二天天刚蒙蒙亮，他就沿着巡火场的线路去寻找。走了一段距离后，他就开始打枪。阿荣奇也带着枪。很快，林子里就传来了另一声枪响。但只能听到枪声，相互见不到对方。他们一会儿这里打两枪,一会儿那里打两枪。直到中午,王海才找到饥肠辘辘的阿荣奇。一见面,他俩喜极而泣。

王海略带责备地说:"你干啥去了,马都回来了,你咋不回?"

阿荣奇说:"我下马捡鹿角去了,等我回头找马时,马已经跑了。没办法,我只好自己往中队方向走,但走着走着迷山了。"

王海说:"你寻着马的蹄子印走不就行了?"

阿荣奇说:"一慌神,啥都忘了。"

"那真是艰苦卓绝、战天斗地的岁月。"说到这,王海感慨万分,"当时奇乾有句俗语:天当房地当床,野果雪水充饥肠,茫茫林海雪原路,搜歼残匪日夜忙。"

一开始,队员们住的是木刻楞房子。这是俄罗斯族典型的民居,具有冬暖夏凉、结实耐用等优点。那是中队从营林局接管的房子。但房子太小,非常拥挤。每次有家属来探亲,只得找个小房间,把住里面的人撵走,让给家属住。后来中队打算在奇乾村找地址建新房。老兵中有两三个人是泥瓦工出身,他们商量,何不自己烧煤灰砖呢?说干就干,他们开始挖窑洞,搞试验。他们挖了一个砖窑,一个灰窑。经过几次失败后,他们掌握了规律和火候。于是,开始用自己烧出来的砖和灰盖房子,一连盖了好几栋。泥瓦工出身的老兵心灵手巧,墙砌得整齐牢固,窗台弄得漂漂亮亮。

住木刻楞房子时,是睡大铺。冬季,有火炕,还有火墙。后来,还有了地火笼,其实就是在床底下烧火炉。晚上要值班,一个小时一个岗,从晚上九点就寝开始。值班员不只负责本班的火炉,而是要负责整个营区的火炉。火炉挺难烧的,有的树木太湿,不容易着，但又不能让火熄了。再后来，中队安排了专人来烧炉子。那时没烧过煤，煤根本就运不进来。因为要烧火炉，要做饭，冬天就必须打"板子"。把任务分给各班，用马爬子去拉。

林子里的树，不能随便砍，必须报林管局批，批了在哪个位置砍树，才能在那个地方砍。主要砍桦树，奇乾黑桦树多。黑桦长得奇形怪状的，很难成材，但好烧。奇乾乡政府能发电，但睡觉时不发电。夏天，早上八点来电，晚上九点停电。冬天，早上六点半来电，晚上十点停电。睡觉时，连蜡烛都不让点。电的另一个用途，是发电报。当时与外界联系，还靠写信，但不论是寄往奇乾的信，还是从奇乾寄出的信，快的三个月能收着，慢的要七八个月。乌玛和伊木河没有电，点的是煤油灯。发电报的电台，靠一台手摇发电机供电。

虽然吃得寒酸，娱乐设施很简陋，但他们乐在其中。奇乾中队的兵，谁都会"三打一种"。"三打"，即打"板子"解决柴火，打草喂牛马，打火守护林子。"一种"，就是种地。夏天的菜，基本上靠自力更生。来到中队的新兵，都会跟着老兵学种菜。土豆垄怎么打，白菜垄怎么打，萝卜垄怎么打，他们都得学会。一年，他们在奇乾的东山坡上种了一片萝卜。国庆节放假时，奇乾下起了大雪。有人说，下雪了，把萝卜收了吧，别冻坏了。也有人说，这么大的萝卜，不怕冻，等放完假再收吧。这么一说，大家觉得可能没事，就决定国庆节后再收。国庆节后，大家扒开厚厚的积雪，拔出萝卜。萝卜看起来白白胖胖的，但仔细一看，上半截全都被冻成半透明状了。食物对他们来说，太珍贵了。他们把没冻坏的下半截留着自己吃，上半截拿去喂马喂牛。最关键的是要腌咸菜，制作卜留克。如果只会种菜，但不会腌制卜留克，就还算不上合格的奇乾人。在冬天，好几次，山下的菜上不来，中队断菜了，卜留克立下了汗马功劳。冬天，除了雪就是冰，基本上没啥娱乐活动。夏天，一片生机盎然，大家都动了起来。他们建了一个篮球场。在一片平缓的山坡上，他们挖了近一米深，挖成了一片平地，在上面铺满小石头，再用沙子将石头之间的缝隙填满。篮球架、拦板、篮球筐等，都是他们就地取材制作的。这是奇乾乡唯一的"标准"沙石篮球场，每逢"五一""七一""八一""十一"，乡政府都要组织各单位进行友谊赛。他们还自己做了乒乓球桌，是用木头做的。由于中队没有出色的木匠，他们做的乒乓球桌跟狗啃过似的，球打到对面，不等对方接球，自己就弹回来了。

奇乾远，一是距离上的远，二是交通不便难以到达。中队刚成立时，队员们进出奇乾，主要是走江道。冬天，额尔古纳河结上了厚厚的冰层，他们就坐马爬子或骑马；夏天呢，他们从海拉尔坐汽车到额尔古纳河边的吉拉林，从那里上船，沿吉拉林河进入额尔古纳河，再到奇乾。夏天的奇乾河边上，总是停靠着七八艘船。上世纪七十年代初，开始修从莫尔道嘎到奇乾等地的边防公路。虽然是沙石路，但比起水运，效率大大提高了。路通了后，中队就开始有了车子。

来到奇乾中队的第一台机动车是一辆拖拉机，是在1975年秋，当时气温已经降到了零下十几度了。一天，中队接到一个令人振奋的消息：支队考虑到奇乾中队条件艰苦，运水运柴不便，专门配发一辆拖拉机。听到这个消息,大家都很兴奋,立即组织力量前往莫尔道嘎大队领取。老队员王树海更是自告奋勇,要前往莫尔道嘎迎接拖拉机回奇乾。如果是现在,走高速路,150公里的路程也就一个多小时,但那时从奇乾去莫尔道嘎只有一条颠簸不平的山路。

中队长武兴久对王树海说:"树海,天气转凉了,带两件皮大衣,路上应个急,好御御寒。"

王树海自信满满地说:"不用了,队长,就这几步路,回来我们就有了现代化的'蹦蹦车',咋也比骑马快。"

武队长也没说什么,只是笑了笑,然后悄悄把大衣放在了马车上。临行前,武队长还是安排了一个老队员跟着他,说路上遇事好有个照应。深秋的大兴安岭,路上已经结了一层厚厚的冰。他们赶着马车走了整整三天三夜的路,才到达莫尔道嘎。到了大队,他们简单地汇报了一下,便迫不及待地开着拖拉机踏上了回奇乾的路。中队接到他们返程的电报后,都炸开了锅。武队长还专门发电报说:后天全中队列队迎接你们归来。王树海一听,就像浑身有了使不完的劲。他把马往拖拉机后一栓,带着战友一路走一路唱地往回赶。

可是让他们没想到的是,他们开着拖拉机回到中队,已经是半个月后的事了。行驶两个小时后,也就刚刚拐进回程的山路不久,他们就遇到了麻烦。在结冰的路上,这个现代的拖拉机怎么也走不快,并且左摇右摆,只能一点一点地向前缓慢行驶。当它晃晃荡荡地走到一个巨大的冰包前时,怎么也爬不上去,可又绕不开。最终,他们只得在那里露宿。零下十几度的气温,他们穿着厚厚的衣服还能对付，可那两匹马怎么办？于是，他们找了一处避风的地方，找些木墩子点燃，把两匹马拴在身旁，还把大衣盖在马的身上。王树海他们就互相挤在一起，围着一大堆燃烧着的木柴睡着了。第二天一早，他们费了好大的劲，才翻过那个冰包。他们想快，但拖拉机就是开不快。虽然每天走不了几里路，但想到中队上下都盼着他们把拖拉机带回去，他们心里就始终有股劲催促着自己继续前进。有时路面实在太滑，他们就把大衣铺在车轮子下面，马拉着车一点一点往前挪。后来几天，他们没有吃的了，就打一些野兔、山鸡来充饥；车没油了就让两匹马拉着走。半个月后，他们终于回到了中队。全中队的人跑出几里外列队欢迎他们，武队长还高兴地向天空连着放了三枪，就像礼炮一样。看着这个场景，王树海和同行战友激动得热泪直流。

后来，更加先进的机动车加入了奇乾中队的序列：先是来了两台130嘎斯；再后来，一台北京吉普212、两台东风解放，也先后来到奇乾中队。因为有了马路，有了汽车，军马也就渐渐退出了历史的舞台。支队在牙克石有个农牧场，奇乾的马大都去了那个农牧场。

到奇乾远，到原始林区巡防更远。每次巡防，都要自己开山寻路，走兽道，找缓坡，绕沟过塘，避开沼泽。每次巡防，都要在林子里走上十来天，随身带的只有简易装备：一件雨衣、一件皮大衣、一把铁锹，还有大斧头、小斧头。天黑了，就在林子里砍两把杆子，搭个窝棚。真要遇上火灾，就地砍下树杆，绑上条子，便是打火工具。绑条子还有好多说道呢。松树坚决不能砍。为啥？它含油脂，是易燃品，用它打火，火会越打越大，弄不好，还会引火上身。最理想的是王八柳，柔软还不容易着火。中队的马爬子，全是王八柳编的——可以用火烤出自己想要的形状，还可以当绳子用。中队绑爬最厉害的人是张万虎，中队的马爬子全都是他绑的。他绑的马爬子结实、精致，中队的"板子"、马草、食品，全都靠它运输。后来张万虎调到满归，他又把绑爬的经验和技术带到了满归。

报纸来到奇乾时，新闻早已成旧闻，所报道的事件都已经发生几个月，甚至半年了。山下送报纸和信的车，有时两三个月来一趟，有时半年来一趟，一来就拉来几袋报纸和信。他们笑称，看的是季度报。好在有半导体收音机，每个班配了一台。早晨六点半的《新闻与报纸摘要》，晚间七点的《新闻联播》，他们都必须集体收听。

1979年元月，王海回家结婚。结婚第九天，他接到电报，奇乾中队的各分队改成中队，他调到伊木河中队当电台台长。但只干了九个月，伊木河中队就撤编了。原因很简单，太远了，给养无法保障。乌玛中队的情况也是如此。离开伊木河，王海来到安格林，在安格林中队下属的三分队当指导员。四年后，调到莫尔道嘎大队当副教导员。1986年转业到莫尔道嘎林业局。

"可以说，奇乾的历练，奇乾的精神，影响了我一辈子。"王海动情地说，"近十年我先后五次去奇乾，去那里讲述中队过去的故事，看中队现在的发展变化。每次去，都是感动与激动。那里是我永远的心灵家园。"

追寻奔腾不息的额尔古纳河，郑威也来到奇乾中队。

我们是在牙克石相见的。他是内蒙古森林消防总队大兴安岭支队政委。他中等个头，壮实敦厚，乐观豁达，热爱生活。二十多年前，军校毕业后，他工作的第一站就是奇乾。后来调到支队宣传股当干事，再后来调到总队机关，当过文化站站长，宣传科副科长、科长，政治部副主任等。后来消防队伍改制，他转为队务处处长。三年前，他又回到支队担任政委。

"虽然我只在奇乾中队待了一年多，但却影响了我的一生！"说起在奇乾的经历，郑政委满怀深情。

来到奇乾时，中队的营房还没有搬离奇乾村。郑威花了整整一天时间，从莫尔道嘎沿着边防道来到奇乾。当他从小型树林区走进遮天蔽日的混合林区时，他知道，离奇乾越来越近了。入夏的大兴安岭，松青桦洁，杜鹃欲燃。但来到奇乾的他很快就感受到了这里的艰难与艰辛，孤独与寂寞，也真正体会到了在全支队流传的顺口溜"奇乾苦、加奇（加格达奇）累、打死不去一二三大队"的真正内涵。

大兴安岭的夏天很快就过去了，秋天更加短暂，一眨眼的工夫就离开了。如果不是树叶变得金黄，都可能感知不到秋天的存在。天很快就冷了起来，下起了大雪。中队也很快烧起了火墙子。那天晚上，刮起了大风。负责烧火墙的队员，多添了"板子"，好让火烧得更旺。火烧得更旺了，火苗子也冒了出来，郑威感觉自己的被子都快被点燃了。房子小，道也窄，他很快就有了一种窒息感，甚至感觉是在做噩梦。接着，他发现自己身体动不了，但头脑是非常清醒的。他意识到，可能是一氧化碳中毒了。他想动却动不了，想喊却喊不出声音。他感觉到了事情的不妙，但又束手无策。就在他陷入绝望之时，隔壁的老爷子过来了。老爷子是给中队看营房的，晚上喜欢喝点白酒，一是为了御寒，二是为了壮胆——可能要与靠近营房的野兽斗争。那几天，有队友正好从莫尔道嘎带来二十罐啤酒。正好那天晚上，郑威给了两罐啤酒给老爷子。当时中队通信员还急眼了，说，排长，你要把啤酒给老头喝了，咱们就没啤酒喝了。郑威说，老爷子喜欢喝酒，再说他喝酒也是为了工作，也让他尝尝鲜吧。当时在奇乾，白酒不稀罕，啤酒却金贵。老爷子马上发现不对劲，迅速打开窗户通风，减小火墙子里的火力，郑威才化险为夷。老爷子开玩笑说，幸亏你今天让我喝了啤酒，要是今天喝的是白酒，指不定还在那里睡大觉呢。老爷子的玩笑话，让郑威深深感受到人生无常。

中队的传统、老队员的感人事迹，一直激励着郑威，犹如一束束光亮，照亮了他通往未来的路。

二十世纪八十年代，改革开放的春风吹遍了神州大地，但大兴安岭这片古老的土地依然原始而宁静。在奇乾，环境依然艰苦，道路坎坷不平，与山下的联系极为不便，中队的伙食保障也非常困难。特别是水的问题，依然是中队的老大难问题。每天都需三个队员轮换赶着马车，去山下水流湍急的额尔古纳河拉水。

1980年6月25日，中队奉命出发打火，只留下队员包宝山和一名新兵留守。包宝山看中队的水快用光了，为了让出去打火的战友们回来后能喝上水，就带着新战士赶着马车，到山下拉水。来到额尔古纳河边，他让新战士站在河边，自己下河去装水。就在装满水准备上岸返回时，马不知道为什么突然受惊了，带着车跑进了河中央。包宝山知道，马不仅是他们的战友，更是中队的宝贵财产。他立即跳进河里，想把马和马车带到岸边，但却很快被无情的河水吞没了。后来，大家在距拉水处两公里的地方发现了被岩石卡住的马车，以及包宝山的遗体。他的手还紧紧地攥着系在马车上的绳子，在生命的最后，还保持着这个姿势。

大兴安岭怎么会忘记1987年"5·6"特大火灾呢？那场火灾，国家和民族付出了血和生命的沉重代价，是一部永远凝固在大兴安岭上的消防教科书。

那个春天，大兴安岭遇到了超常的干旱。贝加尔湖暖脊东移，大火起火点形成了一个燥热的大气环流，加之风多物燥，林区悄然变得危险起来。彼时，冬雪赋予大兴安岭的细嫩皮肤早已无影无踪，只有在山洼、沟塘、灌木丛下，才能找到一点点冰块雪迹。一条条干涸的河床现出黄褐色的沙土，像袒露在外血淋淋的肌腱。一块块龟裂的土地，如深深的刀痕，向外蒸腾着最后残存的湿气。公路上，只要有车辆驶过，那干燥的厚厚一层沙土便被扬起，形成呛人的烟浪。居民区越来越难以见到的黑熊、野猪等，因受不了干渴饥饿的煎熬，违背常规，向有水有人的地方发起袭击。机警敏捷的小鹿动作居然变得迟缓，但只要发现哪里有稍微嫩湿的枝叶，便会不顾一切地过去，补充一点可怜的能量。可怜的小松鼠无水止渴，在树干上攀高爬低，骚动不安。四季常青的针叶林，变得分外枯黄，森林失去了绿色血液。枝叶在煎熬中卷曲着，灼人的阳光好像随时能把它点燃。

5月6日，在黑龙江漠河，或因为有人在清林使用割灌机时违反了操作规程，或因为有人野外吸烟，在西林吉林业局的河湾、古莲林场和阿木尔林业局的兴安、依西林场引起4起山火。同时，塔河县境内塔河林业局盘古林业公司也发生了一场山火。这5起山火，经当地防火部门组织扑打，到7日清晨火场明火被扑灭，火情得到控制。然而，根本没有人知道有一场10级大风正朝大兴安岭地区吹拂而来，地下火借着风势迅速在山林中蔓延开来。在5个小时的时间里，大火推进了100公里，相继吞噬了西林吉、图强、阿木尔3个林业局和育英、盘中、马林等9个林场。据统计，这场"5·6"大兴安岭火灾致使5万多人无家可归，211人失去生命，266人被烧伤，直接经济损失达5亿余元，成为新中国成立以来毁林面积最大，伤亡人员最多，损失最为惨重的一次特大灾难。

火势再次蔓延后，最开始参加打火的只有漠河本地的消防队伍，他们带着各种灭火装备与大火搏斗，但当时大兴安岭吹过的狂风越来越大，几个起火点在这种情况下连成了一片。很快，漠河范围内的大兴安岭林区都在烈焰中熊熊燃烧，几十公里范围内全是跳动的火焰，干燥的土地被烈火烤得滚烫，森林中到处都冒着黑烟。到5月7日晚，山上的大火已经完全失去了控制，在强风的劲吹下不断向漠河县城蔓延。漠河县城区的居民们也逐渐闻到空气中飘来的烧焦气味，大风裹挟着浓烟从市区经过。古莲林场已经完全失守，为了安全起见，消防官兵们不得不先从山上撤下。漠河县（今漠河市）的广播里也开始不间断地播报火情，有关部门通过广播指示漠河的居民们尽快撤离。那时的大兴安岭根本就没有什么专业的勘探火情的设备,也缺乏专业的气象支持。他们只能一次一次地给国家气象总局拨去电话,询问天气情况。然而当时落后的通信设备对两方的信息交流造成了不小的障碍。

大兴安岭林区燃起的大火几乎将漠河县团团包围,只有城东暂时还算安全。5月7日傍晚,漠河县相关部门通过广播召集城内的青壮年男性带着锯子和斧头前往城西,准备开辟出一条防火通道。1万多名漠河居民带着工具在有关部门的指挥下前往城外清理防火道。

5月8日,漠河附近的驻军发出了一份告示,动员附近部队积极参与救火。大兴安岭附近的部队收到后全部行动起来,前往火场救援。两天后,林业部、铁道部以及气象总局共同成立参谋部,集合各部专家共同研讨火情,商量对策。国家下达指令,要尽全力用最快的速度将大火扑灭。

在大兴安岭地区,奇乾中队可能算离漠河最近的森林消防队伍了。中队大概是5月8日接到紧急命令的。接到命令后,中队长王学金、指导员张景慧立即带领中队四十余名官兵向漠河急行军。最开始坐的卡车,但那时都还是土路,路很窄,卡车开得很慢。遇到公路被毁坏,大家还得赶紧修路。经过十多个小时的跋山涉水,官兵们终于到达漠河火灾现场。他们看到,镇上,民房和公共建筑都被烧毁了,各种机械被烧变形,铁轨被烧弯,废铁被烧化凝成了铁砣子。那时的漠河笼罩在一片火海之中,大火依然在迅速向四周蔓延。

一到漠河，中队立即开始打火。那时还没有风力灭火机，唯一的灭火工具就是二号工具。即便是二号工具，这对一般老百姓来说，都是较为陌生的。据说参加打火的当地老百姓，都是用树条子打火。由于风向多变，有一次，中队官兵被大量烟雾包围了，实际上就是被大火包围了，大家呛得喘不过气来，呼吸变得很困难。火没到，烟先到——往往是先呛死后才被烧死。刚开始，中队领导急了，不知从哪个方向突围好。最后，中队领导商量决定，不急于突围，先打防火道。大家奋力打出一条防火道，让被隔离的那块林子先烧了起来，然后中队领导领着大家突围出去，逃过一劫。几天奋力打火后，吃的快没了，人也早已累得筋疲力尽了，每个人的喉咙里都有冒烟的感觉。水早已喝完，大家最渴望的就是水。好不容易见到一个水塘有水，大家顾不上那么多，纷纷跑过去，用手捧起来就喝。等喝够了仔细一看，水塘里全是草灰和游动着的红色条状的细小虫子。

火势已经蔓延，加之打火工具有限，在这场大火中，奇乾中队的力量显得那么微不足道。但他们不畏艰苦，连续作战20多天，参加了7个火场的扑火战斗，扑灭火头56个，扑灭火线长度达400余公里。好在解放军调集了上万名官兵前往漠河进行打火。同时，气象部门进行了多次人工降雨。火情最后控制住了。

如果是现在，有风力灭火机，有好的消防车，有水泵，有水枪，还有装甲车和无人机，用上这些工具，这场大火也不至于烧上27个昼夜吧。

虽然47年过去了，但1987年"5·6"特大火灾的惨痛教训和艰苦卓绝的打火故事，奇乾中队依然年年讲，这是大兴安岭消防员的必修课，警醒着一批又一批队员，激励着一批又一批的队员。

有不少文字记录了这场大火。在王文杰和杨民青合著的报告文学《大兴安岭大火灾》中，有这样一段文字："其实，大兴安岭早就警告过：1966年至1987年，这里曾发生881起山火。雷爆（暴）或落雷，打燃树草引起火灾；机车喷漏、闸瓦磨（摩）擦，开山放炮引起火灾；吸烟、做饭，人为引起火灾；火烧蚂蚁洞，制造极端无聊的恶作剧，也曾引起燃烧一月的大火。尤其是大旱季节，最容易出现损失惨重的'地下火'，伏地盘踞的火龙，如同抖动的火锯，可以把成片的参天大树放倒，烧光。1979年，大兴安岭的塔河、阿木尔、呼玛就发生过四起严重的'地下火'。如果把这881起火灾累计起来，那弥漫的烟雾足可把大兴安岭一层又一层密封缭绕，那冲天的大火足可以把大兴安岭全部林地烧光。然而，这时时应缭绕人们脑海的烟雾烟消云散了，那时时应在人们眼前重视的火海销声匿迹了。人们对火的警告麻木不仁。"

巧合的是，正当烈焰熊熊燃烧我国北方森林瑰宝之时，在横贯东西半球北纬45度至55度线上，中国、苏联、美国和加拿大四个国家先后发生了8场特大森林火灾。这是地球向人类发出的哀号和警告。今天，这种哀号和警告依然在地球的每个角落回荡。

奇乾中队是2000年从奇乾村搬到相距9公里远的阿巴河畔的。这次搬家，郑威全程参加了。这里原来是个边防连的老营房，三面临河，地理位置较好。更重要的是，这里还有一定的基础设施，有个水井，还有个油库。虽然搬进了新营房，但支队并没有搬离额尔古纳河，并没有搬离艰难与孤独，甚至走进了大兴安岭北部原始林区的更深处。

生活依然，艰难依然。最难的还是冬天。清晨起来，大家仍需要到阿巴河里砸冰窟窿，再开着"蹦蹦车"去取水。还需要到林子里打"板子"，要烧"板子"做饭，要烧"板子"烤火，要烧"板子"烤"蹦蹦车"的发动机，烤取水时弄湿的鞋子和棉裤。

情感依然真挚而纯洁——队友之间的情感，队员与动物之间的情感，队员与植物之间的情感……

虽然离开奇乾多年，二狼也离开他们多年，但郑威总会想起这位"战友"。二狼体形不算大，但它却是群狗的头，所以被队员们称为"二狼"。叫这个名儿，还有一个原因。中队以前曾有一条狗叫一狼，它也是群狗的头。二狼身披黑白长毛，两只耳朵总是挺立，好像时刻关注着身边发生的事儿。它还有一双灰色的、闪闪发光的眼睛，时刻巡视着营区和营区周边的动静。

一天，郑威带着二狼，步行去奇乾村取东西。二狼非常高兴，在前面摇着尾巴，一会儿跑，一会儿停。大概离村里还有两公里时，郑威发现二狼突然站在那里，尾巴就像被钉住了一样。他知道，这是狗的预警。郑威眼睛不是那么敏锐，根本就没发现前面的两条狼。他定睛一看，是两条西伯利亚狼，一大一小，就在对面走着呢。"这咋整呢？"郑威的心一下子提到了嗓子眼。跑肯定来不及了，离狼只有不到十米远了，如果跑，它们肯定会追着咬。"被咬死也是死，不如挑战一下。"他在心里说着。随后，从地上捡起一根棍子，朝两条狼扑去。二狼看郑威动手了，变得勇猛起来，迅速冲了上去，抓着小一点的狼一顿咬。

接着呢？二狼在继续跟狼搏斗，但郑威却跑向奇乾村搬救兵去了。说到这里，郑威一再表达他的歉意与内疚。他说，他应该跟二狼一起与狼搏斗，而不应该让它单独与狼干。这是他自私的表现，也是他对二狼最大的愧疚。他一口气跑到奇乾村，找了人，拿着棒子，开着"蹦蹦车"，直奔搏斗现场。当他们赶到时，狼不见了，二狼趴在林子边。它的脖子上、耳朵上，全是血。他赶紧把二狼抱上"蹦蹦车"，来到奇乾村。看到村里一户养牛的正在杀牛，他赶紧去要了些碎牛肉，还有牛肠子、牛肚子喂给二狼吃。后来，他又想办法给二狼找了些烧鸡，让它补补身体。几天后，二狼好了起来。

二狼救了郑威的命，他与二狼的关系更加密切了。每次出营区，他总要带着二狼一起。二狼是公狗，郑威看它太寂寞了，就想给它找个伴。附近一个边防检查站，养了一条黄狗，是条母狗。郑威打起了黄狗的主意。但检查站的人不同意，死活不让带走黄狗。郑威就软磨硬泡，最后检查站的人终于同意了，让他带走黄狗。二狼虽然勇敢，但情商不高。黄狗来了后，根本就看不上二狼，不跟它玩。孤独的二狼，每天早上就往奇乾村的老营房那边跑。郑威一想，这样不行，必须想个好办法。最后，他把二狼和黄狗一起关到小发电房。刚开始，黄狗还不怎么搭理二狼。但待久了，也就日久生情了，它们不仅关系密切了，还生了六七条小狗。那时期中队的狗，基本都是它们的后代。后来二狼老了、死了，呆瓜才来到中队的。二狼没有呆瓜个头大，也没有呆瓜精明。

郑威说，二狼走的时候，他已经离开了奇乾。听到二狼走的消息后，他的眼睛立马湿润了。

考虑到二狼年老体弱，并且还有满身的伤病，中队曾将它送下山就医，没想到二狼半路把绳子咬断，拖着残腿回到了奇乾。二狼死后，指战员在营区旁的白桦林里，为它选了一块稍高出地面，不潮湿、水也淹不到的地方作为墓地。后来，他们在路上看到一个形状与二狼相似的树根，还特意捡了回来，放在营区作为永久的纪念。

还有一个故事，郑威老是讲起。这是一个和爱情相关的故事。

一天晚上，一个老兵正在看女友的来信，看着看着，突然哭了起来。

郑威问："咋的啦，好好的咋哭了呢？"

老兵说："对象黄了。"

郑威问："都看完了吗？"

老兵说："看完了。"

郑威又问："其他信提分手没有？"

老兵说："没有，就这封提了，其他信都挺好的。"

郑威说："你把信摆上，按日期一封一封挨着看。"

原来老兵这次共收到女友的六封信，他一口气读了五封，而女友却在第六封信里说，她实在忍受不了相思之苦，要分手。老兵按日期排序后发现，那封"分手信"是六封信中的第一封。从这次以后，中队邮寄信件，都会将一个月的信按日期先后标上序号，大队部通信员在收信时，也会根据日期先后给来信标好序号。于是，"鸿雁传书按月发，信件标号勿混淆"就成为恋爱须知，在奇乾延续下来。

郑威告诉我，不论工作在何地、在何工作岗位，他总会回忆起奇乾中队的事情。为什么要回忆？回忆些什么？回忆的价值何在？如果不到奇乾，你永远无法真正体会这种感受。

光荣与使命，历史性地落到了王德朋他们这一代人身上。

2021年到奇乾时，自从到达中队的第一天带着我参观荣誉室后，几天来一直没见到王德朋指导员的身影。后来听说他感冒了，是重感冒，还打摆子。

"是重感冒吗？"再次见到王指导员，我想表达一下关心。

"不是，是被蚊子咬了。"他的声音有些虚弱。

"蚊子！"我有些惊讶。

他说："是带疟疾的蚊子。"

他明显瘦了，甚至颧骨突出，看上去无精打采。

原来，我刚到中队时，王指导员就已经被蚊子咬了，只是当时症状不明显，随后出现了发冷发热的现象，甚至一度高烧到40摄氏度，还大量出汗，头痛，口渴，全身无力。一开始只是由中队卫生员治疗，但还是高烧不退。于是，他不得不跑到离中队9公里远的边防连卫生室打吊针。边防连在奇乾乡政府所在地奇乾村。这个乡面积挺大，有2518平方公里，但村民主要在奇乾村，目前只有7户，住的仍是木刻楞。很显然，这些房屋都是用木头和手斧建好的，四周有棱有角，规范而整齐。以木刻楞为特色的民居，特别是部分百年老屋，风貌保持完好，成了大兴安岭深处不可多得的文化遗产。在这里，我还听说了许多与木刻楞一般独具特色的故事。

"好些了吗？"我问。

"烧退了，但是有些乏力。"王指导员说，"还会去边防连卫生室打吊针，如果还不好转，就只能下山了。"

"怎么不早点下山治疗？"我反问。

"从奇乾到莫尔道嘎镇，开车需要四五个小时，如果非必要，我们一般不会选择下山。这里远离大队，相对独立，更需要我们坚守，也不允许我们任何人倒下。"王指导员想了想说，"不只是我，不论是谁，小伤小病的，都不会下山。在我们中队，外面的人不想来，里面的人不想走。即便中队驻地被称为'林海孤岛'，我们常年忍受北纬53度，最低气温零下53摄氏度的'双五十'极端考验。特殊的地理环境和人文社情对广大消防员忠诚度的考验直接而严峻。"

"为何？"

王指导员娓娓道来。

他是2018年4月底到奇乾的，当时山上的冰雪刚刚开始融化，还下着雨，下得很大，几乎看不清前方的路了。后来实在不行，他们的车只得打着双闪停靠在路边。当时司机还说，不怕下雨，怕就怕雨水把路给冲毁了。那次来中队的路上，虽然总共停了三次，但幸运的是路没有被冲毁。因为下雨，150公里的路，他们走走停停，走了将近7个小时。

他是呼伦贝尔人,但家在扎兰屯市。那里离大兴安岭远,离黑龙江近。不是林区,是黑土地,种蔬菜和水稻。当兵前他从未来过林区,对林区也没有什么概念。虽然后来来到了大兴安岭支队,但一直守在南线,而奇乾在北线。北线是原始森林,这里的林子比南线更加广袤,也充满着野性美。这里都是原生态的,是纯洁的,不光树木纯洁,指战员的眼神、狗和鸟儿的叫声,都是纯洁的。

刚来中队时,他非常忐忑。不是因为偏远,也不是因为寒冷,更不是因为艰苦,而是因为责任和荣誉。在大兴安岭,甚至在整个内蒙古自治区,谁不知道奇乾中队是一个标兵单位,威名远扬,功勋卓著。一代又一代的指战员,用青春和血汗铸就着奇乾精神,传承着奇乾精神——忠诚、坚守、创业、乐观。到这里的指战员,大多是主动申请来的,思想境界高,素质过硬。当时他怀疑自己能不能胜任中队长(2019年12月转任指导员)这个岗位,能不能带好这支队伍。如何带好这支队伍?如何把这支队伍的优良传统继承下来?他知道,这支队伍肩负着守护大兴安岭的崇高使命。

与其他队员一样,他来到中队的第一件事,便是参观荣誉室。仔仔细细、认认真真参观了荣誉室后,他对中队更加肃然起敬。他意识到,中队之所以享有盛誉,除了一代又一代指战员的奉献,还与他们守护的土地密不可分。

"大兴安岭位于我国北部边陲,在地理位置和资源物产方面独具特色。它东连绵延千里的小兴安岭,西依呼伦贝尔大草原,南达肥沃富庶的松嫩平原,北与俄罗斯隔江相望。这里有诗情画意般的境界:这里是大山的王国,巍巍千里,雄浑粗犷;这里是绿树的海洋，浩瀚无垠，茫茫苍苍；这里物产丰富：珍禽在天，奇兽在山，香菌在林，锦鳞在渊。"说起大兴安岭，王指导员如同一位诗人，用他美妙的词句来形容他心中这片神圣的土地。

他又向我介绍起中队的打火故事。

伊木河保卫战队员们依然记忆犹新。

那是2006年6月5日，中午时分，中队突然接到消息，距伊森河边防连8公里的地方，因干雷暴发生森林大火。更要命的是，20多米高的树冠火夹杂着隆隆声响，正向边防连的哨所和战备油库逼近。

"不惜任何代价誓死保卫重要目标安全！"上级命令中队火速赶往现场。

简单动员后，时任指导员吴迪就带着中队指战员火速赶往伊木河。也不知走了多久，突然一个急刹车，车辆停了下来。前面已经没有路可走了，他们只好徒步快速行军。他们知道这次任务的重要性与特殊性。

越来越近了，虽然还没看到火线，但刺鼻的烟味、冲天的烟柱告诉他们，这将是一场异常激烈的战斗。没多久，看到火线了。火头呈立体燃烧态势肆无忌惮地蔓延着。呼呼的声响、噼里啪啦的声音、大树倒下时的轰隆声，让人头皮发麻。更加紧迫的是，火头距离边防连的油库已不到3公里了。

吴指导员带着党员突击队冲在最前面，他们包抄到火头侧前方，采取强攻突破战术意图压制火头。随着灭火弹的爆炸，火势迅速减弱，但又马上变大起来。利用这个间隙，吴指导员带领党员突击队迅速插入，展开队形。此时，浓烟、热浪不断涌过来，防护镜在强温下开始慢慢变软，风机被烤得烫手，鼻子也被烤得开始流血。温度实在太高，实在受不了。他们只得间隔一会儿跳到火线外，用手隔着衣服使劲来回搓烤得疼痛之处，再把水壶里的水浇到头上，然后冲进火海继续战斗。因为火太大，他们只得来回侧着身子扭着头，龇牙咧嘴地打火。他们一直死死地盯在前面，压制着火头，不让它前进一步。在他们的顽强坚持下，火头终于被压制住了。

就在此时，不远处的小树林又被引燃。吴指导员又带着党员突击队迅速出击，使用手中的工具奋力灭火。后来，连二号工具的头都被烧没了，他们干脆脱下外套，用防火服打。有的干脆直接用脚踩。二班长王俊峰有些体力不支了，就在火线即将被切断时，两眼一黑，昏倒在了火线边上。队员们迅速将二班长转移，掐人中，助其通气。吴指导员撕开一袋咸菜，和上水，把咸菜汤灌进二班长的嘴里。果然，二班长慢慢苏醒过来。看到火线还没有被切断，他抢过吴指导员手中剩下的咸菜塞进嘴里，跳了起来，又加入了战斗。最后，他们将大火挡在了油库300米之外。

在奇乾中队，火场上、训练中、生活中，遇到危险和困难，都是党员干部、班长骨干冲锋在前。火场上，面对饥饿时，党员干部、班长骨干都是把吃的让给他人。亏欠家人的故事，不论是谁，每天都在书写。王指导员说，艰辛、恶劣的环境没有打垮他们，不可能打垮他们，反而把他们中队锤炼成了一支钢铁队伍。

"在奇乾中队，有两句至理名言。第一句是，外面的人不想来，里面的人不想走。我是这样理解的,在现在这个信息化时代,外面的人看到我们这里地处边疆,又在原始森林深处,条件艰苦,几乎与世隔绝,都不愿意进来;而中队的指战员呢,真正体会到了奇乾的简单纯朴,感受到了人与自然的和谐,都不愿意离开。第二句是,穷地方、苦地方,建功立业好地方。自 1963 年建队,中队先后经历了 11 次编制体制调整。但无论时代如何变迁、编制体制如何变化,中队指战员的初心和信念都始终没变。半个多世纪里,中队已经成功扑救森林火灾 400 余起(其中重特大森林火灾 30 余起),从奇乾中队走出的指战员,有两名成长为将军,有 11 名成长为师级干部,有 25 名成长为团职干部。没有当上领导干部,退伍或是转业回到地方工作的指战员,同样干得风生水起。"王指导员豪情满怀地说道,"奇乾中队是孤岛,也是家园。它犹如奔腾不息的额尔古纳河,从未停止前进的脚步。"

王指导员既回望了过去,又思虑着现在,计划着未来。他告诉我说,虽然中队指战员大多是自己主动申请来到奇乾的,有较为充分的思想准备,来到这里后,大家不怕夏天的蚊虫,也不怕冬天的寒冷,还能忍受漫长的寂寞,但作为中队指导员,他必须引导大家,不仅不能让大家与社会和时代脱节,还要尽量让大家的工作和生活更加丰富多彩。虽然奇乾乡只有七户人家,但每到夏天就有人来旅游,大家就会出去走一走,与前来旅游的人沟通,与乡政府做一些共建工作;还经常与驻守在奇乾的边防连官兵交流,组织各种比赛以及联欢。但这远远不够。虽然大家嘴上不说,但内心还是有孤独感的。于是,中队大力加强发电和网络设施建设,现在用电和网络都较为稳定，计算机房、健身房、阅览室等也一应俱全，做这些，就是为了让大家多学一点，眼界宽一点，看得开一点，能更好地扎根边疆。现在，中队除了与外界交流少了点，其他的与内地单位没有两样。虽然双腿不可能真正走出去，但他们可以让心与外界保持沟通。大家可以浏览网页、看电影，还可以在网上进行各种学习。有时，中队还会针对大家都感兴趣的一些话题，进行座谈交流，活跃活跃思维。

但是，毕竟他们工作和生活在现实的孤独中，在孤独的现实中。现在队员大多是 90 后 00 后，虽然有少量的外出交流，网络也在一定程度上缓解了孤独，但更重要的还在于修心。首先是丰富中队阅览室。阅览室不仅是书的归宿，更是指战员们心灵的归宿——大家通过书本增长知识、陶冶情操，提高精神境界，构建自己的精神世界。虽然现在是新媒体时代，网上内容很多，但网络阅读不能替代纸质书籍阅读。其次是开办文化展厅。展厅就在二楼接待室旁边。大家就地取材，捡些木头和石头，也有树枝、树叶，也有从食堂里拿的大米和青菜，将它们做成一些工艺品。有的用枯枝和白色颜料制作成大兴安岭的冬天雪景，有的用绿枝和绿叶制作成大兴安岭的绿色夏天，有的用金黄的树叶制作成大兴安岭的短暂秋天，有的用树枝制作成俄罗斯族民居木刻楞，有的用大米摆成自己想要表达的文字，有的把从打火场附近捡回来的奇奇怪怪的石头制作成一个个"彩蛋"，等等。喜爱画画的指战员，做出的工艺品水平会高一些，但一般大家制作的这些东西，没有什么技术含量，也没有太多艺术价值，主要是寄托一种情感。

作为中队主官，王德朋要带领中队打火，他必须具备一名合格指挥员所要具备的一系列素质，比如良好的心理素质、身体素质和熟练的业务技术、战术技巧。在打火时，他需要做出正确而果断的决策。2020年的"7·13"阿凌河林场森林火灾，火场为中强度地表火，伴有局部树冠火，火场地形为山地。到达火场后，他带着扑打组冲在最前面。由于地形特殊，打着打着，火势突然增大。他听到"滋滋""滋滋"的燃烧声，火势非常猛烈，烟也突然间大了起来，能见度也变低了，看不清林子里的情况了，呼吸道有烟呛的感觉了。他对扑打组的班长们说，先停止扑打，撤离到安全地带。随后，他带着一个班长先观察，察看火场地形。察看地形，这也是一个指挥员必须掌握的技能。地形不同，会直接影响火势的变化，进而对林火的扑救造成影响。如陡坡地形会自然地引起林火燃烧的变化，当火沿山坡向上燃烧时，林火燃烧蔓延的速度会随着坡度升高而不断加大；在山脊线上，受热对流和热辐射的影响，林火行为会随时发生改变，难以预测；在鞍部，位于两山顶之间低矮部位，会造成风向变幻莫测，使林火燃烧活跃而不稳定；在山谷处，地形低凹，燃烧会产生大量浓烟并在谷内聚集，产生大量的一氧化碳，一旦风速风向发生变化，浓烟消散，会突变形成火爆和爆发火，人员处于其中极难逃脱。经过观察和研判，他们所处的火场正处在山谷，是典型的危险地形之一。于是他对大家说，先待在安全地带，等大火烧过了这里再打。再次全面投入打火时，虽然已经是下午三四点了，温度开始下降，但火势太大，靠近火线时，只感觉热浪灼人、浓烟呛鼻。而一投入火场，大家就都顾不了那么多了，把生死抛之脑后了。

一个扑打组一般有四台风力灭火机,三台在前面打火,一台专门用来给大家降温。火线温度太高,只有这样配合,才能在一线保持一段时间。打了一段时间后,另一批班长或骨干上来,在最前面打火。从火线撤下后,大家马上拉开拉链、打开防火服,猛喝水,边上还会有其他队员扇风,帮他们进行降温缓解。有个班长,坚持不下火线,不让其他队员替换,就多打了一会儿,撤下来后,他就有些脱水了。大家赶紧给他喝水和降温。如果遇到白天温度特别高,空气干燥,火势大,扑打难度大,具有较大危险,中队就会采取科学的规避措施,等火势降下来,晚上再打。一切以人为本。

"7·13"阿凌河林场森林火灾,打了几个小时就合围了。主要是火情发现得早,队员到达得快,处置迅速。打完之后,大家没有掉以轻心,而是各班分片,各负责一段火线,开挖隔离带,进行纵深清理,然后再看守,主要是防止死灰复燃,特别是地下火。千万不要小看了地表火和地下火,有些地表火如果没有及时扑灭,虽然暂时不会形成大火,但会沿着树根往下烧,变成地下火,它的生命力非常顽强,有些能熬过漫长而寒冷的冬天,第二年条件适宜时再爆发出来。还有一点,不论火场温度多高,再苦再累,大家必须穿上防火服、防火鞋,戴上头盔等。比如说头盔,戴在头上,既重又热,但任何时候都不能摘下来。大兴安岭土质层比较薄,一旦发生火灾,树根就会被破坏,只要遇到一点外力,树就可能倒下。所以一旦进入火场,指挥员就要求时时戴好头盔,不能摘下,主要是防止站杆倒木的危险。又比如说防火鞋,虽然它厚,但必须穿它,它是特殊材料做的，既可防火，还可防刺穿。在火场，有些地方看上去是一层灰，但实际上底下是个坑，里面可能还闷着火。

还必须有效保护好消防员。比如打火时，新消防员上火场，考虑到他们火场经验少，中队不会一下子让他们冲到最前面打火，而是让他们跟着队伍，背给养和背囊。参加几次打火后，他们对打火有了现场体能感受和感性认识后，中队才会让他们慢慢走向火场一线。这是对新消防员的保护，也是科学打火的体现，更是科学提升新消防员打火能力的最有效的途径。再说，老消防员照顾新消防员，老消防员对新消防员进行传帮带，这是中队历来的传统，也是中队坚守在这里的法宝。只有这样，才能让大家感受到温暖，中队才有凝聚力和战斗力。当然，保护消防员的最好办法，就是在平时教育训练中严格要求、严格教育、严格训练、严格管理。训练中一丝不苟，管理上从严从细，上火场之前，让他们掌握应该具备的各方面的素质和能力。

"生态文明建设是一个国家发展到一定阶段的必然趋势，是社会和谐发展的必然选择，其实保护自然就是在保护我们人类自己。随着消防队伍改制的深入与完善，社会对消防员的认可度会越来越高、认识也会越来越全面，但相对于这份职业的危险性、这份职业崇高的使命来说，我们自身还有很大的提升空间，这需要我们不断地努力。"毕业于北京林业大学的王德朋是正儿八经的科班出身，对于自己这份职业，对于森林保护，对于生态文明，都有着自己独到的见解。

疙瘩汤

2021年采访张铁成时，他还在奇乾，是战斗五班班长，后来调到了莫尔道嘎大队六中队。

张铁成 2016 年 9 月入伍，来自辽宁葫芦岛，性格里透着东北人的直爽和幽默。因为离海近，上学时他学的海员专业，但从小就向往军营的他，最终还是选择了当兵。可能因为在社会上待过两年，到了部队后多少有些不适应，有回家的念头。

张铁成不是主动申请来到奇乾中队的，是被分到这里的。当时从呼和浩特来到莫尔道嘎后，他就希望不要被分到奇乾来。新兵时，对大兴安岭的其他中队不太熟悉，但奇乾中队大家都听说过，说这里没水没电没路没信号，甚至打个电话回家都困难。或许是命运的安排吧，大队把他分到了奇乾。

他相信缘分。凡事皆有缘，既然来到奇乾，那奇乾就是他生命般的存在。

那天下午两点，在莫尔道嘎吃了碗面条后，张铁成就和战友们坐车往白雪皑皑的山上赶，晚上七点多到达了营地。一下车，他感觉这里出奇安静，似乎与世隔绝。第二天，就想着给家里打个电话报平安。但当时中队只有 2G 信号，信号不好，时断时续。更没有网络，跟家里联系不上。没办法，他只能通过山下大队的一个战友，跟家里报了个平安。战友说，网上信号不好，暂时打不通电话。后来才知道，在家的姐姐知道这个事后，把眼睛都哭肿了。

因为他这人好热闹，不喜欢寂寞，性格还算外向，是挺乐观的一个人，所以能够较快适应新环境。很快，他就跟中队的班长和队员打成一片：一起训练，一起打球，一起打扑克，一起说着各自家乡那些有趣的事儿，一起开玩笑。大家都有手机，但由于没有信号，也没有网络，手机就成了一块砖头。

张铁成说："说实话，真正让我改变对奇乾的认识、对消防员的认识，还是缘于第一次参加打火时的感动。"

那是2017年"4·30"俄罗斯入境大火。那不仅是他人生经历的第一场森林大火，也是让他刻骨铭心的一场大火。那场大火让他认识了大兴安岭，也触动了他的心灵。

4月30日下午三点左右，中队接到紧急通知，说是大兴安岭林区乌玛林业局伊木河林场发生了火灾，是俄罗斯的入境火。当时的中队长是寇亮亮，指导员是王永刚，他们立即组织队员准备各种装备和给养。张铁成和队员们一起，背上背囊和给养，就登车出发了。

首先来到"零公里"。外面的人可能对"零公里"不熟悉，但大兴安岭消防员对这里却记忆深刻。大兴安岭的"零公里"，指的是大兴安岭北部原始林区零公里驻防点。这里比奇乾中队更加安静，常常雾气蒙蒙的，宛如仙境。来到这里，心就自然而然静了下来。但这里野兽多，熊瞎子到处可见，它们最喜欢跑到驻防点的垃圾站找东西吃。"零公里"有个直升机场，队员们再从这里坐直升机赶往伊木河林场。

"那是我第一次坐直升机，也是我第一次在高处看大兴安岭。当然，就更不用说整个大兴安岭地区了。虽然中队一直说我们保护着

95万公顷的原始林区，但具体有多大，并没有什么概念。一上机，我就有了感受。我感到非常震撼，那么大那么绿的林子，跟老家的渤海一样，看不到尽头。我胆儿算大的，靠在窗边，默默地看着茫茫的大兴安岭。看着看着，我突然觉得自豪起来。或许，这就是大自然的魅力吧。但也有的新消防员恐高，他们不敢往窗外看，还有的新消防员出现头晕、胸闷、恶心，甚至呕吐等症状。"张铁成说。

5月1日到达火场后，他们立即投入战斗，奋力打火。原始林区山高林密、地形复杂，过火林地大部分是山石陡峭的悬崖地段。大火烧上了20多米高的悬崖，形成了立体燃烧的火帘子。有的地方植被厚达一米多，过火之后就是一个个火坑，稍不注意一脚踏进"火窝子"，三公分厚的鞋底都能烧出个窟窿来。他们的奋力拼搏，加上老天的助阵——那天正好下雨，晚上还下起了大雪，仅用了14个小时，火就被扑灭了。火被扑灭后，他们留在现场看守和清理火场。他们在这里安营扎寨，准备做饭。要做饭，必须有水。于是中队在5月1日下午就派了七八个消防员背水箱去打水，张铁成他们班去的是一个来自沈阳的队员。回来后那个队员告诉他，说找水源的过程险象环生。他们下山用了不到一个小时，但下山后，林子里的天气变了，下起了大雨。由于没带GPS（全球定位系统），上山的时候找不着来时的路了，迷路了。他们感觉天暗得特别快，也感觉越走越远，越走越不对劲。幸好后来碰到了兄弟单位的队伍，他们带了GPS。一看GPS，他们才知道，自己在朝火场相反的方向行走。

与奇乾中队同在火场的兄弟，来自三个大队，共有三百多名消防员。让他们始料未及的是，在给养紧缺、大雪封山的极限环境下，他们在伊木河林场坚守火场七天八夜。这在中队历史上是罕见的。

就在大家不眠不休开设防火隔离带时，一份火情通报让他们感受到了前所未有的压力——800多公里外的毕拉河林业局北大河林场又燃大火。不到五个小时，过火面积超过5000公顷。上级传来命令，奇乾中队先去救急。得赶紧收拾东西，往机降点急行军。考虑到被直升机接走后，他们的给养可以继续得到补充，就把剩下的给养留给了留守火场的兄弟单位。实际上，他们也就带了三天的给养，留给兄弟单位的给养并不多。火场离机降点挺远，走了三个多小时。到达机降点时，他们又累又饿。本来说直升机快来了，但等待两个多小时后，说因为大雪，直升机无法降落。没办法，他们只得又返回火场。由于给养已经分给了兄弟单位，他们变得两手空空了。

饿着肚子坚持到第三天早上，他们接到通知，说是有大直升机送来给养，要他们下山取给养。于是，他们还没吃饭，就冒雨向山下的机降点出发了。林子本来就不好走，下雨后，更是艰难。但对食物的渴望，早已战胜了饥饿感。他们快速向机降点急行军。到达机降点后，果然有一架大直升机送来了给养，但也只是一个大队的给养，而山上驻扎了三个大队。而随后，由于雨太大了，他们没有再等来这架大直升机。看着雨水中的消防员们饥肠辘辘，地方林业部门的人赶紧给他们送来了挂面。他们立即就地生火，煮面条吃。张铁成感觉面条特别特别香，似乎从来没有吃过这么香的面条。正吃着面条呢，中队长寇亮亮的对讲机响了，说是让中队迅速返回火场收拾东西，准备从火线边的一个小机降点乘小直升机支援北大河林场救火。于是，他们又往山上跑，又是三个多小时的急行军。跑到火线边的小机降点，等待直升机的到来。结果越等雨下得越大，等了整整一个下午，直升机还是没有过来。他们是多么盼着直升机能来啊，不说拉不拉他们到北大河林场火场，先拉点给养过来，填饱肚子也行啊。天已经黑了，他们知道小直升机短时间内肯定来不了，只得在火场边，先把衣服烤干，并再次支起帐篷。晚上气温骤降，他们一个个赶紧钻进帐篷。睡着睡着，张铁成突然感觉后背都湿了，脚底冰凉冰凉的。拉开帐篷一看，林子里下起了大雪，帐篷上全是雪。已经有队友在火堆边烤火了。实在太冷了，他也来到火堆边烤火。下着雪，风还呼呼地吹，他感觉烤了前面，后背冷，烤了后背，又感觉前面冷。他没有再进帐篷睡觉，就和其他队友待在火堆边烤火，一直到天亮。

张铁成从来没想到过，自己有吃不上饭饿肚子的日子。当时已经是5月了，如果在内地肯定到处都是绿色，至少有野菜和树叶可以吃，但此时大兴安岭的林子里，还是一片萧条，看不到野菜的影子，草还是干的，没有发出新芽，什么都吃不了。他们带了手机，但没法充电，更没信号。

等到第七天，他们没有再等了。"必须走出去，靠自己的双脚和意志力走出林子。"他们互相鼓励着。北大河林场的那场火非常大，不光内蒙古自治区的消防队伍去了，黑龙江的消防队伍也去了。他们是第七天下午四点多出发的。寇亮亮队长和王永刚指导员说，出发前必须最大限度地补充营养和能量，才能保证走出林子。当时中队的给养只剩下一棵白菜和十来斤面粉了，可是中队有50多人。为了让大家都能补充上一点营养，只能煮粥。其实算不上粥，只能说是水煮的疙瘩汤，里面漂着几片白菜叶。在排队打疙瘩汤的时候，张铁成发现了一个细节。平常在中队吃饭时，都是队员先打饭，接着班长、骨干打，最后才是中队领导打。但这次不一样，是寇亮亮队长和王永刚指导员先打的，接着是班长、骨干打，最后才是普通队员打。他只是暗中观察，不好问。直到吃完疙瘩汤急行军时，他实在憋不住了，才悄悄地问了一下班长。班长一听，笑了。他说，中队领导平时最后打饭，是想把更多的饭菜让给队员们吃。今天他们先打，是他们考虑到疙瘩汤稀，面疙瘩都沉在下面。其实他们打的只是汤水，没有面疙瘩，而后面打的全是稠的面疙瘩。听班长这么一说，他脸唰地红了，恨不得找个地缝钻进去。班长说，你还是新兵，还不了解中队，不能怪你。他这时才明白，虽然寇亮亮队长和王永刚指导员平常话不多，特别是王永刚指导员不怎么爱说话，但实际上他们把自己对队员们的关心和爱护，都落实在了具体的行动之中。返程的急行军中，他的步伐更加坚定而有力。从火场到公路的直线距离只有16.7公里，但绕着走要走三十来公里。又因为林子里没有路，全是茂密的灌木丛，只能来回穿梭，三十来公里的路程，他们走了一天半。因为这碗疙瘩汤对他的影响，在这一天半的徒步行军中，他居然感觉不到劳累和饥饿了。第八天下午，当听到公路上汽车的喇叭声时，他们激动不已，循着喇叭声向公路飞奔而去。那里不仅有他们中队的车，还有补充的给养，更有让他们安全顺利回到中队的道路。一上车，他们就狼吞虎咽地吃喝起来，吃完坐着就睡着了。醒来时，车已经回到中队营区。此时的大兴安岭夜幕已经降临，他们的故事又将翻开新的一页。

第一次打火后，张铁成对奇乾中队有了感情，甚至很庆幸他来到了奇乾。一时间，他觉得这里的一切都是那么亲切。营区、林子、林子里的所有树木，林子里的夏天和冬天，都是那么亲切；还有中队领导、班长和队友，以及中队的小狗，甚至天空飞的老鹰和乌鸦等鸟儿，都是自己的亲人。当兵第二年，他就有了当班长、扎根奇乾的想法。班长不是随随便便可以当的，必须有过硬的素质。营区后面有一座山，海拔不算高，比较陡峭，坡度有六七十度。中队将这座山变成了训练的模拟火场。山上用白桦杆一根一根拼成二十米长、二十米宽的两个大字——忠诚。他天天跟着老消防员一起上山训练。他们除了训练体能，提高爬山的能力，还要学会熟练掌握地形、林情、路况、水系分布等信息。但从中队去山上，隔着阿巴河，夏天要从前面的阿巴河桥上绕过去，冬天则方便很多，可以直接从阿巴河的冰面上走过去。

由于各方面素质的不断提高，张铁成从打火的最后面走到了最前面。

他说："记得第一次背上风力灭火机打火时，因为经验不足，既紧张又兴奋，加之急于求成，心里只想着如何快点灭火，打着打着，就与队友形成对吹，他往我这边吹，我往他那边吹。中队领导看到后，马上制止了。他们说，这样很危险，如果风大一点，不仅火灭不了，人还会被烧伤。打着打着，就觉着累了，火把嘴烤得特别干，但我一直坚持着。从头一天下午四点多打到第二天下午两点多，中间除了轮流替换，一直没有休息。"

我问他困不困，他说："能不困吗，但没办法呀，如果等到刮大风了，火就会更大，那样更加麻烦，必须突破身体极限，与死神进行搏斗。第二次打火我就有经验了，其实我们拿风力灭火机打火，不是把火吹灭，而是对着火的根部，吹出一条隔离带来，让火过不来，让它们在那个固定的圈子里烧就行。要成为一名合格的、成熟的风机手，包括熟练使用割灌机和油锯等，还必须在实战中摸索和磨炼。"

张铁成喜欢打篮球，喜欢跑步，喜欢爬山，去得最多的就是奇乾村。那里虽然只有七户人家，但却是奇乾最繁华的地方。有时他们跑步会到那里，在重大节日时，中队会到那里搞活动。大队所在的莫尔道嘎镇有街道，有宾馆和特产店，是个旅游胜地，但离奇乾太远，他们只有下山看病和休假时经过那里。奇乾中队队员的绝大部分时间都在奇乾，每天就这么平平淡淡地守护着这方净土，看着树变成绿色，又看着树变黄，再变白，然后长时间生活在洁白的世界中。

"我心里总会想到疙瘩汤，它不是一碗汤，而是一种感情、一种温暖、一种精神。"张铁成仍旧对疙瘩汤念念不忘，"如果不来奇乾，不上火场，怎么明白这些事理呢？"

或许不止疙瘩汤，还有这里的动物、植物，甚至大兴安岭的一切物体，在张铁成和奇乾中队队员们眼中，都有特殊的生命的价值。

写进生命

"我是2020年11月来到奇乾的，我不知道支队领导为什么派我到这里来，也不好意思问领导。或许是我能吃苦耐劳，或许是我的体能素质较好，或许……"讲述时，代理中队长郭立华脸上始终挂着灿烂的笑容，"但我知道，奇乾中队是一支任务重、荣誉高的队伍，能到奇乾是我一辈子的荣耀，支队领导要我来这里时，我没有丝毫犹豫，也不能犹豫。"

直到晚上，郭队长忙碌的脚步才稍稍放缓。我们漫步在凉爽的营区。他有些腼腆，但只要一提起奇乾，就有说不完的话。

郭队长老家在宁夏灵武农村，他是回族，家里还有一个弟弟和一个妹妹，他们是龙凤胎。2012年底直接从大学报名当兵时，他不知道有武警，以为只有解放军，也不知道解放军和武警有什么区别，更不知道森林武警了。他当时就一个想法，要去当兵。这是他儿时的梦想。当他来到呼和浩特市进行新兵训练时，才知道自己将来要到大兴安岭当森林武警。他想起了小学时学的一篇课文，叫《美丽的小兴安岭》。他还能背出这篇课文："我国东北的小兴安岭，有数不清的红松、白桦、栎树……几百里连成一片，就像绿色的海洋。春天，树木抽出新的枝条，长出嫩绿的叶子。山上的积雪融化了，雪水汇成小溪，淙淙地流着。溪里涨满了春水。小鹿在溪边散步。它们有的俯下身子喝水，有的侧着脑袋欣赏自己映在水里的影子。……"于是他问班长，大兴安岭跟小兴安岭有什么不一样。班长耐心地告诉他，这是两个不同的山脉，它们都在黑龙江两岸的兴安岭地区。兴安岭由大兴安岭、小兴安岭和外兴安岭组成。黑龙江南岸、嫩江以西称大兴安岭，嫩江以东称小兴安岭；黑龙江以北，位于俄罗斯境内的称外兴安岭，俄语称斯塔诺夫山脉。新训结束后，他被分到了支队的大杨树大队，位于大兴安岭的南麓。一开始他觉得大兴安岭特别遥远，但真正来到这里后，觉得这里的一切都是那么亲切。其间他入读武警警官学院，毕业后，被分到了满归大队。满归镇不大，当时生活条件还比较艰苦，但他和战友们都以驻守在祖国最需要他们的地方而自豪。

在现代灭火救援任务中，即使有先进的装备、完备的技战术，但最终都得依靠作战主体——消防员去操作、实施，因此，消防员的体能是战斗力构成的基本要素。郭队长体能明显不错，他曾以中队副职的身份参加内蒙古自治区森林消防总队组织的负重 5 公里跑，得过第一名，也代表总队参加过消防局的综合技能比武，虽然因高手太多了，没有得到名次，但他说他很满足了，能够代表支队和总队出去比赛，虽败犹荣。"到奇乾的命令，其实是 2020 年 7 月下达的，因为要代表总队到云南参加比武，所以推迟了四个月才来报到。下达命令前，支队领导跟我谈话，当他们一说到奇乾，我立即就想到了新兵连上政治课时看的视频，里面说到了奇乾中队，说这里条件艰苦。记得还展示了中队的照片，是俯拍的中队全貌，应该是无人机拍的。一条马路通往营区。营区似椭圆形，里面是红屋顶的房子，周围是绿林，营区就像绿林里的一根巨型棒棒糖。"郭队长回忆起对奇乾的第一印象。

虽然在满归大队也是干副中队长，但在 2020 年 11 月来奇乾的路上，他还是有些激动。他是坐送菜的车上来的，刚从云南比武回来，都来不及换上厚衣服，就赶往奇乾了。一望无际的原始森林，除了树还是树。走着走着，他仿佛进入了另一个世界。这个世界与之前任何一个地方都不同，它很快让他的心沉静下来。在车上，他看着没有尽头的森林，觉得自己高大起来，甚至有些悲壮，是战士奔赴战场的那种悲壮。是的，他从来没有觉得自己高大过，包括当时报名当兵时都没有过，只觉得当兵是圆了他的一个梦。但到奇乾，他真正感悟到作为一名军人，不，应该是身为一名消防员的价值与意义。他知道，奇乾是寂寞的，在城市或是小镇上有的东西，在这里都找不到影子，但这里却有城市或是小镇所不具备的精神。而这种精神，正是当下最需要的，特别是年轻人需要的。来到中队的第一天晚上，这里就因为太阳能发电不足停电了。本来是晚上九点半熄灯，但九点就断电了，当时大家正在洗漱。

就交通与条件来说，这里确实不比其他中队。作为中队领导，任何事都得提前考虑与谋划：今天做什么，明天做什么，如果未来几天是阴天或是雨天，没有太阳，就没有太阳能供电，没有了电，就会没有信号，该如何应对，都必须统筹安排、协调。

夏天以打火为主，冬天虽然大雪封山，但他们依然训练，依然下地窖干活，依然随时扫雪。不管多累多忙，大家都没有抱怨，都是笑着面对。中队副指导员王新宇，手腕受伤了，打着封闭，绑着绷带，但他坚持参加比武。名次不重要，重要的是参与。这也是中队的精神面貌。大家的自律意识都非常强，不需要督促，不打折扣地进行体能和技能训练。体能不强的队员，还会自我加压，加班跑个步,做做体能训练。

郭队长说:"我们需要精神的支撑,更需要实实在在的体能和技能训练,只有这样才能更好地保护大兴安岭。原来我们部队说得最多的一句话是,只有平时多流汗,战时才能少流血。这句话完全可以用到我们消防员身上。有人说服从是消防员的天职,挺身而出是消防员的天职,其实训练同样也是消防员的天职。"

首先是体能训练,这是一切的基础。上山打火最主要靠脚步力量,要背着给养和设备在灌木丛急行军好几个小时,所以体能训练以负重跑步为主。不论夏天还是冬天,他们都是早上六点准时出操,跑三公里,雷打不动。战斗班和后勤保障班都要跑,谁也没有例外。冬天路上全是雪,但有汽车走过的痕迹,他们就跟着车道跑。如果遇上下雪天,实在跑不了,他们就在训练馆进行体能训练。训练馆是简易板房,有一个篮球场那么大,容得下整个中队的人做体能训练。其次是技能训练。风力灭火机,这是他们的主战武器,必须熟悉操作程序、工作原理、灭火技巧、维护保养等。灭火时,不能对着火苗的外焰,必须对着火的根部。必须熟练掌握油锯的操作和性能。操作它危险系数高,一不小心就可能割到了自己;如果锯木的方法不对,锯倒的木头可能会砸到自己或是其他队员。现在中队的职能变成了"一主两辅",除了打火,还有地震地质灾害和抗洪抢险救援。地震地质灾害救援和抗洪抢险都是中队新接触的科目,所有指战员一起上视频课,一起培训。还要派人外出学习,学成回来,再当小教员,教所有队员。驾驶员、报务员、卫生员、炊事员等其他人员,除了要一起进行体能训练,还要进行各自的技能训练。

"在训练上,任何人都没有特例,也不能有特例,包括我自己在内,因为在任何人面前,火灾都是冷酷无情的。"郭队长强调说。

2024年,当我再次来到奇乾时,郭队长已经通过"增编抽组"回了老家宁夏。

我用微信给他发送了在奇乾的位置。他先是回了一个惊讶的表情包,接着回了一段温暖而感慨的话:"这次你不能光顾着采访,要多到阿巴河、额尔古纳河边,还有附近的林子里走走。虽然我离开了奇乾,但'奇乾'二字已经写进我的生命……"

说到老班长,他突然眼眶湿润

"没错,奇乾很远很远,群山把它与世界隔绝得很深很深。但我觉得世间最远与最近的距离,都是心灵的距离。只要你心里装着它,它就不再遥远。"来自奇乾中队的新兵连班长说,"在我看来,奇乾不仅很近,那里也很美,一年四季风景如画,美得令人心醉。夏天是一片绿色的海洋,冬日被皑皑白雪覆盖,就像一个童话世界……"

新兵们坐在小马扎上,认真地听着班长动情的描述。

"听他们说,那里不只是有熊、狼等野兽出没,还有草爬子、蚊子、小咬和瞎蠓等蚊虫飞舞,是这样吗?"新兵高凯凯问道。

班长笑着回答:"其实没有传说中的那么可怕,只要大家适应了那里的气候，摸清了它们的生活习性，掌握了它们的活动规律，就能融入那片森林，在那里很好地生活。"

高凯凯点了点头。

"既然来到了大兴安岭，我建议大家选择奇乾。那里不仅能修心，更能锤炼大家的意志。"班长说，"如果有愿意去的，可以主动提出申请。"

"我报名。"高凯凯站起来说道。

这是八年前发生在位于呼和浩特的总队新训大队的一幕。当时是3月上旬，呼和浩特冰雪开始融化，万物复苏，春姑娘正悄然走来。

7月底，奇乾的清晨安静、舒适。温和的阳光洒向茫茫绿海，一丝光线有意无意地投到高凯凯的脸上。我看到的是一张皮肤粗糙的脸庞，感受到的是他的成熟稳健。八年过去了，老班长卜晨光早已退伍回乡了，当年那个新兵蛋子、毛头小伙，已经成为奇乾经验丰富、受人尊敬的老班长了。他高大帅气，说话的声音不大，节奏也不快，但话语却掷地有声。

高凯凯说，2013年3月16日，他们向奇乾出发了。先从呼和浩特市坐火车到牙克石，坐的是绿皮火车，也叫草原列。火车经过乌兰察布、锡林郭勒盟、兴安盟，车窗外一望无际的草原，看不到尽头。越往北走，越荒凉，积雪也越多。明明春天已经来临，但他觉得离春天越来越远。他们在车上坐了整整38个小时。老班长怕他们无聊，就跟他们聊天，讲奇乾的故事，讲当年他们为什么选择当消防兵，为什么选择到奇乾，又如何在火车上度过漫长的时光的。讲到奇乾的夏天和冬天，特别是冬天，有太多太多的故事，训练的故事、发电的故事、破冰打水的故事、推陷入冰包里的汽车的故事、中队小狗斗熊瞎子和野猪的故事，中队领导、战友的故事，奇乾老乡的故事，还有打火的故事。老班长讲到了2006年6月的伊木河保卫战。因为大火逼近一个战备油库，那次打火被赋予了更加特殊的意义。火场温度实在太高了，风力灭火机都被烤得烫手，鼻子被烤得冒血，防火鞋都被烤化了，防护镜也慢慢变软了，有的战友还昏倒在了火线上。一棵过火大树突然倒下，砸到了一个战友身旁的水箱上，将水箱砸成了碎片。其他人吓出一身冷汗，但这个战友却毫无惧色，还说："不怕，就算死了，我还有个弟弟孝敬老人。"那是一片原始林区，岁月堆积出厚厚的地被腐殖层。明火虽然一次次被扑灭，但地下火却在高温天气下不断复燃。为了加速扑火，保卫战备油库，大家用双手开挖隔离带，许多人的手被划出了口子，烧出了水泡，鲜血淋漓……讲这些故事时，说着说着，老班长笑了，说着说着，老班长又沉默不语了。一说到自己的老班长，高凯凯的老班长突然眼眶湿润，把头转向车窗外。

　　来到牙克石，这里的积雪尚未融化，依然白茫茫一片。林子里、树梢上、泥土上，到处都是积雪。皑皑白雪，似乎又把高凯凯拉回寒冷的冬天。他们在支队稍作停留，就坐客车前往驻扎在莫尔道嘎镇的大队，坐了大约十个小时。在大队稍作停留，又坐客车前往奇乾，坐了五个多小时。路上全是雪，车开得很慢很慢，晃晃悠悠的。

不知道是担心车的安全,还是寒冷的缘故,高凯凯全身竟然发抖打战起来。班长一把把他拽过去,让他把头靠在肩上。

班长笑着拍了拍他的后背说:"傻小子,害怕了吧?"

他不敢承认,便说:"班长,这里太冷了。都3月了,要是在我老家西安,已经放绿了,都穿单衣了。"

班长说:"不用害怕,慢慢就适应了,我们中队有不少南方人呢,在家都没怎么见过下雪,现在都非常抗冻。"

他就靠在班长的肩上,看着车外的冰雪世界,林子里全是雪,树上光秃秃的,没有树叶。

班长说:"凯凯,你就睡一觉吧,睡一觉醒来,就到奇乾了。"

他靠在班长肩上,闭上了眼睛。一开始,怎么也睡不着。他想啊想啊,想新兵连的故事,想奇乾中队会是个啥样儿,想那里的南方人怎么适应大兴安岭的极寒气候。想着想着,便睡着了。也不知过了多久,他醒来了,是被客车一阵剧烈的摇晃惊醒的。客车陷到一个小冰包里了,司机猛踩油门,客车爬了出来。他一看,窗外还是林子,还是满世界的冰雪。

听着高凯凯的讲述,我分明感受到了他对老班长的思念。

他们是下午一点左右到达中队的。刚一下车,几条狗就"汪汪""汪汪"地飞奔过来。它们围在老班长面前,老班长对它们又是亲又是抱的。面对新兵,它们也是不断地摇着尾巴。一下车,高凯凯就感觉到寒气逼人,跟掉到冰窖里一样。当时的气温还是零下三十多摄氏度。其实老班长早在车上就跟大伙儿说了,下车前一定要把衣服裹得严严实实的。这里不常有电,信号没有保障,水也只能节省着用。那时，这些在其他地方再正常不过的东西，在这里却成了一种奢望。白天只有锅炉上水的时候发一会儿电，十分钟的样子，晚上七点看《新闻联播》到九点半熄灯有电，其他时间没有电。没有电，信号就没保障。那天晚上，他特别想给家里打个电话，但一直没有信号。他很苦闷，但又无可奈何，主要是怕家里的父母担心。

他当时就被分到了一班。最开始，老班长主要教他们如何适应这里的寒冷气候，只有适应了这里的气候，才能正常地生活和训练，才能参加打火。其实没有过多的理论知识要学习，都要靠经验的积累，最要学习的是一代又一代消防员传承下来的经验。就说跑步，最开始他们裹得严严的，慢慢地进行短距离的跑步。不跑远了，是怕他们的身体受不了。为什么要慢跑呢？一是考虑到身体的承受能力，二是为了安全。冬天跑步时，雪地非常松软。踩下去，感觉比跑在沙地上还软还滑。自己想跑一大步，使劲地迈了出去，但实际却迈不了多远，只有平常的一半。跑步时，还要戴上面罩。但戴久了，就会呼吸沉闷，取下来，冷风又吹得脸和鼻子疼，还会很快结一层冰。于是跑步时，他们取一下戴一下，戴一下取一下，中间间隔两三分钟。在正常温度中跑步，肯定是用鼻子呼吸，但冬天他们在这里跑步，会用嘴呼吸，呼吸时，用舌头顶住冷风。所以他们跑步的速度比较慢。夏天跑五公里一般是二十多分钟，但冬天需要半个多小时。慢慢地，他们适应了，跑步的速度快了，穿得也少了。同时，他们还跟着老班长一起学着整理内务，打扫营区卫生，甚至到菜地帮着种菜。

作为消防员，打火是他们的主业，老消防员主要还是教他们怎样打火。如教他们如何使用机具，包括风力灭火机、水泵、割灌机、油锯等主战装备的使用。风力灭火机是用风吹火，吹火焰的底部，用来隔断燃烧物，这是森林打火常用的工具；水泵主要是以水灭火，是最快捷最有效的办法，但不是每个火场都有水源；割灌机每个消防员都必须会用，走在灌木丛茂密的林子里，人靠近不了火场，只能用它开辟道路，但它有十来斤重，又比较长，还带了个锯头，携带不是很方便。老消防员告诉他们说，真正打火时，只有老消防员冲在一线打火，新消防员都是在后面负责清理现场。不论新消防员的素质有多好都不能上一线，这是中队的传统。新消防员需要有打火实战的历练。

2013年6月，高凯凯上了火场。那是一场雷击火，是他第一次参加打火。当时他心里挺害怕的。虽然老消防员不断给他们减压，但毕竟他从来没有面对过大火。他们早上从中队坐车出发，坐了十多个小时，到达离火场不远的林子边时，天已经黑了。那时还没有直升机场，很少用直升机运送消防员，他们只能徒步走向火场。他们背着给养、背囊，还有机具、宿营装备等，每个人负重四十多斤，在林子里急行军。当能看到火场的火光时，高凯凯以为马上就能到火场了。但没想到从晚上一直走到第二天早上，徒步行军十多个小时才真正到达火场。在林子里行军时，虽然走个把小时会休息十来分钟，但还是累。他的体能不是很好，刚翻过几座山，腿就没劲了。最开始，老消防员在后面推他，在前面拉他，实在没有力气了，他就只能在林子里一步一步往前爬。一路上，流汗就不用说了，还流过泪，甚至干脆躺在那儿不动了，想放弃。但每当这个时候，班长就会伸出手来，微笑着对他说，凯凯加油，再坚持坚持，咱们就到达火场了。于是，他又站了起来，艰难地跟着行走。消防员在原始森林里掉队，是件非常危险的事儿。所以不论他走多慢，老消防员始终伴随他左右。最后，一个老消防员索性帮他背起宿营装备来。他都不知道自己是如何走到火场的，在路上喝了多少次水，摔了多少次跤，通通都记不清了。当他们到达火线边时，面对着无情的火灾，他们异常沉着与冷静。老消防员说得最多的一句话就是：走到火场，走到火线边，就胜利一半了。

一开始，火不是很大，可能是早上气温低的缘故。到上午十点左右，火又大了起来。中队领导和班长冲在最前面，用风力灭火机打火，他们新消防员主要用二号工具，把老消防员打火过后的火星子捣碎扑灭。高凯凯看到火大了起来，心里急得不行，捡了一根大树枝跑到火线边打起火来。刚到火线边，他就感到热浪扑面而来，马上呼吸困难，汗水直流。班长立即跑了过来，一把拽着他就往外跑。

班长怒吼着说："你想干什么？！"

他说："想打火。"

班长说："谁叫你打的？"

他低下了头，不敢说话了。

班长说："胡闹！"

班长是为他的安全着想。事实上，在火线边打火是件非常危险的事儿。最危险的，有可能因为风力和风向的影响，被大火吞没；

即使顺利完成任务，也会面临局部烧伤，或会有手套脱不下来、小便尿不出来等问题。随后，他在老消防员的安排下，在离火线十多米的地方，老老实实地挖隔离带。火被扑灭后，他们又清理烟点，做到"无明火，无暗火，无烟点"，才离开火场。

回来的路上，给养消耗了，没有沉重的行囊，又打了胜仗，他心情愉悦，步伐也轻松了。更重要的是，第一次打火让他知道了自己的弱点：一是体能还不达标，二是技能还不达标。随后，班长和老消防员们带着他加班加点进行训练。

当消防员第二年，高凯凯就开始拿风力灭火机了。虽然还不能像老班长他们那样，冲在火线边打火，但他已经能站在他们后面了，不是打火，是负责往他们身上吹风，给他们降温。拿上风力灭火机后，班长还专门跟他谈了心。班长对他说，拿上风力灭火机，这就意味着你成了一名真正意义上的灭火能手、一名合格的消防员。但不能骄傲，拿上了风力灭火机，你的肩上又多一份责任和使命，必须更加严格地要求自己，加强体能和技能训练。2015年他开始担任副班长，2017年3月从总队新训大队带完新兵回到中队，他正式担任班长，真正拿上风力灭火机，走到了火线的最前面。这时，他才渐渐明白老班长原来对他的帮助和要求。打火时，班长、骨干冲在最前面，老消防员在中间，新消防员在最后面。冲在最前面的班长、骨干责任重大，是打火胜败的关键；老消防员协助班长、骨干打火；新消防员则是收尾，既打余火，也是学习。

"现在我能够深刻理解老班长严格的要求、不厌其烦的嘱咐，还有那些看似不经意的动作和话语的意义了。事实上，作为班长，我现在也是这样做的。我觉得，奇乾中队的精神就是这样一代一代传承的。"高凯凯感慨地说道。

2019年"6·19"金河林业局秀山林场森林火灾的场景，他依然印象深刻。那次打火，最大的困难、最大的考验，就是喝水问题。他们是6月19日下午接到命令的。换上防火服，戴上头盔，背上背囊，就登车出发了。在出发前，不对，是在任何时候，他们的机具、背囊和给养都得是准备好的状态，并且要定期进行检查。对此，他要求严格，谁也不能马虎，谁也不能偷工减料。他告诉大家，这不仅是打火胜败的关键，更是对自己生命最好的尊重。定期检查的还有备用水。每个消防员都有一个水壶，可以装两斤水，每天都要装满，每天都要换水——雷打不动，每天必须换。一壶水还不够，每人身上还要带上四瓶矿泉水。但也不能多带，带多了，就会影响急行军。出发之前，他还特别强调了，大家再认真检查检查自己的水壶，里面是否装满水，是否带上了四瓶矿泉水。水是生命之源，更何况在高温炙烤的火灾现场。下车后在林子里有十来个小时的急行军。急行军路上，他不断提醒全班消防员，要随时跟上队伍，千万不能掉队，提醒大家不能过多喝水。他告诉大家，不论急行军要多久，都要尽量少喝水，实在渴了，就喝一点点，润润嗓子就行了。还不断提醒大家，即使矿泉水喝完了，瓶子也一定要留着。虽然急行军能喝多少水没有具体的规定，但根据他的经验，最多只能喝一瓶矿泉水。因为在火场更需要水。行军路上，他发现有个新消防员已经喝了三瓶水了，他严肃地批评了他。新消防员说，他实在太渴了，嗓子都快冒烟了。他告诉新消防员，火场温度那么高，没有水寸步难行，要是火场附近没有水源，就没有水喝，就无法再投入打火。随后的急行军中，大家都只是一小口一小口地喝，也就润润嗓子。

当时正值夏天，那天太阳很大，温度很高，一到火场，就感到灼热。火真的很大，地表火高度达到了一米多，很多火都烧到树上去了，形成了树冠火。山上的火绵延不断，几乎把天都"烧"红了。由于火场温度高，地表腐殖层厚，地下火、地表火、树冠火立体燃烧，热浪烤得大家睁不开眼睛。这是森林火灾中危害最严重的一种，这种火是最难打的。准确地说，树冠火人工还不能打，只能白天用飞机洒水灭火。他们背的装备只能扑打地表火。如何应对这样的火灾？新消防员肯定没有经验。于是，他强调两点：第一，打火时大家要谨慎，要科学打火；第二，大家要适量喝水。

如何科学打火呢？一般来说，白天温度高，不适合打火，只能控制，让火势尽量减少蔓延。但白天也不是绝对不能打，有时候火情紧急，白天也打。那次他们白天就开始打火了，只是避开太阳出来后到下午四点左右这段时间。他在不断观察风向，林子里的风没有规律，东南西北四个方向都有可能吹风过来。有一次，他感受到对面突然吹来一阵风，就赶紧叫大家躲避。因为是树冠火，很容易烧伤人，甚至有可能把大伙儿吞没。打火主要在晚上进行，晚上温度低，风也小，相对白天更适合打火。第一天晚上打火时，大家还坚持一瓶盖一瓶盖地喝水，但火太大，温度太高，后来大家只得一大口一大口地喝，并且喝水的频率越来越高。虽然他有经验，但也控制不住。正常的话，打一个晚上的火喝三瓶矿泉水就可以了，但那天他们普遍喝了五六瓶。

那次他们连续打了三天火,但第一天晚上水就差不多喝完了,而中队的给养送达还需要一定的时间。怎么办?迅速找水源。其实第一天晚上高凯凯喝完四瓶矿泉水的水,只剩下水壶里的水时,就意识到了水的问题。其他班的情况也差不多。

第二天一早,中队马上派人寻找水源。他们背着水箱,找了整整一个上午,没有找到河流,也没有找到小溪,只找到了一条狭窄的水沟。但水沟干了。他们就找了个较低的地方,挖了个坑,等着水往坑里渗。等了一个多小时,装了半箱水。他们背起箱子,就往回赶。回到火场时,太阳都已经落山了。他们把水沉淀一会儿,直接分到各班。高凯凯他们班分到了五矿泉水瓶水,烧开后,就只剩下四瓶了。他告诉班上每一个队员,水只能小口小口地喝,在中队给养到来之前,必须保证他们的瓶子里有水。其实在中队派人找水源的过程中,他们班的新消防员水壶里的水也喝完了。高凯凯知道,这不能完全怪他们。他提前考虑到了这种情况,所以自己水壶里的水始终没动。后来,看到新消防员实在难以坚持,就让他们喝他水壶里的水,但还是那条原则,只能小口喝。每到喝水时,他们就一瓶盖一瓶盖地轮着喝。即便这样,他的水壶最终还是见底了。最后他不得不跟大家说,如果实在不行,大家就摘松针吃。过了一会儿,一个新消防员对他说,班长,松针吃起来好苦。还有一个新消防员说,他没找到松针,都被烧光了。谢天谢地,第三天晚上,就在他们对水特别渴望的时候,天空下起了雨。他赶紧叫大家打开用来宿营的塑料布,整成一个"凹"形,用来接水。他们很熟练,野外取水生火，经常练习。这次老天救急，也许是天意吧。如果没有这场雨，火暂时打不灭不说，还没有水喝。

高凯凯说："没想到一晃我也成了新消防员眼中的老班长了。我应该像老班长那样，主动地、无私地把自己所知道的一切和打火技巧毫无保留地告诉大家，让大家更好地融入这片神奇而又神圣的土地。"

我也曾当过兵，深知"班长"二字虽质朴却分量千钧。

抬头望去，高班长在我心中愈发伟岸。

故事是大家共同书写的，奇乾谁都有故事

"王震在咱中队发挥的作用可大啦！"

"他是奇乾能人！"

…………

第一次在奇乾中队采访时，大家不约而同地提到王震。

2011年，是王震当兵的第一年，那时他在四班。那年9月中旬的一天晚上，当时的中队长李志刚找到他说，王震，你学技术的愿望那么强烈，要不，你跟着炊事班的郭喜班长学着维修发电机和锅炉。李队长接着说，在咱们中队，发电和烧锅炉是特别重要的工作。他还没说完，王震就抢着说："队长，我愿意。"李队长微笑着拍了拍他的肩膀说，小伙子，好样的。

李队长认定王震，自有他的道理。这年7月，大兴安岭"零公

里"地区发生森林火灾。由于火场附近有水源，李队长决定将新配发的灭火水泵投入到这次灭火作战中。刚开始，以水灭火的战术取得了奇效。可大家还没来得及高兴，灭火水泵就出现了"干打雷不下雨"的故障。装备运转正常，就是不出水。大家轮番上阵，都找不到问题所在。在另一条火线上担负灭火作战任务的王震得知情况后，主动让战友打开对讲机，通过对讲机中灭火水泵运转时传出的声音，判断出是水泵叶轮出了问题，并迅速提出维修方案。大家按照他的方案，果然将故障排除了。

来到奇乾后，王震特别想学驾驶技术，报了名，中队也通过了。但后来体验，医生说他眼睛色弱，不适合学驾驶。他很失落，甚至伤心地流了泪。他是多么渴望能学到一技之长呀。他来自农村，老家是安徽阜阳颍上，2009年高中还没毕业，他就外出打工了。第一次打工是到浙江湖州，在一家公司打工，那是一家新成立的公司，老板没有经验和技术，刚开两个月，就倒闭了。他只得回到老家。第二年春节一过，他就跟着家里大人，来到广东佛山一家生产取暖设备的工厂打工。那家工厂生产出口的产品，对工艺要求非常严格。王震虽然两次打工的时间都不长，但明白了一件事，知道了知识和技术的重要性。王震坦言，他上学时没好好上，文化程度不高，到了部队，唯有好好学技术了。

当然，李队长让王震学习维修发电机和锅炉，还是有依据的。他虽然上学时成绩不咋地，但从小就对机械感兴趣，机械上的事，他一点就通。一到奇乾，班长就看出了他这方面的特长，让他协助自己维修灭火装备。其实王震之所以铁了心要学好一门技术，还与

"老兵日记"对他的影响有关。新兵刚下连那会儿，他们除了正常的一日生活制度，以及训练、打火外，还需负责打扫营区卫生。早上打扫完卫生，他们就会把扫在一块的垃圾烧了。这是他们每天早操后必须做的工作。一天，王震正准备点燃垃圾，突然发现垃圾堆里有一个破旧的笔记本。捡起来翻开一看，是一个日记本，上面密密麻麻写满了字。字写得不太好，但很工整。里面的内容很快就吸引了他，打动了他。这个日记本是一位已经退伍的老兵写的，从他当兵入伍来到奇乾开始，一直到退伍离开奇乾，生活、训练、打火等所有的历程都做了详细的记录。他清楚地记得那个老兵在日记中写了他第一次站岗的故事。那个老兵说，他第一次站岗是在深夜。听说要与老兵一起去站岗，他既激动又紧张。正站着岗，突然听到马路对面传来熊瞎子凶狠的叫声。虽然他是第一次近距离听到熊瞎子叫，但早在呼和浩特进行新兵训练时，就听说过奇乾有熊瞎子出没。所以他断定这就是熊瞎子的叫声。他吓得拔腿就往营区里面跑。老兵大声叫道："你干啥去？"他说："你没听到熊瞎子在叫吗？"老兵说："怕什么，熊瞎子只会在对面山上叫一叫，它们不敢下来的。再说，不是还有我在吗？"听老兵这么一说，他才回到岗位上。

　　老兵写的日记，每一件都是奇乾发生过的鲜活故事，每一件都深深地吸引着王震。后来王震把捡到日记本这件事告诉了班长，班长表扬他做得对。班长告诉他，在图书室，还有几十本老兵留下的日记本。于是，只要有时间，他就会跑到图书室翻看"老兵日记"。那是一段非常幸福的时光。现在是自媒体时代，几乎没人写信了，也很少有人在笔记本上写日记了。假如那样的传统能够一直传承下来，那又会记下奇乾多少感人的故事啊。

"郭喜班长当时是三期士官，是奇乾的老兵，能打火、会喂猪、种过地、能做饭。他负责中队抽水发电和锅炉取暖等工作。虽然他只有初中文化，但靠着自学先后掌握了12项技能，撰写了10多万字的工作心得。他老家是河北张家口的。他性格温和——急性子在这里也待不住，但也有可能是奇乾的孤独和寂寞，把他的性格磨得温和了。"王震说。

很快，郭班长就组织锅炉班开会。锅炉班包括王震在内共四人，分别来自不同的班。他们的编制还在各个班，也参加各个班的各种训练，但另一项工作就是在郭班长带领下烧好锅炉。在大兴安岭，冬天把锅炉烧好比其他任何事情都重要，如果没有锅炉，就不能取暖，水管等设施都会被冻坏，就不能在这里生存。

郭班长看王震烧锅炉挺上心的，还有机械方面的天赋，就找他聊天。他告诉王震："虽然中队每年都组建了锅炉班，大家烧起锅炉来也挺积极的，但却缺少维修方面的人才，我也快转业了，希望你以后能够留下来。如果没人接替我的工作，我将无法离开奇乾。要学修理发电机和锅炉，有人教是一方面，但最主要的是自己要主动，要有自学的意识，要发扬自力更生、艰苦创业的精神。"王震当时还知道，为了保障中队锅炉正常运转，郭班长当兵11年，从未在冬天探过亲休过假。王震向郭班长表态，自己愿意跟他学修发电机和锅炉。他有些基础，学起来也就非常快。

当年10月，王震就接管了锅炉，两个月后，郭班长看他能熟练烧锅炉、修理锅炉与发电了,那年冬天他就安心休了个假。离开中队准备回家探亲时,郭班长非常欣慰,紧紧地抱了抱他。第二年,郭班长调到了大队。再后来,他转业回乡了。

冬天离不开锅炉,但前提是必须有电。如果没有电,第一锅炉不能运转,第二做不了饭,第三抽不了水。最开始支队只有195柴油发电机,夏天还好,一到冬天就不行,电很微弱。柴油也紧张,所以除了烧锅炉的时间发电,其他时间中队是不发电的。当时设备陈旧,发电机也是拆了装,装了拆,三天一小修,五天一大修。后来配了两台4100发电机,不用手摇了,是电启动了。相对来说,电压稳定一些,不像手摇发电机是皮带带动的,电压不稳。虽然灯光不跳不闪了,但耗油更多。

2014年冬天,两台发电机都坏了,整个中队一下就陷入了困境。如果两个小时内不能发电,暖气管道就会被冻爆。到山下莫尔道嘎镇去修,一个来回要十多个小时,肯定不现实。要大队送一台发电机过来,也需要五六个小时,同样不现实。这时候,王震想到了郭喜班长曾跟他说的,要自己想办法,要自力更生。

王震想到营区前有个工程队在修公路,冬天下雪了,他们下山了,但发电机等设备还留在了那里。他马上将这一情况跟中队领导报告了。中队领导马上与工程队领导沟通,得到的答复是,他们愿意借发电机给中队。可是那么重的发电机,且离中队还有一定的距离,怎么才能在两个小时内把它拖回来,并且发电呢?他们必须与时间赛跑。于是全中队除了休假的,全部都出动了。大家拉着绳子一步一个脚印,把发电机往营区拖。所有人齐心协力,士气高昂,有的在前面拉绳子，有的在后面推。他们借助雪地，一边拉，一边推，一边滑，将发电机按时运到了营区。当发电机顺利启动、中队的电灯亮起、锅炉正常运行时，营区发出一片欢呼声。

说到这件事儿，王震满脸自豪。

2015年，中队又配了110块太阳能光伏发电板。发电板发的电，主要供主楼的照明以及信号设备用电。其余的，像烧锅炉、做饭，还是要用发电机发电。有了太阳能光伏发电板，中队告别了以前就寝时间一到就关发电机，四周顿时一片黑暗、一片寂静的历史场景。

有太阳就会有电，有电就会有信号。太阳能光伏发电板也能储备电，但储备的电只能用两天左右。2023年，中队又添置了更多的太阳能光伏发电板，并做到了营区全覆盖。不仅照明，就连烧锅炉、做饭等，都可以用光伏发电。但光伏发电受环境温度、太阳光照强度和天气条件的影响，供电不稳定，为此中队的发电机还是得随时"待命"。现在，发电设备先进了很多，光伏发电不够的情况下，程序会将信号传给发电机，发电机会自动启动发电程序。

不论用什么设备，王震每天都要对发电机进行检修、保养。

还要维修水泵。主要是做日常维护保养，大修就不行。如果要大修，就要把水泵拉到海拉尔去，修好最快也要一个星期。其间，中队队员只得到阿巴河里打水用。夏天还好，拿着桶直接到河里打水就是。最难的是冬天，冬天的阿巴河结了一层厚厚的冰，有两米多厚，冻得非常结实。做饭用水，锅炉用水，都需要从阿巴河里打，特别是锅炉用水量非常大，只能凿冰取水。凿冰难，取水也不简单。因为阿巴河部分河段冬天会干涸，加之河道有宽有窄，水流有变化，很难找准取水点。有的地方凿到冰底，到了河床上，也没有水。有时要凿好几个地方，才能找到水。打水时，不光炊事班的去，战斗班的也会去帮忙。

以前中队没什么娱乐活动，王震就经常跑到图书室看书。因为他在炊事班，他就看种植、养殖技术方面的书。以前中队还养过猪，他特意看过《现代养猪生产技术》《珍禽养殖技术指南》等书。营区后院有几大块菜地，他们在那里种了西红柿、西葫芦、黄瓜、豆角等蔬菜。一开始他也不会种菜，于是就向老班长学，从《蔬菜实用栽培技术指南》等书本上学。翻来翻去，书都被翻烂了。再不懂，他就打电话回安徽老家，问父母和奶奶。通过慢慢摸索，他掌握了大兴安岭的气候特点，也掌握了种植的技巧。

在炊事班，不仅要会种菜，还要会腌菜、藏菜。中队有一个很大的菜窖，冬暖夏凉。夏天，菜地里种的菜只能起个辅助作用，主要还是从山下采购。一般一周采购一次，就放在菜窖里。冬天大雪封山，菜地没菜了，山下说不准多久能送来一次菜，蔬菜紧缺，所以中队会备一些好保存的菜，像土豆、洋葱之类的。还会腌制一些酸菜以及卜留克之类的咸菜。夏天也有特殊情况，要是碰上下暴雨，山下的菜就会送不过来，所以他们也会存放较多的土豆、洋葱。中队的炊事员来自不同的地方，北方的南方的都有，大家的厨艺都还比较好，基本上能照顾到不同的口味。他们还会征求大家的意见，研究创新菜谱，尽量做到大家满意。

王震说："总有外面的人问，你们炊事班的人要不要打火。我想说的是，打火的时候，炊事班必须上。虽然我们不在战斗班，但我们也是消防员。打火是消防员的天职，不论你在何岗位。"

一般来说，打火的时候，他们会带上三天的给养，如果三天以后还没下火场，火还没有扑灭，当地林业局会给他们补充给养。战斗班在前面打火，炊事班就在后面找宿营地、寻找水源、架锅做饭。战斗班的队员们各自带了一部分给养，打火紧张的时候，他们来不及返回营地，只能边打火边吃挎包里的给养。必须等到火打灭了，他们才能来到营地吃上一口热饭。

打火紧张的时候，炊事班也会尽可能抽调人员到火线打火。王震记忆最深刻的是2014年夏天，他参加的一次打火。在开进火场的路上，有一条比较宽的河拦住了去路，并且水流很急，但从地图上看，又必须蹚过这条河，才能到达火场。他们没有选择，大家背着背囊、装备等，排成一个长长的"一"字，手拉着手，蹚过湍急的河流。由于水流太急，队伍走到河中间时，一个身体疲弱的队员手没抓住，一下子被水冲倒了。队长飞速跑过去，一把把他拽了回来。

"我当消防员11年了，因为在炊事班，有的打火没有参加，但大大小小的火灾经历过30多次。其实在我们中队，不论是战斗班还是炊事班，不论是在哪个岗位，都没有重不重要一说。每个岗位都重要，面对火灾，只有大家拧成一股绳，才能展示团结的力量与作用，才能有效战胜火灾。"王震自豪地说。

…………

在这个宁静的清晨，王震的讲述不紧不慢。普普通通的话语，却给我无限震撼。每一个奇乾队员，都有深沉的责任感和使命感，中队的精神流淌在每一个队员的血液里。

王震是中队勤务保障班班长。勤务保障班，也就是他在讲述时所说的炊事班。

"大家都说，你不仅是目前待在奇乾中队时间最长的消防员，更是中队的能人。"我说。

"算什么能人呀，只不过是平凡得不能再平凡的队员。每天早上六点起床，第一件事就是来到锅炉房检查发电机，然后往水箱里抽水，如果发电机自动启动不了，就手动启动。抽水的时候，把增压泵打开。只能打开一会儿，一是怕声音大影响队员们休息，二是长时间增压会损坏管道……我每天都重复着做这些事情。"王震微笑着说，"故事是大家共同书写的，奇乾谁都有故事。"

渐渐地，大兴安岭的清晨热闹起来。忙碌的一天又开始了。

2021年我来奇乾时，王震就已经结婚两年了，并有了一个一岁半的儿子。2024年见到他时，他欣喜地告诉我，又添了一个姑娘。他说，作为一个男人，其实在奇乾吃的这点苦也算不了啥。从另一个角度看，最苦最难的，可能还是家人，包括父母、妻子和儿女。与妻子李楠楠谈恋爱时，妻子啥条件也没提，只觉得他这个人好，就跟他结婚了。妻子对大兴安岭也充满向往。2019年，她决定来奇乾看看。当时王震非常矛盾，想让她来，又不想让她来。她来呢，能见一面，陪陪他，他也可以陪陪她，还能进一步增强妻子对他工作的认识和理解。不想让她来，是因为有3000多公里的路程，他不放心。最后，妻子还是挺着五个月身孕的大肚子来到了奇乾。后来儿子出生时，他在家待了一个星期就返回大兴安岭了，没有尽到一个做丈夫和父亲的责任。

2023年7月，王震休假结束，收拾行李准备去机场时，四岁的儿子和一岁半的姑娘，抱着他的大腿，喊着："爸爸别走！""爸爸别走！"虽然他的心都被喊碎了，但他还是强忍着泪水离开了家，奔赴大兴安岭。父母年纪大了，但一直在帮着妻子照看孩子。他们早已习惯了这种生活。

"孩子在慢慢长大，我也不再年轻，总有一天，我会离开奇乾，离开大兴安岭。但只要没有离开，我就会在这里老老实实待着，站好自己的岗。"王震的话语既伤感又坚定。

选择、期盼、承诺和坚守

阳光下的莫尔道嘎异常舒适，空气、阳光、云彩，还有窗台上郁郁葱葱的绿植，都被凝固成永恒的记忆。

没有见面前，我不太能确定柴哥的年龄，中队领导和大队领导都没告诉我他的具体年龄。既然大家都叫他柴哥，我想可能是个中年人吧。中等个头，四方脸，皮肤黝黑，脸上还有些沧桑。我在心里估摸着：柴哥风里来雪里去，没少受生活和环境的苦。柴哥叫柴瑞峰，其实是个85后。很快，他的热情、乐观感染了我。他说话肢体动作非常大，边说边笑，一笑，便露出洁白而整齐的牙齿。他讲述的故事很鲜活，似乎都是刚刚发生的。

柴哥的祖籍是河北沧州，爷爷辈来到大兴安岭，定居在牙克石市伊图里河镇。后来父母当了林业工人，便来到了莫尔道嘎。莫尔道嘎镇是一个因林业而兴起的小镇，原来小镇的常住人口达到四万多，是大兴安岭地区最繁华的小镇之一。后来林场改革，人口逐渐流出，目前常住人口只有五千多人了。柴哥是上小学一年级时，跟随父母来到莫尔道嘎的。他见证过这里的繁华与衰落：最多的时候镇上有八所学校，现在只有两所了；以前有很多住宅，现在要么被扒了，要么荒废了。

后来，柴哥考上了济南的一所技术学校，他因"一城山色半城湖"的美景和温暖的气候而沉醉，不愿意再回故乡。但因为没有当地户口，应聘时常碰壁。父母给心情苦闷的儿子打来电话，告诉他莫尔道嘎电信公司正在招聘，问他要不要回家试试。父母告诫他，做人还是要脚踏实地，不要一山望着一山高。2009年6月，年仅20岁的他入职刚刚成立的莫尔道嘎电信公司，成为这里的第15名员工。15人里，只有两名男性。他就跟着同事一起跑业务，干维护。一开始，还没有通信线路，靠"大锅"接收信号。上山处理故障并不难，但到达故障点的路途最难。他们负责莫尔道嘎镇区和北部原始林区共约1.3万平方公里的面积，这里山高路远，并且大部分时间大雪封山。由于环境艰苦，维护人员中后来只剩下柴哥还在坚守。

现在，他要负责近80个基站、700多公里的传输线路、4700多个电信用户的通信服务保障工作。办公室离镇区最近的基站10公里，最远的400多公里。大部分基站是建在山顶上，那台被柴哥称作"大黄蜂"、陪着他巡检的黄色皮卡车只能开到山脚下,他必须徒步攀登上山检修。比如红旗 1119 基站是林区内一座典型的高山基站,飒爽的名字背后是海拔 1119 米的高度,柴哥想要到达这里检修就必须沿途走近 4 公里的山路。

林区早晚温差较大。在夏天,他顶着暴晒独自上山,要将自己打上绑腿,包裹严实,不能让皮肤裸露在外,以防被草爬子叮咬。但这样密不透风的装束与他的运动强度显然不适配。到达山顶时,他早已汗流浃背。山上的雪 5 月份还未完全融化,这使得未干透的衣服在寒风中一被吹就冻成了"铠甲",冷感钻到骨缝里。有时他要带几十斤的替换设备爬到山顶,就只能少带水和食物,等到故障排除完毕的"下班时间",便已近黄昏。吃的不够,他只能饿着肚子下山,下山后两只手直哆嗦——虚脱了。冬季出门巡检,天不亮就要启程,途中根本不敢休息。为了应对疲劳,他在 U 盘中下载了很多"不喜欢的歌",听着挺闹,但能起到提神的作用。当听歌也不能抗疲劳时,他就停车用雪搓脸,让自己保持清醒。

在冬季原始森林中,遇见冰包是最常见的,也是最危险的。

"害怕吗?"我问。

柴哥说:"谁不紧张呀,轮胎咯吱咯吱响,大冬天手心里全是汗。"

巡检途中,每次遇到较大的冰包,他都会把自己这侧的车门开着,这个在日常行驶中十分危险的动作,却是最后的保命方法——万一不行就跳车逃生。即便如此小心,他还是陷进去过几次。第一次陷进冰包时,皮卡车被坚硬的冰块卡在半空,水箱和油箱被尖利的冰碴硌漏了，四个轮子只能空转。林子里没有信号，但好在他出门前给要检修的客户打过电话，约定8个小时后没到就拜托对方沿路找一下自己。他蒙在原地十几分钟后，就开始捡树枝拢火等待救援。在零下40多度的冬天，等待救援的12个小时里，他生了8堆火。夜晚，火堆可以消除黑暗带来的恐惧，还可以让自己不至于冻僵。他没有吃一口东西，最渴望的是救援人员的一盏灯光。

柴哥打开微信朋友圈，将一条记录展示给我看：2019年11月4日下午3点58分，开始我的徒步旅行，32公里，历时6小时25分钟……我只记得我还活着，两瓶水，一盒半烟，有灯光的地方才是家。他说，那是他陷进冰包，为了自救徒步时间最久的一次。冬季森林的黑夜，意味着迷路与野兽袭击的危险。为了加快速度，他将御寒的棉袄脱掉扔在路边，原本并不抽烟的人，在恐惧之中一路抽掉一盒半烟。终于看到前方护林员驻地小屋的灯光时，他只感觉"腿都不是自己的了"。他至今记得那种劫后余生的庆幸感，我却想象着当时的场景，蓦然心酸。

柴哥告诉我，他第一次去奇乾中队是2009年8月。当时中队长叫殷坚，指导员叫赵国明。那年，20岁的柴哥与中队不少战士同龄。看到中队还没通信号，他有些吃惊：社会都发展到今天了，还有这么苦的地方，不通电、不通网络，几乎与外界隔绝？这些年轻小伙怎么过的？其实也不是完全没有信号。距离中队40公里的地方，有一个通信塔，是整个管护区的中转站。中队能接收到的信号非常微弱，只能在他们菜窖靠前的那片空地里时断时续地收到。打电话时，大家得把手机高举着，开着免提大声说话。虽然通话时常中断，但总归能说上几句话。如果把手机收回来，信号就没了。

那次柴哥是来给中队安装微基站的。听说电信公司要给他们解决信号问题，队员们马上投来期盼的眼神。他们都要跟着他一起干，争先恐后，劝都劝不住。最后确定，郭喜、卜晨光等五个老队员协助柴哥工作。微基站就建在后山"忠诚"二字旁边。当时下着小雨，阿巴河里水很大。五个队员，加上柴哥，共六人，他们分成三组，每组两人，一组到海事局借皮划艇，一组背电池，一组背工具。柴哥走得气喘吁吁，老兵们却似乎有使不完的劲。来到山上后，柴哥才发现忘了带"微波"上的一个配件。卜晨光二话不说，马上从山上跑了下去，迅速过了阿巴河，回到中队。取了配件后，他又迅速地过河，一口气跑到山上。一直忙到晚上九点多，微基站才终于建好了。但柴哥告诉他们，有没有信号还得看天。这个信号先从满归东山传到1409基站，接着从1409基站传到长梁北山，再从长梁北山传到奇乾，中间任何一个环节因为天气影响出了问题，奇乾都会没有信号。但即便如此，队员们依然异常激动与兴奋。柴哥看到，一个队员在给家里打电话，一边通话一边哭，他知道，这是高兴的眼泪。

从此，柴哥与奇乾中队结缘。

这次接通的信号，也就是队员们所说的2G信号。柴哥说，这个信号还很微弱，只要遇到下雨或是阴天，就完全没有信号。为了解决信号弱这个老大难问题，电信公司于2015年在奇乾一带铺设了光缆连通的信号，也就是咱们所说的4G信号。这时，队员们下载了微信，可以和家人视频聊天了。但信号的稳定性仍难以保障——必须做到光缆有安全保障，供电有保障。面对夏天的冰雹和雷电，冬天的热胀冷缩，还有道路施工、森林倒木，光缆极易被破坏。奇乾的用电主要来自太阳能，如果遇上阴雨天，供电就没法保障。

  2016年元月，临近春节之时，一天晚上，有一个队员正和对象微信视频，突然信号断了。开始他们以为是临时性信号中断，等一等就会恢复，但一连几天过去了，还是没有信号。接到任务后，柴哥开着他的皮卡车就往山上跑。经过一番分析研究，柴哥肯定地说，肯定是光缆坏了。

  队员们一听急了，问："知道是哪一段光缆坏了吗？"

  柴哥说："我测了，到白鹿岛还有信号，这意味着从白鹿岛到奇乾50公里的路段出现了问题。"

  队员们又问："能测出光缆具体坏在哪个点了吗？"

  柴哥笑着说："测不出来，只能从白鹿岛开始，一个点一个点地查。"

  队员们点着头。

  柴哥问："你们谁愿意跟我去？"

  队员们又是争先恐后，纷纷报名。他们说："柴哥，你就说咋整吧，我们全力配合你。"

  于是，王震等六个老队员加入了这次抢修。除了柴哥的皮卡车，中队也派了一辆皮卡车，还抽调了一名炊事员进行后勤保障。早上出发，晚上回队，他们不仅会带抢修的工具，还会带相关物资，包括面条、榨菜以及压缩食物等。

可光缆接续盒埋在了地底下，四处是厚实坚硬的冰，有的还在冰包处。没有捷径，必须一处一处地挖，但也不能蛮干。他们先用锯末子在冰上拢个小堆，点燃后，再在外面拢一层煤，再用铁皮覆盖上。这点火，对于冰天雪地的大兴安岭算什么呢？但水滴石穿，用这样的小火"熬"上一晚，也能融化不少冰雪。他们一般会在晚上九十点开始"熬"，等到第二天早晨，火还没灭时赶到。如果时间没算准，火灭了，这个温暖的小小世界，又会回到冰雪世界的怀抱。他们立即挥起战备镐，在解冻的冰雪上小心翼翼地往下刨。不能用电镐刨，怕接续盒二次受伤。实在刨不动了，他们就重复着之前的方法，让小火继续融化冰雪。刨来刨去，一天也就能刨四五十公分。柴哥也有看走眼的时候，有时刨了两天，发现没找准。

每次找到接续盒时，他们好像见到了亲人，欣喜若狂。柴哥赶紧拿出仪器进行检测。都有些小问题，但并不是导致网络中断的主要原因。他们就这样沿着光缆往奇乾的方向检查，直到第20天时，才找到信号中断的主要原因。一番抢修后，中队传来喜讯：有信号了！大家放下手中的工具，互相握手拥抱，高喊着："有信号了，有信号了！"那天正好是周末，20天前与女友视频聊天信号中断的队员，再次给女友打去视频。还不等他开口，女友就在那边哭了起来。一时间，篮球场、健身房、娱乐室、阅览室、文化展厅的队员们，都纷纷回到宿舍，激动地向家人报平安去了。

"柴哥，你上不上火场？"我突然想起这个问题来。

柴哥笑着告诉我："我算是奇乾中队的编外队员吧。火灾是消防员的命令，也是我的命令。只要林子里发生火灾，我就得过去，与指战员同吃同住。"他必须去，他要保障信号塔正常通信，保障指挥部的信号。

每次上山，柴哥的皮卡车不会空着，总会给队员们捎带点给养。上山前，他会跟中队说一声，他要上山了，问他们要捎点啥，捎重要的捎——易损的、怕坏的。山里最缺的是鸡蛋和蛋糕。以前路没修好，大车颠来颠去，把鸡蛋全颠碎了。柴哥的车小，虽然每次只能带几箱，但能安全送达。中队几十号人，一年三百六十五天，总会轮到队员过生日，所以给队员带蛋糕最为常见。柴哥也特别有心，每次上山前，他一定要嘱咐蛋糕店老板，一定要将蛋糕包扎实。为队员们带个蛋糕，就是想给队员们增加一些仪式感。有时，他也会给中队拉蔬菜，让队员们尝尝鲜。一次，运送给养的大车在189卡站那里上不来。听到这个消息后，正在附近进行网络维护的他立即赶了过来，帮着中队倒运给养。后来快递行业发展起来了，他又开始给队员捎带快递。虽然都是义务劳动，但却成了柴哥的一种习惯，甚至是一种责任。

柴哥的世界像北部原始林区一样大，像大兴安岭一样大。他负责照看的光缆，不光连着奇乾中队，还连着其他消防队伍，以及边防连、海事局、林业局的卡站等，连着每一个守护在这片土地上的奋斗者以及他们的亲情世界。他说，他的皮卡车一年要跑5万多公里，15年来他跑坏了4台皮卡车。

铁打的营盘流水的兵。说到这个话题，柴哥有些伤感，有些激动。

柴哥说，刚到中队那会儿，中队领导叫他小柴，因为年龄差不多大，他和不少队员有很多共同的话题。他与队员们一起成长，大家开始叫他柴哥。他不仅给中队维护网络，与他们一场上火场，还与他们一起修过"战道"，一起聚过餐，一起过生日，一起烤串。

"我愿意融入这个集体，大家也愿意跟我玩。我的维修点，包括从奇乾往里走几百公里的伊木河、恩和哈达等地。每次干完活，再晚，我都会回奇乾中队休息。如果过了饭点，我就会提前打个电话，叫中队留点饭。"话语间，感觉柴哥和中队亲如一家人。

与数字信号传输的发展更新一样，每年中队都会来新人，他们的面孔越来越年轻。柴哥自己也打趣，很怕过几年之后，在这些年轻的队员口中，柴哥就变成了柴叔。

"奇乾只是我维修路线上的一个点，但却是最重要的一个点，寄托深厚感情的一个点。有时候很晚了，我才从恩和哈达回来。原始林区，一个人也没有，一户人家也没有。我始终提心吊胆，怕车子出问题，担心遇到熊和狼。我只盼望着看到光，奇乾中队的光。每次过了阿巴河上的桥，心里就高兴，因为一拐弯就可以看到奇乾中队营区的光。完全是回家的感觉。"说到这，柴哥有些动情。

"就没想过离开吗？去牙克石，去海拉尔，去呼和浩特，或者是去北上广深这样的大城市。"我看着柴哥，提出了心中的疑问。

我知道，最终只有他选择留下维护这条线路。起初，柴哥也曾短暂地迎来几个新同事，时间最长的坚持了三个月，最短的一个月左右就走了。面对分别，柴哥既理解又无奈："都是为了生活……""我想留下他们，又不知道用什么理由来留下他们……"好在从2020年开始，中国电信呼伦贝尔分公司开始以"援助"的方式支援莫尔道嘎支局：每年派一名同事与柴瑞峰共同工作，一年期满后，再派下一名同事前来轮换。

柴哥笑了。

"我也是家中独生子，我也有自己的闺女，老婆带着女儿在海拉尔上学，我确实曾经想过离开。"他说，"刚来莫尔道嘎时，我还只是一名外聘职工，我想通过自己的辛勤付出，证明自己能胜任这份工作，能够成为一名正式职工。后来，我也矛盾过，也纠结过，也苦恼过，但最终我选择了坚守。到电信公司八年半后，我终于成为一名正式职工。但这时，我对正式职工有了更多的思考和理解。我经常想，奇乾中队的队员、边防连的战士，他们离家更远，生活的条件更苦，他们在这里坚守的价值和意义又是什么呢？我也上过火场，但与队员们相比，不论是打火技巧还是体力，都无法跟他们比。在他们面前，我根本不值一提。虽然我只是一个普通的网络维护员，但每次看到他们期盼的眼神，我总会庆幸自己的选择，我也在努力地用一次次行动履行自己的诺言。我别无所求，只想做一个简单、纯粹、坚定的守护者，像驻扎在大兴安岭的解放军和消防员那样。"

直到柴哥离开，他都只字未提自己的荣誉。但我知道，他是中国电信内蒙古自治区呼伦贝尔分公司莫尔道嘎支局支局长，全国五一劳动奖章获得者，全国劳动模范……

与柴哥分别后，屋外刮起了风，蓝天不见了，白云均匀地分布在天空，成群的牛羊在前面不远处的草地上吃着草。

我陷入一种思索。

对大兴安岭的认识，我又多了一个维度。

第二景

大兴安岭的眼睛

要做大兴安岭的眼睛,像苍鹰的眼睛那样。

跟随这缕阳光,可以看到他的心灵世界

"我越来越喜欢大兴安岭了。特别是这里的冬天,原始森林与皑皑白雪完美融合,高大挺拔的白桦树和笔直的落叶松直指苍穹,勾画出大兴安岭独特的景致。如果我是一位作家或是一名画家该有多好啊,那样就能展示出这里的美丽风景……"

傍晚的阳光,轻轻地洒在林海上。一缕阳光,透过玻璃窗照射进来,落在了战斗三班班长陈振林的脸上。

个头不高,块头不大,来自南方——广西玉林。仅从外表很难将他与茫茫的大兴安岭联系起来。但跟随这缕阳光,可以看到他整个的心灵世界。

陈振林说,他是 2014 年 12 月 28 日从呼和浩特下连的,三天后来到莫尔道嘎大队。在大队也就上了个厕所,调整了一下,就往奇乾出发了。一路上全是雪，树上都挂着雪花。最开始，还有战友觉得新鲜，看着车外的雪景兴奋得不行。林子越走越深，天气越来越寒冷。越往林子里走，大家越安静。有个班长对他们说，一路上全是雪，你们睡觉吧，睡醒了就到了中队。既因坐长途汽车的劳累，也因大兴安岭的极度寒冷，以及来到这个冰雪世界后对家乡的极度思念，陈振林一路上半睡半醒。

虽然到达中队时，中队战友敲锣打鼓迎接他们的到来，但陈振林始终兴奋不起来。来到中队的当天晚上，他就失眠了。不是因为怕苦怕累——在新兵连的时候，他的军事素质算突出的，思想也算稳定的——而是因为怕冷。在呼和浩特三个月的新兵生活中，作为一个南方人，他就已经领教过北方的寒冷了。因为空气干燥，他还经常流鼻血。刚到新兵连不久，有一天晚上，他一醒来，突然觉得鼻子里不对劲，用手一摸鼻头，湿乎乎的，再跑到灯下一看，手上全是血。在老家从来没有出现过这种情况。当时他就哭了。班长跑过来一看，安慰他说，不要怕，是空气干燥导致的流鼻血，不会有大问题。后来班长不断跟他们普及一些在大兴安岭生活的常识，比如说，晚上睡觉的时候在屋子里洒点水，就可以缓解干燥。班长还说，在北方待久了，适应了这里的气候，就不会再流鼻血了。这天晚上，他满脑子的老家玉林，满脑子的绿色，满脑子的竹林。玉林平均气温21摄氏度，四季如春，蓝天白云，碧水绿树，鸟语花香。大兴安岭与玉林，是完全不同的两个世界，在老家的时候，他无法想象大兴安岭冬天的样子。

他怕冷，刚到奇乾时经常流鼻血，手上有冻裂，他也不喜欢大兴安岭的气候，但他不想当逃兵。他没有为国捐躯那么远大的志向，只是想着如何融入这片林子，在这里生存下来。正如班长跟他说的，别想多了，就想着如何吃好、锻炼好，让自己更加抗冻，不再流鼻血了，不再怕冷了就行。在老家，数九寒冬，顶多穿一件薄羽绒服，但大兴安岭的冬天实在是太冷了，双手暴露在空气中稍一会儿就会感到指尖发麻，在路上走一会儿双脚就冻得没有感觉了。要穿四五件衣服，里面是保暖内衣，然后是小马甲，再外面是件棉衣，最外面是件厚厚的作训服。如果出房间，还要裹一件绿色军大衣，还要戴棉手套、棉帽，以及防寒面罩，穿防寒棉鞋。冬天主要是体能、队列和擒敌拳三个科目的训练。训练前，特别是体能训练前，要脱掉作训服里面的棉衣、绒衣。刚开始进行室外跑步时，陈振林总感觉呼吸跟不上，提不上气，速度也跟不上。看着他在后面跑，班长和老兵就放慢脚步陪着他跑。跑着跑着，他慢慢适应起来，也没有感觉特别寒冷了。

对于一个南方人来说，在大兴安岭的第一个冬天真的挺煎熬的。除了寒冷的气候，就是这里的孤独与寂寞。白天兵看兵，晚上数星星。这里空气清新，夜空明朗，有时候每隔三五分钟，还能看到流星。晚上还有熊瞎子，听说以前还有狼。见得最多的是狍子。狍子外观上和鹿相似，冬天毛色为灰白色至浅棕色，夏天毛色为红赭色，耳朵黑色，腹毛白色。狍子看起来很呆萌，跑起来一蹦一跳的。中队太阳能发电受天气影响，不稳定，如果太阳能没电了，只能靠发电机供电。但发电机主要保障做饭和给锅炉抽水，而不是照明，晚上熄灯后，他们会用上手电筒。冬天最怕锅炉出问题，锅炉坏了，锅炉没水了，都有可能导致水管被冻住。于是推煤是他们的一项重要工作。有时一推就是一下午。如果小推车坏了，他们就用简易工具提煤。

好在冬天的雪能给陈振林带来快乐和希望。小时候是多么渴望下雪啊，在雪地里打雪仗，堆雪人。可是他老家属典型的亚热带季风气候，几乎没下过雪。来到奇乾，他感到最欣慰的，是可以长时间与雪亲密接触。在雪地里跑步，打雪仗，堆雪人。无论走到哪里，都是林海苍茫、雪岭冰峰、严寒雾凇。在林子里行走，就像走到了一个奇幻世界。周围的一切都似乎不真实了，树木几乎全都看不出原先的面貌、品种，尽是一片雪白。他觉得最奇妙的还是雾凇。凑到近处仔细看，树枝上挂着的白色是一片片雪花聚集在一起的，它们在一起厚实地压着整棵大树。大兴安岭的雪格外厚实，似乎从来没有融化过。积雪牢牢地扎根在这里，整个林子被重新雕刻出了另一番模样。无论夏天这里有多绿，有多少种彩色，只要到了冬天就变成了清一色的白色，远远看过去，晶亮一片。直到第二年3月底，林子里的冰雪才开始融化。6月，林子全变绿了。8月底，开始变得金黄。

从冬天到夏天，再从夏天到冬天，陈振林感受了大兴安岭冬天的寒冷，也被夏天的太阳晒得黝黑，甚至晒爆了皮。如此轮回，他慢慢地适应了大兴安岭的气候。他和队友们经常爬到阿巴河对岸的山上，跑到"忠诚"二字边上。跑步回来的路上，他们会在阿巴河大桥上放声喊，对着山谷大声地吼叫，释放一下。虽然被晒黑了，但他不再怕冷了，也不再流鼻血了。

2016年9月，陈振林当兵满两年，面临走留。家里人都觉得他会退伍，觉得大兴安岭太远太冷太寂寞，甚至还给他找了一份工作，就等着他回家。但他选择了留队。

妈妈说："儿啊，你不是怕冷吗，回来吧，别在那里受苦了。"

他说："妈妈，我已经适应了，喜欢冬天的雪。"

他已经喜欢上了大兴安岭，但又说不出什么高大上的理由。2017年初，他当上了副班长，这年6月又被派去新兵教导队训练新兵，新训后回到中队，就当上了班长。

"你是作家，有优美的文笔，可以通过自己的笔来描写和表达对大兴安岭的热爱之情。但我是一名消防员，对大兴安岭最好的热爱不能只放在心里面，必须落实在行动上，用手中的风力灭火机来体现。"陈振林对我说。

2015年4月底5月初，陈振林参加了人生的第一次打火。当时令他印象最深的就是徒步行军。中队北方人居多，个头都高，但他体格小，背着沉重的背囊，穿林子，爬山坡，非常艰难。走着走着，他有点虚脱了，喘不过气来，也走不动了。当时的中队指导员王永刚鼓励他说，行军都会有劳累的时候，但只要坚持，就是胜利。王指导员拉着他往前走，遇到山坡的时候，王指导员就在后面推他。他艰难地往前行走，但后来确实坚持不了了。王指导员一把从他背上抢过背囊，往自己背上一背。背囊一卸，他顿时感觉轻松了，走路也不费劲了。但走着走着，他又虚脱了，还是迈不开脚步。王指导员叫他休息，并且陪着他休息。休息了半个小时，看到自己掉队了，他急得直哭。

王指导员说:"不要怕,我陪着你。"

他对王指导员说:"我不是怕,而是觉得对不起中队,自己给中队丢脸了,拖后腿了。"

王指导员说:"你是南方人,又是新同志,经过一段时间的锻炼后,会没问题的。"

其实王指导员也挺累,走得满头大汗,气喘吁吁的。看到王指导员累得不行,他就去抢王指导员背上的背囊。王指导员说,你想干什么。陈振林说,不能再让您替我背了。王指导员说,服从安排,抓紧赶路。到达火线后,他跟着班长,拿二号工具清理火场。看到班长沉稳、熟练地打着火,他既感动又佩服。

这次打火回到中队后,陈振林心里就有了种危机感。这时他才知道,热爱大兴安岭,不是一句简单而空洞的话,必须有真本领。于是,他开始针对自己的不足,加强锻炼,包括体能训练和组合训练。不是跟着队友们一起训练的那种,而是晚上熄灯之后,自我加训,一直练到十一二点。就说做俯卧撑,一开始,他只能做二十几个,但因为不断地锻炼,半年后他一口气能做一百来个了。最后,他不光体能上来了,专业素质也上来了。后来,他还参加过支队组织的大比武。2017年当上班长后,他感知到,当班长与普通消防员有些不一样了,当班长更要善于总结打火的经验,要善于传帮带,特别是要立好规矩,分好任务,让班上每个人各司其职。支队每个季节都要对他们进行考核——是在一个模拟火场进行考核,有中队打火战斗,也有班组打火战斗。一般来说,一个班有十个人,他是班长,他是风机手,打火时要冲在前面。跟在他后面的,是

"二号工具手"和"组合工具手",主要协助他的工作。他吹火头的时候,"二号工具手"和"组合工具手"要对火进行扑打。他是以风力灭火,"二号工具手"和"组合工具手"是扑打式灭火。简单地说,就是陈振林吹他们打。他们需要反复对火线进行吹打。但每个火场情况不同,如果水资源允许,就拿水枪灭火,但这在原始森林很难实现。其他队员,有的跟在他们后面清理火场,灭烟点,挖隔离带,有的清理站杆倒木;还有的背背囊,背宿营装备,背给养,进行后勤保障。

陈振林说,他也很矛盾,当上班长后他最不愿意看到的是森林起火,但最让他感到骄傲和自豪的却是参加打火。上火场,就像上战场一样,让人心潮澎湃。2019年6月秀山林场的打火,让他印象深刻。他们是上午十点左右接到命令的,接到命令后,就立即乘坐客车前往火场。200公里的路程,客车开了八个多小时。晚上六点左右到达火场,但到了火场还没到火线。从火场到火线,都是原始森林,没有路,机动车无法通行,只能徒步行军。整理好装备后,他们便徒步接近火线。从火场到火线约十公里,这个距离,说长不长,说短不短,他们用了整整五个小时。当时走的是草塘沟,一高一低,一深一浅,有实有虚,路上有时一脚踩到沟里,有时一脚踩到石头上。有时看着前面好像是一个小土包,就没有犹豫地踩了上去,却一脚踩空了,连同身上背着的五六十斤物品重重地摔了一跤。其实那不是小土包,是落叶堆起的一个小包。最怕灌木丛,小树木非常茂密,他们背着机具行走,经常会被它们卡住。他们不得不侧着身子走。夜间行军,最危险的还是走又高又陡的山坡,这不只是意味着受伤的危险，还有生命的危险。所以夜间行军，他们走得很艰难，也走得很慢。到达火线时，已经是深夜十一点多了。火非常大，烧红了天空。那天天气很好，月亮明又圆，火光映照着，月亮变成了"血月"。看着这场景，他们感受到了危险。调整十来分钟后，由他们六个班长组成的攻坚组就冲到前面，打起火来。其他队员负责清理火场和后勤保障。当时用的还不是新式的艾克风力灭火机，还是斯蒂尔风力灭火机。因为火大，温度高，又背着机器打火，机器和人的身体，都被烤得烫手。手戴着手套，抓着机器，因为离火线最近，手套早已是高温，他们只得往手套里灌水，进行降温。

他们六个班长，并不是同时打火，而是三个班长在前面打火，三个班长在后面给打火的班长降温，并频繁轮流换岗。一次，他们遇到了一个特别粗大的站杆，烧得快倒了。正当他们在预判，到底它会往自己这边倒，还是往火那边倒时，他们的对讲机响了，大队长说有危险，站杆可能倒向他们，命令他们撤离火线，回到安全区域，等站杆烧倒了再继续打火。结果站杆确实朝他们这边倒了下来。每当打火时，不仅有中队和大队，甚至支队、总队的指挥员，还有观察员，他们站在全局的角度指挥整场打火。因为风力灭火机声音特别大，他们每个班长都必须配对讲机，他们也只听得清对讲机里的话。打火时最怕遇到马尾松，这种树富含松脂，极易燃烧。由于它的燃烧速度快，越吹火势会越旺。但它也有一个特点，一烧就灭，燃得快，灭得也快。那次他们就遇到了马尾松。当时他们采取的灭火方式是，找一个马尾松少一点的地方，以火攻火，然后往马尾松那边吹,让它们迅速燃烧,火就蔓延不过来了。

他们就这样打了三天两夜。火线扣头的时候,他们都兴奋得欢呼起来。彻底清理完火场,看守火场的时候,他们便轻松多了,每个班也有时间自己做饭了。他们班有一个新兵叫徐建棚,老家河北的,在家时几乎过着"饭来张口,衣来伸手"的日子,更不要说洗衣做饭了。那次打火,他主要负责清理火场和后勤工作。清理火场的时候,陈振林看到他紧张,就不断地安慰他,鼓励他,消除他的恐惧,提升他的自信。做饭时,陈振林发现他束手无策。陈振林知道,要在这里生存下去,要能够真正守护大兴安岭,必须有打火的勇气和技能,还要有生存的勇气和技能。陈振林决定以一个老大哥的身份教徐建棚做饭。徐建棚虽然有些担忧,却有学习的愿望。于是,陈振林手把手地教他,做了个简单的三菜一汤。三个菜一个是炒土豆丝,一个是小鸡炖土豆,还有一个是西红柿炒土豆。他们带的菜,都是不容易坏的菜,特别是土豆,是他们经常带的菜。在火场,本来就有火,不用生火,只需拿个锅、一个铁盆、一个勺子,带上菜和调料,就可以炒菜了。虽然炒的菜非常简单,味道也不怎么样,但看着大家吃得津津有味,徐建棚脸上露出了笑容。陈振林想,他肯定找到了一些自信,也找到了在这个集体中存在的价值和意义。

或许真是找到了自信,徐建棚开始变得活跃起来。因为守火场没什么事,大家就开展一些自我娱乐的活动。比如大家围成一个圈,唱唱歌啥的。没想到徐建棚还多才多艺,不仅说话幽默,歌还唱得好。慢慢地,徐建棚啥都会了,不仅会做饭了,还成了打火骨干。后来，徐建棚也留队了，成了一名老兵。他学了无线电，成了一名业务骨干。再后来，他离开了中队。离开中队时，他哭得最伤心。当时他边哭边说："以前我啥也不会，是中队磨炼了我，让我学会了做饭，明白了苦练打火本领的意义。"现在虽然他离开了中队，但还是牵挂着中队，经常会打电话、发微信过来。

2018年消防救援队伍改革转制时，与很多队友一样，陈振林又站到了走与留的十字路口。

2018年国庆节清晨，当一声嘹亮的军号声划破天际、响彻中队营区之时，中队消防员从此踏上新征程——脱下"橄榄绿"穿上"火焰蓝"。这个"刀山敢上、火海敢闯"的英雄中队又一次站在了转型发展的十字路口。回望历史，陈振林记得，中队自1963年组建以来经历过11次体制编制调整，但他清楚，这一次，更加意义非凡。习近平总书记在党的十九大报告中指出，必须树立和践行绿水青山就是金山银山的理念。作为绿水青山的守护者，党和人民对这支新组建的队伍充满期待，寄予厚望。

然而，面对重大转变，每个人都面临着进退走留的艰难抉择。陈振林心里清楚，奇乾苦，每年有6个月大雪封山，得忍受零下53摄氏度的极端天气；奇乾累，守护着95万公顷原始森林，人均防火面积相当于二万多个标准足球场；奇乾险，素有"火窝子"之称，高山峡谷、偃松灌丛、石砬沟壑，各种险要地形林型应有尽有；奇乾远，距离最近的城镇有150多公里，不通电、不通邮，手机时常没有信号……况且，使命任务拓展了，标准要求更高了，"老森警"还能否适应新战场？观操守在利害时，见忠诚于担当处。

陈振林心里更清楚，这是祖国最北端的生态安全屏障，守好万里"绿色长城"，意义重大，使命光荣。

陈振林留了下来，新任消防员和"老武警们"留了下来，有人在申请书中写道：争做一颗北极星，把忠诚当作最亮的底色。

"最北、最冷、最忠诚，最偏、最远、最放心。"当时一个叫田野的消防员把这句话刻在了白桦树皮上。这是奇乾中队消防员的自我认识，彰显了他们忠于职守、不负使命的自觉与自豪。

陈振林自然也有这样的自觉与自豪，他爱中队，也爱大兴安岭，爱得简单而纯朴。

一天天，一年年，周而复始，陈振林在大兴安岭的生活简单而充实。

再后来，陈振林通过消防队伍"增编抽组"回到了广西老家。

他还在消防队伍，他还牵挂着奇乾。

大兴安岭的眼睛

中队消防通信员文喆来自四川成都。1995年出生，2015年入伍。虽然他性格内敛，但却乐观开朗，脸上始终挂着灿烂的笑容。

文喆说，刚到奇乾时，他真有点受不了。不是因为苦，也不是因为累，而是太孤独太寂寞了。这里除了林子，还是林子，除了鸟叫的声音、林海的涛声、阿巴河的流水声，再也听不到其他声音了。他老家成都是个热闹的地方，在那么一个热闹的地方待习惯了，突然一下子来到这么一个安静的地方，确实有些不习惯。但慢慢地，他发现所有的战友都跟亲人一样，大家一起训练、一起打火、一起学习、一起生活、一起娱乐，几乎是形影不离，也就不再感到寂寞。

消防通信员，原来叫报话员，这两年才改的名称。上学时，文喆对理科，尤其对机械比较感兴趣。新兵下连后，他喜欢跟着老兵一起做一些营区里维护通信设施方面的工作。这项工作做多了，有时还能帮上一些忙。渐渐地，大家都知道他有这方面的特长了，但他自己觉得其实就一点三脚猫的功夫，根本就算不上什么。

后来中队派新兵学技术时，大家都把学报话员的票投给了他。于是他到总队参加了报话员培训，一直学到2016年4月底才回来。学得挺多的，包括电台、电视会议、电脑等的基本操作，还有电话、对讲机、无线通信、有线通信的基本原理等，都学了。回到中队，他就当起了报话员。回到中队没几天，应该是5月7日，他就跟着中队的老报话员朱代康上了火场。朱代康背电台，他背宿营装备。他们还带上了电池、笔记本、北斗卫星电话等。下车后，他们是徒步走到火场的。那是他第一次参加打火，没想到下车后到火场还要走那么远，路也不好走。不对，林子里根本就没有路可走。他们是下午开始走的，一直到晚上才到达火场，走了差不多五个小时。实在太累，有时就想，稍微停一下吧，休息一下再走吧。他们边走边休息，只要停下，就能立马睡着。朱代康班长总会提醒他，鼓励他，一定要坚持。他说："我们虽然不在一线打火，但我们的任务甚至比在一线打火更为重要，因为我们要保障灭火救援作战指挥的信息传递。"听朱代康班长这么一说，他又鼓足勇气向前走。

到达火场后，第一步就是架电台，跟支队联系，报告他们是几时几分到达的火场。然后汇报火场的情况，包括天气和风向。汇报完毕后，他们就守着电台。有时支队有信息要传达给现场的指挥员，他们就拿对讲机将信息传达到位；有时是现场指挥员通过对讲机向支队汇报信息，他们就通过电台及时向支队报告。

文喆是2017年才开始学无人机驾驶技术的。2016年冬，消防局给每个大队都配了一台大的无人机，奇乾中队比较特殊，也单独配了一台。按要求，无人机小组由三个人组成。他们中队分两批，共有三人参加了培训，他是第二批，也是第三个学习这个技术的。他们首先进行了理论学习，接着在电脑上模拟练习，再拿小型无人机在室外练习。训练过关后，才把大无人机拿出来练。练完之后，再进行考核。他本来就对机械感兴趣，对无人机更是充满好奇。无人机驾驶，入门门槛较低，只要肯学习，很快就能上手，但要想精通就比较困难。特别是随着无人机越来越智能化，基本不需要手动操控，只需设定好飞行程序，规划好飞行路线，就能实现程控飞行。但要成为一名优秀的无人机驾驶员，需要更好地掌握软件的应用，如要规划好线，避免碰到障碍物。为了做得更好，他需要认真学习和钻研。所以，不论是理论学习、模拟训练，还是真机训练，他都特别用心。真机训练时，一开始他不敢飞，怕它掉下来。后来飞熟练了，感觉就好了起来，也就放开了。考核用的小型无人机，有一个项目叫悬停——在空中指定一个圆圈，无人机在圆圈里旋转360度，再悬停8秒。如果无人机超出了指定的范围，就算不合格。还有一个8米×8米的正方形的飞行，如果无人机飞出那个正方形，也是不合格。当时，无人机教练员跟他们说，要成为一名优秀的无人机驾驶员，必须让无人机拥有锐利如鹰的眼睛，他说你们要做大兴安岭的眼睛，像苍鹰的眼睛那样。

文喆他们学完回到中队后，消防局配给中队的大无人机才正式来到奇乾，配了两种机臂，大的长一米二，小的长一米。首先，他围着这台无人机仔细打量，对它的里里外外进行了细致的了解。第二天，他就开始小心翼翼地试飞，就在营区的上空飞。等掌握它的习性后，他就试着到营区附近的林源边上飞。在林源边上飞时他有些害怕，没敢飞太远，就在周边飞了一下。第三天练习时，他就让它沿着林源往远处飞，飞了大约一公里远。经过一个地面站时，还让它传递了摄像头里的画面。飞得太远，原有图传信号不佳时，可用4G网络共同协作，保持图传和飞控信号的稳定。

对于森林消防来说，无人机最大的作用就是空中观察火情，并在第一时间传回火场情况。文喆第一次带无人机上火场，是带的小机臂。他背着无人机，跟随中队徒步来到火场时，已经是晚上了。晚上有指挥灯，有夜视仪，有红外热成像摄像机，起飞和拍摄都不是问题。于是，他让无人机飞了差不多1500米，离火场还有1000米的样子就停了下来，拍了一些火场的照片和视频。为什么没有让它再往前面飞呢？那天晚上风太大了，不敢往前飞了。风太大，如果飞得太快，无人机可能被掀翻，葬身火海。打火期间，无人机也会不时起飞，观察火情，传回信息，供指挥员作出决策和部署。打完火后，看守火场，还需要无人机观察：沿着火线飞一圈，看有没有复燃的火。火场火势大，林子又复杂，文喆飞得非常小心。

后来，去火场的时候，文喆和其他消防通信员一起会把大小机臂都带上。如果火场在马路附近，就用大机臂，它的飞行半径是五公里；如果火场离马路比较远，因为徒步行军的不便，就只能带小机臂，它的飞行半径是三公里。火场无法充电，所以还必须带上备用电池。

当消防通信员肯定会耽误一些训练。于是，文喆他们几个消防通信员就轮着值班，轮着跑步，今天你跑，明天我跑。不光跑步，其他体能训练一样参加。火灾不认人，也无情无义。一个背囊四五十斤，一个电台加上电池也有十多斤，如果体能跟不上，在徒步行军过程中就会掉队，更不要说完成火场的通信任务了。所以他们把训练看得非常重，再苦再累，时间再紧，都要坚持锻炼。这是对自己负责，也是对中队负责，更是对大兴安岭负责。

"你说怪不怪，我们在原始森林待着，咱不说有多苦吧，但至少这里是孤独和寂寞的吧。但每到队员离开中队时，都非常不舍。他们离开的时候，我们会站成一排，离开的队员挨个与我们握手，挨个与我们拥抱，都哭成了泪人儿。你说这大山沟沟里有啥不舍的，还不是队员之间的那份情谊，还不是内心那份沉甸甸的荣誉感。或许，我们都把自己当成了大兴安岭不可分割的一分子，等到真正离别时，我们都满是伤感。"

说起队友情，文喆眼眶顿时湿润了起来。

抢救一棵树

"奇乾这地方虽然偏,虽然冷,但很安静,我性格急躁,这里的安静让我的性子慢了下来。选择当兵,是我从小的梦想。来到奇乾,是我最正确的选择。"一见面,战斗五班运兵装甲车驾驶员蔡浩就快言快语地跟我说。

蔡浩是个开朗阳光的小伙子。他老家在湖北黄冈英山,2016年9月入伍。当兵体检时他的身高是一米七四,当兵两年后,身高长到了一米八二。第一次探亲回家,看着他个儿长得高高的,可把他妈妈乐坏了。她说,看来还是吃北方的面食长个头些。在新兵连时,他就听说过奇乾中队。他的新兵连班长是内蒙古赤峰的,经常跟他们说,奇乾中队虽然位置偏远,条件艰苦,天气寒冷,但却是个老牌中队、功勋中队,荣誉非常高。虽然以前在课本上读过关于黑龙江小兴安岭的文章,但大兴安岭的故事还是第一次听说。班长说,大兴安岭到处都是林子。蔡浩说,他老家也有成片的竹林。班长爱抽烟,他抽了口烟,朝蔡浩笑了笑,什么也没说。

确定被分到奇乾时,蔡浩还是不禁有点蒙。从呼和浩特乘火车到莫尔道嘎,稍作休整后,他们就上山,乘车去奇乾。中午十二点多出发的,晚上六点多才到,走了六个小时。一路上,全是林子,林子里、树上全是雪,白茫茫一片。下午的时候,还有阳光,阳光照在车上,也照在雪上,闪亮闪亮的。到达中队时,既黑又静还空旷,感觉挺吓人的。

蔡浩说:"我分到了六班。一切都是缘分,来大兴安岭可能是上天注定的一种缘分，分到六班也是与班里的战友上辈子有缘吧。"副班长叫程浩，是安徽阜阳的，与王震班长是同年兵。刚来进行适应性训练，蔡浩非常着急，生怕体能跟不上，不能抵御大兴安岭的寒冷。每次跑步时，他总是第一个冲出去，但跑着跑着，很快就会掉队。主要是不能适应这里的寒冷。凛冽的北风，刺入肌骨的寒气，透心寒的冰冻，都让人有窒息的感觉。看着他因为自己体能跟不上而焦急，程浩班长对他说，着哪门子急呢，又没人跟你抢，小孩般的性子，总是由着自己。不要急于补体能，先学会怎么适应这里的气候更重要。冬天，虽然北方气温比南方低得多，但南方没有暖气，屋里屋外一样冷。奇乾的冬天，室内有暖气，还是暖和的，但是他们要把室外当成室内来适应。慢慢地，蔡浩适应了这里的气候，习惯了这里的寒冷。

不光要适应这里的冬季，还要适应这里的夏季。第一次被草爬子咬，蔡浩没什么感觉，好像被掐了一下。一看，是一只草爬子。他马上找程浩班长，班长赶紧说，别打，要拔，赶紧拔。幸亏咬得不深，程浩班长很快就帮他拔了出来。

奇乾中队负责的是森林消防，最主要的任务是打火。这些年，蔡浩大大小小打了三十多场火。最难忘的还是第一次打火，他啥也不懂，总闹笑话。那是2017年"4·30"俄罗斯入境大火。接到命令去火场的路上，他就在心里想，火场会是个什么样子，路上会不会遇到野兽。他们先从中队坐车去的"零公里"，再从"零公里"坐直升机进入火场。让他没想到的是，机降点离火场还有一段路程，这段路程居然走了近六个小时。徒步行军时，感觉很累，口干舌燥。渴了他就喝水，饿了就吃随身携带的水果罐头。可能是太累太饿，他大脑变得一片空白，忘记了中队领导、班长和老兵跟他们反复交代的一些注意事项，其中就包括在徒步行军时，一定要最低程度地消耗给养。

班长知道后，狠狠地批评他说："你怎么这么自私，只顾自己吃，不想着兄弟们。"

班长这么说他，他心里很难受，也不理解，便说："我吃的是自己背囊里的。"

班长说："咱们班每个人背的给养都不一样，你背的吃的，既是自己的，也是班级的。"

他对班长说："我背囊里还有一箱方便面。"

班长说："你觉得多吗？我们还在行军路上呀，要是在火场待个三五天，一周，甚至一个月，你说怎么办？吃什么，喝什么？到时候，有可能两人吃一袋方便面，甚至三五个人吃一袋方便面。"

后来，看到班长和老兵们打火的艰难，以及自己跟着排长打水的艰难，看守火场时给养配送的艰难，他开始内疚起来。他觉得对不起队友，也对不起中队。走出火场，他们用了两天三夜，走得非常艰辛。与进火场的徒步行军一样，他也非常累，非常饥饿，但他都藏在了心里，咬着牙坚持往前走。回到中队，他就加码训练。跑步的时候，队友们空跑，他就在腿上绑沙袋。一点一点地加重量，一开始加两斤，后来加到五斤、十斤，最后加到了十五斤。锻炼一段时间后，一卸沙袋，跑步变得非常轻松。他们训练场有几个很大的轮胎，特别大，是铲车的轮胎。轮胎很重，一个有两百多斤重，死沉死沉的。夏天他就翻轮胎，每天早上都去翻。翻轮胎要求有很好的协调性和爆发力，需要足够的力量和技巧。最开始，他只能翻几个，后来，他的体能练上来了，翻轮胎也轻松多了。

奇乾中队是2018年10月改制的，那时蔡浩刚刚转完士官。新兵时，他想着当完两年兵就退伍，但当了两年兵后，他就喜欢上大兴安岭了。最开始他对改制有些难以接受："不再是武警了，不再是军人了，还有必要待在这里吗？"是走，还是留，他开始思考这个问题。但后来一想，虽然改制了，但责任和义务还是一样，荣誉感还是一样，并且还是在大兴安岭，还是在奇乾这个地方，如果真正走了，心里也会不舍与痛苦。既然喜欢这里了，就留下吧。于是，他选择了留下。选择留下，是因为他是真正喜欢大兴安岭，是单纯地想留在这里。没想到改制之后中队越建越好，训练越来越科学，设备越来越先进，这让他更加坚定了当时的选择。

中队以前没有装甲车，是改制之后才配的。装甲车是履带式的，二加八的载人量，一个驾驶员，一个观察员，再加八个消防员。领导坐在观察员的位置。车上死角很多，驾驶员看不过来，观察员可帮着看。坐装甲车去火场，机具、背囊和给养全都可以放在装甲车上，因为不用徒步行军，他们可节省更多的体能。装甲车一般只能开40迈，最快也只能开到60迈，但还是比徒步行军快多了，并且它能轻松碾压各种烂泥路，能够穿越树林，还可以涉水，可以蹚过1.5米深的水。但也有缺点，如果山路太陡，如果火场离公路较远，就不宜坐装甲车。

2018年4月，中队派他到支队，也就是牙克石，学习装甲车驾驶技术。以前班长问过他，想不想在中队长干，他说想长干，因为他喜欢大兴安岭。班长说，你如果没有专业长干不了。他立马问，那怎么办。班长说，如果有机会，就要积极争取。后来中队问谁愿意学装甲车驾驶技术，蔡浩立即报了名。中队领导问他为什么选择学装甲车驾驶，原来学过车没有。他说，他爸是跑大车的，出租车也跑过，他从小就喜欢跟着他爸跑车。中队领导又问，为什么想学。他说，他想在中队长干，如果没有一技之长，就没有立身之本，可能会留不下。中队领导一听就笑了，可能他们觉得他很坦诚吧，就决定让他学装甲车驾驶技术。一开始，就在支队附近的林子里练。装甲车的方向盘跟普通小车的方向盘不同，装甲车的方向盘转向很短，转弯时只能一点点地打，打多了，方向就会发生急剧变化。装甲车虽然跟坦克一样很稳，但声音却很大，就像老式拖拉机的声音一样，轰隆隆的，甚至不比直升机的声音小。装甲车的视野不是很好，所以要配一个观察员。但它很结实，保护功能很好，树砸到上面，里面的人不会有啥事。学会开装甲车很容易，但要学会处置应急情况却非易事。什么路段、什么坡度开什么速度，用什么挡位，这些都需要在训练中不断摸索。

2019年7月，上级配发了一台装甲车给奇乾中队。听说第二天装甲车要来中队了，蔡浩当晚激动得没睡着。第二天，中队列队欢迎装甲车加入到队伍中——大家一是好奇，以前没接触过这样的装甲车；二是期待，期待它能在打火时助一臂之力。

蔡浩说："虽然装甲车加入了我们的队伍，但它跟我们消防员一样，来到一个陌生的地方，还需要适应，需要磨合。"

一开始，他还不能开着装甲车到林子里训练，没有老司机带着不让动车。装甲车外表是橙色的，每天休息的时候，蔡浩就会跑到它身边，摸摸它，擦拭它。打开车盖，熟悉熟悉，了解它的结构和原理。不久后，他又回到牙克石进行装甲车复训，跟着老司机在林子里练了两个月。再后来，从二大队调来装甲车老司机王杰，蔡浩才跟着他一起在奇乾训练装甲车驾驶技术。

不论是训练，还是真正到火场打火，装甲车都不能压活树，必须躲着活树走。北方的树，特别是大兴安岭的树很难成长。这里冬季太长，树的真正生长期很短，长大成材的树木，都经历多年缓慢的"磨炼"，特别珍贵。在蔡浩的心里，这里的树，它们不是一般意义上的植物和树木，而是一名名昂首挺胸的士兵，和中队一起默默地守卫着这块土地。开装甲车时，只要碰了一棵树，蔡浩心里就会内疚难过——这不是碰了一棵树，而是误伤了一个队友。碰上这样的情况，他比自己受伤了还痛苦与难过。可是装甲车有7.9吨重，如果装满水的话，就会有11吨重，重量越重，惯性越大，冲击力也越大。所以在训练时，蔡浩不敢轻易踩油门。一踩油门，装甲车难免会撞到树上。一次训练时，车辆转向，他脚下的油门没收住，装甲车往右倾斜，撞到一棵树上。是棵樟子松，虽然没被撞断，却被蹭去了一大块皮。当时他非常害怕，他知道装甲车不会有问题，而是担心这棵树。蹭去那么大一块皮，它的根肯定也被动摇了，他担心它能不能活下去。

蔡浩在心里说："我得救它。"这方面的知识，中队也曾经教过。他赶紧回中队，找来杀菌消毒的药剂，将树破皮的地方清洗干净。这样既能加快愈合速度，还能防止伤口被感染，消毒后就不会因感染而影响整个树的生长了。清洗消毒之后，再用清水冲洗，等伤口干了后，他在伤口处裹上几层保鲜膜，把破皮处与外界分离，这样可以防止雨水渗到伤口处，也能减少水分的蒸发。

装甲车在大马路上可以开到40迈，但在林子里实际上只能开到10到15迈。林子里坑坑洼洼，还要躲着活树走，要不断收油门，不断换挡位，不断打方向盘。车转速快，但车走得很慢。

训练主要在夏天，冬天也可以训练，但开得少。保养却得照常做，过几天就得检查检查机油，检查检查电子设备——冬天天气太冷，怕有损坏。蔡浩在雪地里也开过装甲车，但雪地还是太滑，每次踩油门，油门得往回收一点，不能多踩，踩多了，容易失去控制。

蔡浩说，他们守在奇乾，守在大兴安岭，天天进行体能训练，天天进行专业训练，但真不希望发生火灾。只要发生一场火灾，就会有千千万万的树被烧死。它们都是大兴安岭这片土地上的生命，它们都是中队患难与共的战友。

蔡浩告诉我说，每次从老家休假回来，回到奇乾的第一件事，便是到停机坪摸摸装甲车。随后，便是到营区附近走走，看看。他喜欢听阿巴河流水叮咚作响……

有着十年运兵装甲车驾驶经验的战斗二班消防员王杰，便是蔡浩所说的"从二大队调来的装甲车老司机"。

王杰老家在安徽亳州，1992年8月出生，2010年12月入伍。

单单瘦瘦的他，新兵下连后，被分到了位于牙克石的大兴安岭森林消防支队二大队四中队。新兵时，他的体能素质一般，尤其单杠，成了他的难点。每当看到周围的战友轻松达标时，他体内的好胜心就推动他自我加练。日复一日，年复一年，从个位数到两位数，从低难度到高难度，他不断刷新着个人目标，最终，他在比武场上一举夺魁。2012年3月，他加入了中国共产党，后来成了一名经验丰富的装甲车驾驶员，并当上了副班长、班长，成为中队的骨干力量。

他是2011年8月开始学习装甲车驾驶技术的。因为之前没有开过车，他在学习过程中还是吃了不少苦头。他们学的是531装甲车，操纵拉杆左右各一个，一个拉杆有25公斤的重量。由于他身材比较瘦小，一只手还拉不动，只得用两只手拉。拉几次还行，如果拉的时间长了，就感到吃力了。他们每天都要训练几个小时，所以拉得胳膊酸痛酸痛的，到后来根本就拉不动了。现在的装甲车都是液压系统，操作起来很轻松，那时的装甲车都是机械制动，全靠驾驶员手上的力量来控制拐弯。

"为什么会来到奇乾中队？"我问王杰。

"奇乾中队配备了运兵装甲车，就必须配备驾驶员。2020年2月，当听说要从二大队抽调装甲车驾驶员到奇乾中队，我立马心动了。"王杰说。

"为什么心动？"我问。

"我刚一入伍就听说了奇乾中队的故事，这里生活环境非常艰苦，但这里却是锻炼人意志的好地方。我当时想，既然选择了到边疆当消防员，就应该积极乐观，向苦而生。"

王杰向中队领导表达了自己的意愿。但中队领导一开始却有些不乐意，并摆出了两点理由：其一，你是中队的党员、班长，是骨干力量，中队需要你；其二，你在中队待了八年，完全适应了牙克石，但奇乾在大兴安岭的北部原始森林，环境上、条件上都有较大差别，你会需要一个比较长的适应过程。王杰却说，正因为奇乾环境和条件艰苦，他才想去那里锻炼。听王杰这么一说，中队领导没有再说什么，表示尊重他的意愿，同意他去奇乾中队。

2020年3月，王杰来到奇乾中队。虽然早就听说了奇乾中队的故事，自己也是一名老消防员了，但当他真正来到奇乾中队时，还是被这里的荒凉震撼了。这里荒无人烟，公路两旁都是密密麻麻的白桦树，坐车经过，窗外道路似乎从未有改变；这里条件艰苦，干什么都不方便。这里与牙克石市比，反差太大了，大得让他无比失落。刚来奇乾中队的那段日子，他心里甚至萌生了逃离的想法。

王杰说："奇乾非常安静，非常艰苦，但这里也非常纯朴，非常温暖。大家相处得非常融洽，不论是谁，只要遇到困难，彼此都会积极帮助，共同解决，队友情非常深厚。我开始调整自己的心态，让自己慢慢融入这个群体，适应这里的环境。后来我发现，这里的苦自己完全吃得了，主要是能不能调整心态，能不能用积极乐观的心态去面对这里的寂寞与艰辛。"

一开始，王杰并没有将自己到奇乾中队的事告诉他媳妇，他不想让家里人担忧。他媳妇在老家当一名小学英语老师。等作出决定，并得到中队同意后，他才与他媳妇说起这事。他媳妇表示反对，说为什么非要到那么远那么苦的地方去。虽然他媳妇一开始有点反对，但他知道，她只是担忧他的安危，他相信她能理解和支持他的选择。他俩刚处对象那会儿，她就觉得王杰是个靠谱的人。虽然她知道干消防危险性大，甚至有生命危险，但她内心对这个职业是热爱和敬重的。她反对，还有一个原因，就是她对奇乾中队不了解。于是他开始给媳妇介绍奇乾中队的辉煌历史。他不断发照片和小视频给她看，让她感受奇乾的美丽环境。渐渐地，她开始接受并喜欢奇乾了，还经常要他发一些奇乾的自然风貌的照片，她会在朋友圈发出来，并自豪地介绍起奇乾来。

来到奇乾中队，王杰当然还是干他的老本行——开装甲车。奇乾地形与牙克石大不相同，牙克石属于丘陵地带，装甲车可以到达大部分火场，奇乾在大山深处，都是原始森林，林子茂密，地形陡峭，有大石头，大部分地方装甲车不好进，甚至无法进。

来到奇乾中队一个多月后，他就参加打了一场火。当时是"五一"期间，山上的雪和冰包还没有完全融化。当队员们乘坐中队的轮式汽车快要接近火场时，遇到了大冰包，轮式汽车过不去了。这时，他就开着装甲车运送队员、装备和给养。装甲车是履带式的，能通过冰包地，但困难重重。装甲车越往林子里走越不好走，全是一块一块的塔头地，履带很容易脱轨。到了晚上更麻烦，林子里四处都是树，除了正常立着的树，还有横着的、倒着的、斜着的，它们都是阻拦装甲车前进的拦路虎。开车的时候，怕把活着的小树压了，又怕把树夹到履带里，这样也能让履带脱轨。队友在火线打火是在进行紧张的战斗，其实他开装甲车时，也是与林子在进行战斗，也要胆大心细，忙而不乱。

平时，王杰要经常对装甲车进行保养，一年至少有两次大保养——春防和秋防。不管是不是打火，每年都要进行两次大保养。每周五车场日，他还会对车辆进行调试，始终把车辆调试到最佳状态，保证随时拉得出、用得上。在奇乾中队，他还带了蔡浩在内的三个装甲车驾驶员。

让我颇感意外的是，王杰从2015年就开始利用业余时间练习书法。

"我是感觉自己的字写得不好看才练习书法的。原来在二大队四中队时，我自己买了笔和纸，只要有业余时间，我就会在中队学习室写一写字。没有老师，我就看视频跟着学，还临摹字帖。因为中队的事情多、任务重，每天学习的时间不是很长，但我坚持每天都练，除了外出打火，从未中断。来到奇乾中队，中队领导同样大力支持，不仅鼓励我好好练习，还给我买纸买笔买墨。虽然这只是我的业余爱好，到现在我的书法也还没入门，但有时在中队还派得上用场。展览室的陈列、中队的黑板报，以及一些重要活动，我的书法都可以派得上用场。我也会准备一些书法作品参加上级或是地方组织的一些展览，比如欢庆中国共产党建立一百周年，我就写了几幅作品参加支队的展览。但写好了，奇乾这地方装裱不了，只能拿到支队去装裱。在奇乾中队不只我一个人练书法，还有站长助理毛建，他也练习书法，练的是欧体。我们互相鼓励，互相指导，共同进步。"王杰说。

他说，他们练习书法，不单是写字，让自己的字体更加优美，也是他们在大兴安岭寂寞生活的一种调味剂，还能锻炼他们的耐性。

可能，这也是他们的一种沟通交流方式、一种表达、一种寄托。

"充满生机，昂扬向上。"

"扎根边陲，笑傲风雪。"

在中队文化展厅，我看到了王杰他们的书法作品，虽然还不够成熟老到，却有一种天然的宁静与旷远。

关于意义与光荣

"作为一名消防员，你觉得待在奇乾的意义是什么？"我问胡首。

"意义？面对这么大一片林子还要说意义吗？"他笑着对我说，"今生有幸让我碰到了大兴安岭，哪怕我只是森林里的一棵树、林子里的一株草、夏天的一片树叶、冬天的一片雪花，我都觉得是莫大的荣幸。以后我要真离开了这里，我也会非常自豪地告诉别人，大兴安岭是我曾经工作和奋斗过的地方。"

胡首的回答，富有诗意，也穿越了时空。

我是与胡首一同从莫尔道嘎上到奇乾的。我从海拉尔来到莫尔道嘎时，他刚好从老家四川遂宁休假回来，于是我们一起去奇乾。刚见面，我就开始打量他。虽然个头不高，但看起来精干利索，我想，他应该是训练尖子、优秀骨干。果不其然，他是中队战斗一班班长。一班是应急班，担负攻坚任务。

一路上，我们聊着他的故事，聊着他与奇乾、与大兴安岭的情缘。

胡首是个师范生，毕业于成都师范学院。毕业后，学艺术设计专业的他没有急于找工作，而是一心想当兵。当兵是他的梦想——高中毕业时就想着当兵，但为了圆自己的大学梦，他最终选择了上大学。大二时，他又跟父母说，想去当兵。

妈妈担心地说："你这么瘦这么矮，在部队会吃不消的。"

爸爸一开始没有吱声，但他内心希望儿子出去闯闯。见妈妈忧心忡忡，他就给妈妈做工作说："儿子早晚要离开我们身边，男孩子应该出去走走，到更远的地方，看看外面的世界。"

妈妈说："主要是怕他受苦受累。"

胡首立即说："妈，没事，我不怕。"听儿子这么一说，妈妈热泪盈眶，最终同意了他的决定。

第一年报名，没有如愿。但他不甘心，第二年继续报名。在地方武装部填写志愿时，他郑重地写上：服从艰苦偏远地区调剂。他最终如愿了，来到了大兴安岭，来到了奇乾中队。他清楚地记得，是2018年1月18日到的中队，那天见到的是一片冰天雪地的世界。

面对茫茫的冰雪世界，他心里没有太大波澜，不紧张，也不激动，当天晚上倒头就睡。不紧张不激动，是因为他知道自己为什么而来。他知道，从地理位置来说，大兴安岭具有特殊的意义。它是我国东北平原与内蒙古高原的分界线，是我国季风区与非季风区的分界线，是我国400毫米等降水量线分界线，是我国地势的二三级阶梯的分界线，是温带季风气候与温带大陆性气候的分界线。从生态保护角度来说，这里是祖国重要的生态屏障，具有重要的生态保护作用。它森林覆盖率高，群山起伏，河流纵横，地形复杂多样，自然资源丰富。保护大兴安岭的生态环境，对于保护全球生态系统和生物多样性具有重要意义。从经济发展角度来说，这里是我国重要的林业资源区之一。这里有丰富的木材和林产品资源，如松木、云杉、皮毛等。它的林业资源对于我国的经济发展具有重要意义。从科学研究角度来说，这里是世界上最为古老的森林之一，也是全球最大的人工林区之一。这里的自然环境和生物多样性，对于科学研究具有重要意义，其科学研究成果，对于推动我国科技创新和提高生态保护水平具有重要意义。而奇乾中队是唯一驻扎在原始林区的消防队，被分到这里多荣幸啊。想到这些，胡首就在心中暗下决心，一定要好好干，奔着干满十二年而努力。

　　日子平淡而枯燥。这里很冷，但胡首很快就适应了。白天的学习和训练很紧张，晚上熄灯后便陷入无限的想象。他的床靠窗户，晚上能看星星。看着满天的繁星，他便陷入了沉思，想林子里的植物和动物，想家人和家乡的事情。他觉得自己挺幸运的，一到奇乾，就已经通了4G网络。那时，周四晚上自由活动，可以给家里打电话，周末也可以和家里联系。他一般是先给父母和女朋友打视频电话，打完后，再看看电影。有一个周四晚上，中队的太阳能板坏了，停了电没有了信号。中队长说，咱们出去打电话吧。大家一片欢呼。中队长把他们带到奇乾卡站,那里有两格信号,能勉强打电话。那天晚上月亮很大,能清晰地看到高入云端的樟子松、亭亭玉立的白桦树……他们在月光下的林子里,跟家人讲述着大兴安岭的故事,倾听着来自家乡的声音。

胡首说,他没有太多想法,也没有太大抱负,就按照中队要求,老老实实干,与林子为伍,保护好林子。一开始,他的体能并不算好,但他有毅力,能坚持。刚到中队时,他还没跑过5公里,只在新兵连跑过3公里。刚跑5公里时,他用了23分钟。他知道,这个水平不行,不能在林子里与大火赛跑。老班长跟他说,在林子里打火,如果你体能不好,就不是人打火,而是火吃人。他坚持每天跑,负重跑,跑步的速度越来越快。最后,他负重5公里跑完用时是21分钟,轻装跑只需19分钟。

养兵千日,用兵一时。胡首说,虽然他们不希望林子里发生火灾,但他们所有的锻炼与准备,都是为了防火。他们必须时刻准备着,必须酝酿好兴奋和勇敢的情绪。大火无情,消防员必须时刻保持清醒的头脑,必须与大火斗智斗勇。

2018年6月汗马发生火灾时,他们正在营区除草。接到命令后,他们撂下东西就跑向中队,换衣服、拿装备,然后登车出发。那是他第一次打火,有点紧张,不知道火到底有多大,但并不害怕。到达火场时,正是下午四点,太阳很大,天气很热,他们就在原地待命。如果此时打火,不仅打火效果不好,消防员也非常危险。下午六点半,太阳下山了,温度降下来了,他们才开始打火。先打地势平坦的灌木丛。打着打着,他以为他们负责的区域很快就能打完了。谁知一阵大风吹来，火星子往天上跑，越过一条小溪，往山上烧去。他们只得跟着火打。林子树木茂密，越烧越大，越烧蔓延得越快。他们跟着火打，一直打到第二天下午三点。饿了，从挎包里拿给养吃；渴了，打开水壶喝上一小口……渐渐地，胡首打火的经验越来越丰富，虽然他个头不高，但在火场上却灵活而勇敢。

胡首的工作得到了中队和队友们的肯定。2019年他加入了中国共产党，并当上了副班长，2021年开始担任战斗二班班长，后来调到战斗一班当班长。

他说："第一年当班长没啥经验，我说得不多，倡导以身作则。你要是比不过我，就踏实跟着我练。跟以前当兵不一样，转制之后，相当于每个消防员有了一份稳定的工作，拿的工资比地方还要高一些。我跟他们说，不管是你自己想来的，还是父母逼着你来的，还是因生活所迫来的，既来之则安之，来了就要安心踏实地干。既然大家选择了，大的意义自然不必多说，但小的意义呢，或者说自己的切身利益呢，除了拿工资还有什么？一定要有一个目标，有目标才会有方向，有动力。新的体制，新的管理模式，都还有不够成熟的地方，还在摸索之中，但我知道，应该先把大家的心和思想稳定下来。其实管理就是管人管人心。我还跟他们说，家里有什么困难，一定要跟我说。如果不说，证明你心里的疙瘩没解开，没有解开，你的心情就会郁闷，就会影响你在奇乾的心情和工作。奇乾是个孤独寂寞之地，在这里的消防员，必须心灵的每一个地方都有阳光，否则他很难在这里待下去。"

"其实我是个美术生，但丢下十多年了。我真想捡起来，画画奇乾，为自己的人生留下纪念与念想。"胡首说。

战斗四班班长田野则有不一样的感受，他说："在奇乾待的时间长了，无论是哪种景色，我都不关注了，因为它们已经融入我的生活与生命，成为了一种习惯。"消防队伍改制时，他们同批24个新兵，只有五个选择留下，他就是五个中的一个。当时才当消防员一年多，他觉得时间太短了，不过瘾，选择了留队。

田野说："我相信，光荣在于平淡。我也相信，我们在奇乾所有的努力都不会白费，即便离开了，它还留在我们的灵魂里。"

让我的灵魂和精神随你而去

"这里有爱情吗？"

"这里又有什么样的爱情？"

来到奇乾，我总会在心里悄然自问。奇乾不仅在大兴安岭北部原始森林腹地，还地处边境，是个很容易被爱情遗忘的地方。但这里不缺爱情——坚贞不渝的爱情。

2015年入伍的唐敏，老家在四川成都。他说："我和女友是小学同学，算是青梅竹马。很多人说，森林消防员或军人驻守边远地区，这可能会成为爱情的绊脚石。但我却不这么认为，只要彼此互相信任，互相包容，互相支持，用共同的情感和理念来看消防员这个职业，我相信，我们的爱情就会像冰雪一样纯洁。不光是我们，我们的家属,也是大兴安岭的一分子。"

当时唐敏一腔热血,一定要来当兵。其实女友是不舍的,当时他们的爱情还处在萌芽阶段,互相间很是关心。女友问他,一定要选择当兵吗。他说,这是他从小的梦想,必须去。他还告诉女友,爱情是一辈子的事情,但当兵是有年龄和时间限制的,他不想让自己后悔一辈子。后来,当唐敏确定来内蒙古,并且是到大兴安岭时,女友更是担心。她说,一定要去那么远的地方吗,就选择四川不行吗。唐敏说,既然选择了当兵,就不要挑肥拣瘦,拈轻怕重,一切服从命令,听从指挥。女友悄悄地哭过,但她最终选择了支持。"还不只是支持。记得当时她跟我说过一句话:'既然我不能跟随你去大兴安岭,就让我的灵魂和精神随你而去,算是一次灵魂上的从军经历吧。'"

来到大兴安岭后,他们聊得最多的便是大兴安岭。女友甚至买了许多关于大兴安岭和森林消防的书来读,包括《大兴安岭野生动物的故事》《大兴安岭森林历险记》《大兴安岭的女人们》等。她对大兴安岭林子里的动物、植物、气候、饮食,包括历史文化等,都渐渐了解起来。每当他聊到生活中或打火时的一些事情或是细节时,她总能和他呼应。新兵时,他在四班,女友对班长、副班长、老兵、新兵都非常熟悉。

2017年"4·30"俄罗斯入境大火,是他第一次参加打火。打火的那几天,一直没跟女友联系。打完火回到中队后,他们就聊起了这次打火经历。他告诉女友,他们接到命令后很快就出发了。最开始是乘车赶往火场,但车子没开多久,就遇到阻碍了。女友着急地问他，快说，快说，遇到什么阻碍了。他接着说，遇到冰包了，老大的冰包。女友问，什么是冰包呀？他说，林子里，由于地下水不断上涌，带出来的热气会在周围的森林形成大片雾凇景观，有时这种泉眼出现在森林中，有时也会出现在公路边。一旦出现在公路边，就有可能在公路上漫延开来，泉水边流边冻，然后就在公路上形成可怕的冰包。冰包形成后，冰水交加处又湿又滑，而封冻部分更是奇滑无比，一般车辆很难通过。女友问他，那你们怎么过去的呀？他说，他们拿上镐或锹，轮流刨。冰非常坚硬，不好刨，他们只能一点一点地刨，刨了整整六个小时，一直刨到深夜十二点多，车子才通过冰包。女友很好奇，她问，刨冰包都刨了六个小时，火灾不早就失控了吗，你们的体能不早就消耗了吗，还救什么火呀。他就告诉她，这就是森林消防和城市消防不一样的地方。如果是城市火灾，消防员早就到了，但森林火灾不一样，特别是大兴安岭更是不一样，这里都是原始森林，要赶到火场可不是一件简单的事。要坐车，或是乘直升机赶到火场附近，再从下车的公路处或是机降点徒步行军赶到火场。不论是哪一段，都需要很长的时间。他告诉女友，冰包阻碍排除后，他们的车辆继续向前行驶，又行驶了五个多小时才到达火场附近。下车后，他们又开始徒步行军，直到第二天上午十点才到达火场。

　　他告诉女友，最难受的就是徒步行军，因为在林子里寸步难行。他背着给养，跟着中队一起朝前赶。开始还能跟得上，但渐渐地，体力就跟不上了。女友担忧地说，那可怎么办。他说，到林子里打火，不是一个人的行动，是一群人的行动，必须团结协作。那么大的森林火灾，不论你多么厉害，如果只是单兵作战，对于森林火灾来说都是无济于事的。当时他们四班有九个消防员，班长马兵，河北人，副班长马壮，山东人，四个老消防员，剩下的就是包括他在内的三个新消防员。班长、副班长，还有老消防员，会带着他们几个新消防员往前赶。遇到陡坡，就会拉他们一把，推他们一把，如果看到他们实在走不动了，要么不断地给他们说着鼓励的话，要么帮他们背背囊，要么一起陪着他们休息。班长说了，再苦再累，也不能让一人掉队，咱们四班必须整整齐齐地到达火场。

女友问唐敏，到达火场后紧不紧张。唐敏对女友说："这是我第一次上火场打火，能不紧张吗？"看着熊熊燃烧的大火，一开始他有点发蒙，脚也发抖。到达火线，大概调整了15分钟，然后全中队分成两个小分队打起火来。一、二、三班组成一分队，四、五、六班组成二分队。一分队由中队长带领，从火线左侧开始扑打；二分队由指导员带领，从火线右侧开始扑打。正式上火线时，班长反复叮嘱他们新消防员，要注意打火的具体措施，要紧跟着老消防员。如果不紧跟上，火烧过来的话，可能会走散，可能会迷山。如果迷山了，掉队了，会非常危险。但如果真正遇到这种情况，大家也不要恐惧，就沿着火线去找大部队。大部队经过的火线边上，有人踩过的足迹。

唐敏的任务是背油桶，保障班长的风力灭火机。班长的风力灭火机过一段时间需要加一次油，他必须一路跟在班长后面。班长还反复叮嘱他，不要离火线太近，怕火烧到油桶引起爆炸。他告诉女友,打着打着,他就不紧张了。他们也不是一直打下去,那样会受不了,而是打一段休息一段。打火时,指导员随时喊话,要同志们一定要注意安全;休息时,指导员也随时喊话,要同志们千万不要睡着了。因为大家太累了,身体非常疲倦,存在脱水的情况,如果睡着没有被人发现的话,就可能醒不来了。他还告诉女友,打火的时候因为面向火线,所以整个身体是前面烤得滚烫,后面凉得不行。打火的时候,最怕风力灭火机坏了,如果那样,就削弱了战斗力,打火速度也会下降。如果遇到树冠火,就不能硬打,因为树冠火很高,火势很大,温度也很高,靠风力灭火机根本就打不了,只能挖隔离带。

唐敏跟女友说了打火的故事。女友已经知道,在火场上待的时间越长,给养就越重要,特别是水。上火场前,老消防员会告诉队员们,水一定要带够,所以队员们尽最大努力带了更多的水。但即使这样,还是缺水。

唐敏讲起一个打水的故事:"忘了是哪天下午,但我清楚记得是下午四点半,当时火势不是很旺了,排长张千带着几个新消防员去打水。因为路途太远,林子复杂,又是晚上,他们回来的时候迷路了。夏宇、魏征他们是我的同年兵,他们都参加了打水。他们告诉我,因为太晚了,他们在林子里失去了方向。他们只能凭着直觉往前走,边走边喊,大声地喊,撕心裂肺地喊,但一直没有回应。为了不掉队,他们紧挨着向前走。张排长在一旁不断地鼓励大家。晚上十一点多,他们终于回到火场。"

唐敏女友是师范生,学的汉语言文学专业,现在是一位人民教师，喜欢文学。她说，大兴安岭里的故事太感人了，生活的真实远比文学更精彩。

2018年，中队集体脱下军装，转制到应急管理部的消防队伍里。当时，唐敏可以选择退伍，也可以选择留队。他跟女友商量说，他也当了三年兵了，实现了儿时的当兵梦，要不退伍回家团聚吧。但女友却劝他留下。她说，既然选择了，何不多待几年呢。虽然由军人变成了职业消防员，但职业的使命和军人一样神圣。有女友支持，唐敏选择了留队。转制后不久，他就当上了战斗七班的班长。当上班长后，女友总会提醒他，一定要关心班里消防员的生活、工作，要关注他们的方方面面。每当春节、端午节、中秋节，以及元旦节、五一劳动节、十一国庆节等节日，她都会给班里的消防员们送来祝福。

最让唐敏感动的事发生在2020年12月27日。那天，他们中队一部分消防员在莫尔道嘎参加冬季野营拉练。每年冬季，各大队都要组织野营拉练，就是在雪地里翻山越岭、长途行军，在冰雪中磨砺意志、锤炼作风。当时已经是傍晚了，队伍正在宿营地休息，他正组织大家在林子里煮粥。他正准备拿东西时，猛然间发现女友站在了他的跟前。她穿得老厚实了，穿了羽绒服，还戴了厚厚的帽子，在羽绒服的外面，还穿了一件军大衣。她站在那里，一开始是微笑，接着便开始流泪。这是北京的一个记者组织的一个活动，叫"暖心工程"，可以满足一个人的愿望。女友的愿望，就是"去大兴安岭看一看男友"。他只知道她可能会来，但不知道她真会来。就在前几天，她还郑重其事地跟他说，那个"暖心工程"不靠谱，她不会来。看到她，唐敏既开心，又紧张。他问她，怎么真来了。还没等她开口，他就紧紧地抱住了她。这时，队友们开始起哄了，他们鼓掌，他们喝彩，还纷纷抓起雪，撒向天空。雪花落到他们身上，落到他们脖子里。因为大雪封山，女友去不了奇乾，就住在大队的接待室里。因为太寒冷，她只在莫尔道嘎待了三天。他带她在大队转了转，看了看消防员的一日生活制度，在莫尔道嘎镇上转了转，过了一把玩赏雪景的瘾。

唐敏女友告诉他，她想象过大兴安岭会有多冷，但没想到会有这么冷；她也想象过大兴安岭的雪景有多么多么美，但没想到竟然会美得令人心动。乘车离开莫尔道嘎，前往海拉尔坐飞机返回成都时，她特意用矿泉水瓶装了一瓶洁白的雪。但在机场过安检时，雪花融化了，变成了水，不得不留在机场。回到成都后，女友给他发来微信：虽然那瓶大兴安岭的雪花留在了海拉尔，但却早已种在了我心中。

第三景

心灵的呼唤

在这个青春的世界里,在心灵深处呼唤着一种声音,那是情感的渴望,是灵魂的召唤,是对神秘而神圣的大兴安岭的探索与敬意。

一位列车长的大兴安岭之旅

战斗七班副班长牧仁打开手机,找到他当列车长时的照片。身穿制服、戴着臂章的他,帅气而又干练。我眼前的牧仁,在奇乾中队只能算中等个头。皮肤黝黑,手臂上全是蚊子咬后留下的疤痕。

大兴安岭让这个男人的脸庞略显沧桑。

牧仁说,他家是内蒙古赤峰的,从小就想当兵。毕业后,兵没当成,却阴差阳错到了中国铁路呼和浩特局集团有限公司呼和浩特客运段工作,还当了列车长。在那里一干就是五年,错过了当兵的最好时机。他当时主要跑呼和浩特到成都的线路,穿大山过大河,载着普通人的梦想,在祖国的大地上疾驰。

虽然当列车员也很充实,不断地见证着他人的团聚与分别,也很有成就感，但他内心深处还是心心念念想当兵。2019年秋天，他看到了招录消防员的消息，是改制后招录的第二批消防员，第一批在这年5月已经招完了。当时他已经满26周岁了，看到招录的年龄放宽到28周岁，他心动了。

"当了列车长又来干消防？"

看到我惊讶的表情，牧仁连忙跟我解释说："2018年消防队伍改制，这意味着我国消防员职业诞生，客观地说，这对退伍兵、有志于消防事业的社会青年是一个重大利好消息。在这个青春的世界里，在心灵深处呼唤着一种声音，那是情感的渴望，是灵魂的召唤。而对于我们奇乾人来说，则是对神秘而神圣的大兴安岭的探索与敬意。"

他接着说："听说我报了名，亲戚朋友都投来质疑的目光，觉得不可理解。一是自己有一份不错的工作，大小还是个列车长；二是自己年纪也不小了，是成家立业的年龄了，怎么还想着往山里跑。我笑着对大家说，你们说的我都知道，我报名，也就试试看，都26岁了，体能各方面不一定跟得上，考不考得上还是另一回事呢。"

后来去考试，发现跟他一起考试的都是95后、00后。当时考了1000米跑、引体向上、10米×4往返跑、假人拖拽等。虽然感觉特别累，跟其他人有差距，但最后的成绩还算理想。这可能与他长期坚持锻炼有关，只要有空，他都要跑一跑，练一练引体向上，保持体能。

正式录取时，他挨个地做工作。首先从父母做起，告诉他们，虽然消防改制了,但还是准军事化管理,实际上跟部队差不多,当消防员跟当兵差不多。他还告诉他们,虽然消防员不是部队建制了,但很多政策,特别是安置政策还跟部队差不多……亲戚朋友多少知道他有当兵的梦想,他们也知道消防员是最接近一线作战的队伍,所以大家最终还是支持他。

他在呼和浩特进行的新训。新训时,牧仁感受到了军人一样的生活制度。首先是队列训练。在寒风中,他们以笔挺的身躯、钢铁般的意志,与寒风抗争。这为紧接着的体能训练和业务训练打下了基础。接下来便是体能训练,从跑三公里开始。刚开始,他跑得并不快,跑起来非常吃力。班长鼓励他说,长跑就是这样,再苦再累都要跑,只要把最难受的那个时间段坚持下来,就能完整地跑下来,只要能完整地跑下来,慢慢地就能提升速度。最后便是业务训练,就是学习在火场打火的一些知识。新训时,他经历了两任班长,两任班长都是奇乾中队出来的。他们经常说到奇乾,说到奇乾的远,说到奇乾的苦,说到奇乾中队的奉献,说到奇乾中队的贡献。听着听着,他对奇乾充满了敬意与向往,并有了一个念想:去奇乾。后来,他真的被分到了奇乾。这里是荒无人烟的原始森林,出入都不容易。夏天有可能会遇到暴雨冲毁道路,冬天则完全是大雪封山。中队营区四面环山,只有一条马路进来,显得荒凉而又寂静。听说他来到了边远的原始森林,亲戚朋友又不淡定了。他们说,就想不通,为什么非要去那么远的地方,留在市里不行吗?哪怕是留在镇上也行呀。是想当苦行僧吗?他对亲戚朋友说,既然是大兴安岭之旅,就应该深入到大兴安岭的腹地。说归说,事实上,亲戚朋友非常支持他。渐渐地，亲戚朋友关注起消防队伍来，还经常发信息给他，分享一些消防队伍的知识和消息。亲戚朋友不再质疑他，甚至以他为荣，夸他非常了不起。

很快，牧仁就意识到，当消防员与当列车长完全不同。来到奇乾第十天，他就感受到当消防员的不易。2020年7月13日下午，他们正在营区训练，突然接到通知，说是阿凌河林场发生了森林火灾，需要紧急救援。于是，他们赶紧回屋准备装备和给养。牧仁穿上防护服，背了一台割灌机，还提了一桶油，就登车出发了。

他们来到"零公里"乘直升机。那是他第一次乘直升机，觉得挺兴奋的。在直升机上看大兴安岭，一望无际的绿海，跟汪洋大海一样。他为能保卫这么一大片没有开发的原始森林而自豪。直升机在火场附近的机降点降落。指导员马上对人员进行集中，清点人数和装备后，带着队伍立即就出发了。班长带着风力灭火机，他携带着组合工具，里面有徒步行军时开路用的砍刀、耙子、铁锹、镐头等，包括二号工具。从机降点到火场直线距离可能不远，但他们必须在山里来回绕着走。遇到山要爬坡，遇到灌木丛要砍树，遇到河要蹚水，汗水早就湿透了衣服，嗓子直冒烟，肚子也咕咕叫。班长总是鼓励他们，要大家坚持一下，说快到了，快到了。但抬头一望，还是望不到林子的尽头。如果说列车是轮子的长征，那么消防员徒步行军则是脚步的长征。

三个多小时后，他们到达了火场。看到大火，牧仁心里既害怕又兴奋。害怕的是，这么大的火怎么才能扑灭；兴奋的是，他们要扑灭这么大的火，消防员确实了不起。班长们背着风力灭火机在一线打火,他们新消防员则只能在后面,负责后勤保障,清理余火。夜间是打火最理想的时候,一是温度低,二是晚上能看清火。森林消防与城市消防不同,森林消防大多离水源远,水上不去,所以灭火的方式也不同。森林灭火,没有水源时,是用风力灭火机往里吹。风力灭火机通过内部的风机产生强大的风力,这股风力能够吹散火苗和热量,从而隔断火苗与可燃物之间的联系。当火源周围的氧气被高速气流替代,火势就会因为缺乏氧气而逐渐减弱,直至熄灭。班长们用风力灭火机打完火后,还会有一些火星,他们新兵就去清理这些余火,防止它复燃。不要以为看起来没火了就胜利完成打火任务了,实际上有时还会有暗火,如果有暗火,就有复燃的可能。队员们必须把余火彻底消灭。烧着了的树,大都自己倒了,他们只需把它们与残余连接的火清理干净就行。有一部分没倒,他们要用油锯把它们锯倒,锯倒之后再进行余火清理,才能彻底扑灭。他们还会用组合工具挖防火隔离带,挖出一条沟来,阻止火势往外蔓延。挖隔离带很苦,遇山坡得挖,遇倒树得挖,遇树根也得挖,遇沉积物还得挖。特别是遇到活树,挖起来还是很难的。树有大有小,针阔叶混交林里什么品种的树都有,但都得挖。会损害一些树,但这是为了让更多的树活着。

负责后勤保障的消防员,则会在离火场比较近又相对安全的地方,搭起帐篷来。携带的给养中,有八宝粥、压缩饼干、火腿肠等,这些都是可以即食的。帐篷搭好后,他们也会用带来的锅做简易的饭菜。从中队出发时,他们会把鸡蛋打进矿泉水瓶里,带到火场。用锅煮泡面时,则会倒点鸡蛋进去。

打火打到深夜，累了，大家就会轮流抓紧休息。两三个人住一个帐篷，太累了，一躺下就睡着了。也会有蚊子，但太困了，被咬也不管它了。第二天一早起来，他们又投入到清理余火中。虽然余火已经清理了一遍，但有些地方又慢慢复燃了。有一棵大树，前一天他们已经用油锯把它锯倒，并将余火清理干净了，但让人意想不到的是，它的根系散布在四周各地，并悄悄燃烧起来，并渐渐冒出细小的白烟。他们及时用铁锹把这棵大树的根茎全部挖了出来，还把周围的腐殖层清理掉。由于这棵树很大，根系发达，并且扎得深，他们班花了几个小时才整理干净。虽然他们戴着防烟面罩，但一场战斗下来，脸都变黑了。

第一次参加打火，就让牧仁真正体会到"水是生命之源"。打火时，不能大批量地带给养和水，太重了，会影响徒步行军和打火。班长一直在提醒他们，要小口小口地喝水。可是徒步行军时体能消耗非常大，到达火场后，温度太高，人体水分蒸发非常快，他们需要不断补充水分。一开始，他没把班长的告诫放心里，水消耗太快。第一天打完火后，他的水就所剩无几了。可是随着打火的深入，他越来越渴。贴近火线边上时，即使没有像班长那样拿着风力灭火机面对着大火，他也能感觉到火的余热和高温。大火烤得他无比干渴，他只得喝水。喝水之后，他大汗淋漓，喝的水很快通过汗液排了出来。汗不停地流，水不停地喝。

打火的第二天，中队就组织各班去打水了。可能有人会觉得，水不是到处都有吗。那可不一定。运气好，不远处会有河流和小溪；运气不好，要走数十公里才能找到。他负责打全班的水。把班上所有水壶，还有所有空矿泉水瓶，全都收集起来，跟着中队的打水小队去打水。他们是早上六点多下山的，因为背囊里全是空水壶和空矿泉水瓶，下山速度比较快。他们找到一条小溪，水甘甜清冽，是天然的矿泉水。他将4个水壶、36个矿泉水瓶装满，将它们放在背囊里，就往背上背，没想到的是，人立即往后仰。背着水行走的时候，非常吃力，加之上山的路不好走，要爬坡、要绕开灌木丛、要绕开倒木，还要担心脚下有陷阱，所以走得很慢。渴了，他们就喝口水；饿了，他们就煮点泡面吃。直到中午十二点多，才回到火场。

几天后，他们回到"零公里"，并在那里稍作休整。中队在那里进行了战后讲评。一战一评，这是中队的传统——总结经验教训，以不断提升中队的作战技能与水平。在"零公里"，他还第一次见到了熊瞎子。当时他们正在吃饭，见到两只熊瞎子在不远处的林子里朝他们走来。他们不会伤害它们，只是集体朝它们吼，把它们吓跑了。以前看到过救火的一些消息和视频，他并不觉得有多危险与艰辛，甚至觉得媒体总是有点夸大的。这次打火让他深刻地认识到，以前的那些报道不够深刻，不够真实，报道的远远比他当消防员后真正经历的要差得多。

森林火灾一般发生在夏天，但不论是夏天还是冬天，中队都会定期进行巡山护林、防火宣传，这是他们日常守护工作的一部分。开上车，拉上装备，带上给养，往山里走，看有没有进来游玩的游客，看有没有吸烟带火的人，看当地群众有没有违规用火，看有没有高温引起的自燃情况。大兴安岭日常防火管理严格，违规用火的情况一般没有，但奇乾中队始终没有松懈过。大兴安岭是一片神圣的森林，不允许丝毫的亵渎。

"我性格内向，不太愿意与人交流。来到奇乾，我改变了，性格不再那么内向了。虽然这里寂寞，但队友们却亲密无间。大家来自五湖四海，不管是转制过来的森林武警官兵，还是新招录的消防员，都会互相交流。这里没有喧哗，只有安静，所以大家的交流更加触及心灵。在奇乾，我是倾听者，听队友们讲家乡的故事，听老消防员讲中队过去的故事。我也是一个讲述者，我也会向大家讲我家乡赤峰的故事，也会向大家讲述列车上的一些故事。"牧仁说。

牧仁还说，森林消防不像城市消防，打火时，这里没人围观，只有与灾情的战斗，唯有大山作证。

假如没有文学，我的生活该会怎样

一米八二的个头，戴着眼镜，阳光帅气，又不失内敛沉静。这是我对战斗一班副班长张先铎的第一印象。我迫切想知道这个曾经的导游为何要选当消防员。

在大兴安岭下午的阳光中，张先铎娓娓道来。

"可能您会觉得我个儿高，不错，我祖籍是山东的，算是山东大汉。是爷爷那辈到的内蒙古牙克石。大学时学的工科，但我在上学时就考了导游证，并做起了兼职导游。不仅自食其力，还为家里减轻了负担。毕业后，我当起了专职导游，主要跑天津和河北，这些地方的景点,我几乎都跑了个遍。也做过计调,就是负责安排旅游团队的车辆、导游、饭店、酒店、景点等,做好协调调度工作。可以说,我之前对消防知识和消防队伍不太了解,总觉得离我很遥远。但一次带团的经历,让我对消防员有了刻骨铭心的记忆。那天,我带团去秦皇岛的高速路上,经过一个服务区。我们在服务区休息时,看到服务区前面不远处有一台大货车,货车上装着四方纸。四方纸着了火,最开始只是冒烟,不久后熊熊燃烧起来。我非常着急,想跑过去灭火。我们团的大巴车司机一把把我拉住说,这么大的火,你去不是找死吗。面对大火,我手无寸铁,又无灭火技能,什么都做不了。很快,消防车呼啸而至,几名身穿橙色衣服的消防队员从消防车上跳下,他们飞一般地爬上车顶,用高压水枪的水管对准车厢喷射。让我感动的是,消防员一点也不慌张,忙而有序,很快就把火控制住了。这是我第一次近距离看消防员灭火。后来,每次看到消防车经过时,我都会在内心里仰视那些消防员。每次经过消防队的营房时,我都要停下脚步,朝里面多看几眼。"张先铎说。

2019年初的一天,张先铎突然在手机上看到一条信息,是消防员招聘信息。平常看到这样的信息,他都不会仔细看,但这次他认真看了,知道是内蒙古要招一批消防员,还知道消防已经改制了,不再是部队序列,转入了应急管理部。当时他脑子里突然冒出一个想法,当消防员去。他想起了那次在高速路上消防员打火的一幕。越想,他越觉得自己应该去当消防员,但心里有点犯难。为什么?他不好向父母和女朋友开口。他是家中独生子,父母一直不想让他在外漂着，当导游的这两年，一直在天津、河北两地跑，父母就非常不放心。父母希望他回到牙克石，或是海拉尔，或者干脆去河北滦州市，找个单位上班，或是去考公务员。女朋友是大学时认识的，她在河北滦州当老师。她一直希望张先铎有一份稳定的工作，有一份有职业荣誉感的工作，但她并没有想到他会去当消防员。

说，还是不说？肯定要说。又该如何向他们说？经过几天的纠结与思考，张先铎决定向他们摊牌。父母虽然没有直接反对，却无比担忧。他们说，消防员是个危险职业，可能会有生命危险。还有，当消防员有可能在外地，又像部队一样管理严格，必定与家人聚少离多。他问女朋友，女朋友说没意见，支持他的想法。但她说这话时，脸上并没有笑容。张先铎知道，她内心有不舍。最终，他还是决定报名——成不成，都要试一试。没想到梦想成真了，他成了消防改制后第一批招录的消防员。

报名当消防员，是出于对这一职业的向往与敬重。来到总队进行新训时，没想到这里更像一个部队。这里沿袭了部队的管理与传统，新训完全是军事化管理，每天的生活和训练非常紧张：从早上六点起床，到晚上就寝，都安排得满满当当的。一开始，张先铎有些不适应——要求太严，几乎没有自由空间。但他本来就向往部队，所以有一些心理准备。严格的新训，能帮助新来的消防员快速成长为一名合格的消防员，也可帮助大家重新塑造自我。

一开始他希望自己能分到牙克石，根本就没想过要来奇乾。新训期间参加"七一"晚会，他参演了一个节目，演了奇乾的一个消防员。这时他了解到，奇乾中队是一个"林海孤岛"，以环境艰苦、任务繁重著称，也是森林消防队伍中唯一驻守在原始林区的基层单位。只要有火，奇乾中队就要第一个冲锋在前，任务十分艰巨。只有艰苦的地方才能磨炼人。演了奇乾的消防员后，他就有了去奇乾的想法，他想看看自己到底能不能吃这个苦。于是，新训结束前，他给领导打报告，主动申请到奇乾来。

"牙克石"是满语，意为"要塞"，它是进出大兴安岭的门户，史称"雅克萨""扎敦昂阿"。雍正年间，清政府在此设立驿站，人口聚集逐渐形成村落。后来，由沙俄兴建的中东铁路西线通车，在牙克石设置雅克萨停车站，后语音转化为牙克石至今。中东铁路开通后，牙克石聚居的人口快速增多，形成了村镇。再后来，逐渐发展为城市。牙克石是大兴安岭的一部分，所以牙克石人喜欢称自己生活的城市为"林城"。小时候张先铎爷爷总会领着他一起采山货，山里灵芝、蕨菜、猴头菇、榛蘑、野生木耳、蓝莓等都有。因为从小就跑山钻林子，所以他对林子很熟悉。来到奇乾，并不感到陌生。这里除了冬天的温度比牙克石的低些，其他都差不多。"对我们生活在大兴安岭的人来说，草爬子根本不算什么。在奇乾，主要是生活上艰苦，特别是冬天，生活保障主要靠山下。更大的不同是，我们还必须在条件艰苦的情况下，坚持一日生活制度，刮风下雨下雪也要跑步锻炼。冬天跑步时，我就穿一条衬裤，套一条外裤。跑着跑着，就热乎起来了。"张先铎对奇乾有着一种天然的亲近感。

森林消防习惯把灭火叫打火，专业说法就是灭火作战。他觉得要成为一名合格、或者说优秀的消防员,首先必须具备恪尽职守、舍生忘死、英勇顽强、无私奉献的精神。这是一个消防员一切行动的指南。来到奇乾,并留在这里的消防员,就都是这一精神的践行者。其次要有过硬的体能。体能跟不上,怎么能背着沉重的背囊和给养进行徒步行军呢?体能跟不上,怎么能够与火情赛跑,与生命赛跑呢?所以在训练时,他们首先会加强体能训练。新消防员适应了大兴安岭的气候后,他们就会背上十公斤重的背囊,携带水泵、水带、水囊,负重跑五公里。还会进行器械训练,做单双杠,这样可以有效地培养他们的柔韧性和灵活性。徒步行军时,林子里情况复杂,需要不断转身,才能前行。徒步行军时不能掉队,掉队就会迷山,找人非常麻烦。林子很大,大家都不熟悉,但指挥员带了 GPS,只要他们跟住指挥员不掉队,就不会迷山。还有索滑降训练,也需体能保障。现在打火,很多时候,他们会从"零公里"乘直升机到达火场附近。这种投送救援人员的方式叫"机降"。有时林子里发生火灾,因为地形限制,地面人员、装备无法到达火场,就只有通过直升机搭载的方式,将他们快速投送到火场附近,及时开展灭火作业。当无法机降时,他们就会利用绳索从直升机下滑至地面开展作业,可利用索滑器控制下滑速度,确保平稳接地。他觉得第三个方面才是消防专业训练。其中最主要的是风力灭火机的操作使用。除了熟悉基本的操作技能外,还要能准确地判断,什么情况下不宜使用风力灭火机。如火焰高度超过 2.5 米的火,灌丛高度在 1.5 米以上、草科植物高度超过 1 米地区的火,火焰高度超过 1.5 米以上的迎面火,林子里有大量的倒木、杂乱物时,等等,都不宜使用风力灭火机。他们还必须清楚，风力灭火机只能灭明火，不能灭暗火。打火时，不是一下子将火熄灭，而是要把火往里打，让火不往外扩散。打火时，再苦再累再热，头盔是不能摘的，这是保证他们安全的最后一道防线。如果没戴头盔，遇到站杆倒木，就有可能发生危险。

消防专业训练，还包括野外生存训练。打火时，快的一天就能完成任务，慢的要好几天，遇到特殊情况，可能要十来天，甚至更长的时间。打火时不可能总吃巧克力和压缩饼干，所以每个班都会带上一口锅，也会带上米面，做好长期作战的准备。班里的每个队员都要学会做饭，都要学会搭帐篷，要有防寒保暖的基本常识。总之，他们只有具备自我保护的能力，才有资格谈打火。

冬天没有火灾，但雪很大，他们生活在冰雪的世界。虽然不打火，但训练不会停下。训练是冬天的主题。下雪时，他们还会到奇乾乡，帮住在那里的居民扫雪，也会派卫生员给这些居民送一些药品。大兴安岭的冬天，用"安静"二字来形容再贴切不过了。张先铎喜欢安静，他说，奇乾是一个能让人彻底安静下来的地方。闲暇时，他就练练钢笔字和毛笔字、看看书。当导游时，他喜欢看关于旅游和历史方面的书，现在他主要看文学作品。

"为什么呢？"我问。

"我觉得文学作品能浸润心灵，能潜移默化地改变一个人，让一个人变得丰富而强大起来。到奇乾前，我很难静下心来读整本整本的文学作品，一是没有时间，二是心性过于浮躁。来到奇乾，对我来说，文学作品变得亲近起来。今年，我主要在看《鲁迅全集》，是2012年版的。以前我只是在课本上零星地学过鲁迅的文章,没有全面系统地学过,并没有真正了解和理解鲁迅作品的魅力以及鲁迅的伟大之处。《鲁迅全集》我已经看了三分之一了,不是简单地浏览,而是细读。有的文章,看第一遍没有看懂,再看第二遍、第三遍,越读越受震撼。《狂人日记》中,鲁迅假借精神失常者的恐惧,揭露社会的黑暗和冷漠。在狂人的眼中,四周都是随时张开血盆大口要吞噬自己的人。《孔乙己》中的孔乙己,被打断腿后凄凉地坐在地上,风雪交加,贫病交加,让人不由地同情。我基本上是晚上看书,队员们有的在进行娱乐活动,有的在进行体能训练,我则会挤点时间看书。有时候,熄灯了,我还会跑到阅览室静静地看会儿书。深夜的奇乾异常安静,我边看边想,仿佛在与鲁迅对话。现在是二十一世纪,我与鲁迅相隔上百年,但我依然感觉他是那么亲切。"张先铎说。

他还说,他能在奇乾心如止水地工作,除了他自身的价值取向以及理想和追求使然,更因身边榜样对他的影响。他表姐是一名党员,研究生毕业后她可去南方一个繁华城市的银行工作,也可去新疆财政部门工作。权衡再三,她决定去新疆。到了新疆后,她没有选择在省厅的机关工作,而是申请去了基层。她告诉张先铎说,她是一名共产党员,必须吃苦在前。当张先铎决定当消防员又担忧父母和女朋友的想法时,是表姐给了他勇气。当时她对他说,人的一生很短,一定要用宝贵的时间做最有价值的事情。张先铎现在的班长高凯凯也是他的榜样。高凯凯当了九年消防员,政治素质和军事素质都非常过硬,参加过多次打火,经验丰富。"他就是我身边的楷模。他经常鼓励我们说，我们坚守在大兴安岭，坚守在奇乾，虽然只是平凡中的坚守，但成就的是不平凡的事业和人生。"张先铎很是敬佩高凯凯。

2021年初，张先铎与相恋多年的女朋友结婚了。除了父母，他觉得最亏欠的就是他的妻子。谈恋爱时，他给她承诺得最多的，就是要好好陪伴她照顾她。当消防员，第一次签合同期限就是五年。只要中队需要，他还打算以后长干下去。但就是委屈了妻子。有时候，越想这样的问题，他就越纠结、越内疚，就越痛苦。他只得再次拿起文学作品来看，看着看着，心就开始平静下来。

"我一直在想，假如没有文学，我的生活该会怎样？"他感叹道。

听了张先铎的倾诉，我感受最深的是他对这份职业的热爱。因为热爱，所以全身心地投入；因为热爱，所以舍小家为大家。消防员是一份神圣的职业，他们在火焰中铺路。除了以森林防火与灭火为主业的森林消防队伍，还有以城市救援及日常社会救助、抢险救援为主业的城市消防救援队伍，他们虽然驻地不同，业务有别，但是有一个共同点：哪里有险情，他们就出现在哪里，同样遂行多样化救援任务。

放弃与选择

"是走是留？如果留的话，还干多久？虽然我有些纠结，也没有完全想好，但只要我待在奇乾中队，我就想努力雕出大兴安岭的风土人情。"面庞黝黑、长相粗犷的王彻力木格若有所思地说道。

1992年出生于内蒙古通辽的王彻力木格是个标准的蒙古族小伙。"王"是姓，在蒙古语里面，"彻力木格"是"睛"的意思。上学时，他喜爱体育，也痴迷美术。高中时期，他就报名想当体育生，但体育老师说，虽然他体育基础还可以，但一米六八的个头没有优势。自尊心比较强的王彻力木格决定放弃体育，选择学习美术。

王彻力木格家是农村的，条件不太好，他怕父母不理解、不支持，就悄悄报名学习美术。每天下午第四节课，他就跟着美术老师一起学画画。他大姨在学校当宿舍管理员，看到他在学画画，不理解。大姨说，不好好读书，学什么画画呀，学它能干啥。大姨把这个事情告诉了王彻力木格的爸爸，他爸爸也不理解，问他，学那干啥，那不都是"纸上谈兵"的事吗？王彻力木格表面上点头，但内心并没有放弃。他开始背着大姨跟着美术老师学画画，并嘱咐美术老师，千万别告诉他大姨。一直到参加完高考，收到内蒙古民族大学的录取通知书，他才将学画画是为了考大学的事告诉家里。父母并不懂这些，看到大学的录取通知书，他们还是非常欣慰。

大一大二时，板报、素描、水彩、雕塑、油画、设计他都学，大三时分具体的专业，老师问他喜欢哪个专业，他说喜欢雕塑，老师就建议他选择美术雕塑专业。大学期间，他画了不少家乡的风景，雕了不少家乡的牛、马、羊等动物。看着儿子画得如此逼真，雕得栩栩如生，爸爸也彻底服了："这手还真巧呢，说不定以后还能雕出点名堂来。"

虽然王彻力木格痴迷美术，但他从小就有从军梦。高中时，他就有计划，如果没考上大学，就去当兵，但后来考上了。大二、大四时，他都曾报名参军，但因为种种原因，最终未能如愿。大学毕业后，他报考过教师，做过与雕塑相关的工作，但心中的梦想依然还在，依然为自己错过了应征入伍的时机而懊悔不已。2018年他考上了研究生，但当听说消防改革转制，将在地方招聘消防员时，他毅然决然地放弃读研，报了名。他觉得，到了消防队伍，就如同到了部队。

2019年，他报名参加第一批消防员招录时，因为体重超标，没有如愿。"完了，两头都没指望了。"虽然受到了打击，但他没有放弃。看着离第二次招录体检还有两个月，他下决心减肥。在随后的两个月里，他坚持锻炼，尽量少吃肉类食物，体重减轻将近40斤。2019年12月，他通过层层考核，如愿地加入了森林消防队伍，实现了自己的人生理想。

2020年7月3日，王彻力木格结束新训，来到奇乾中队。刚下队，他就发现自己是全中队年龄最大的消防员。头几天，他感到很不习惯。他年龄比较大，其他队员年龄比较小，有的才十八九岁，他觉得跟他们不好相处，甚至觉得有代沟。他心中感到莫名的悲伤。他想到了家人：父母老了，都是六十四五岁的人了，哥哥又长期在外地工作，而他又到了这么边远的地方，家里有个什么事，很难有人帮上忙了。他又担心起自己的个人问题来。自己还没有对象，现在又到了大山里面，更接触不到女性朋友，要找对象会难上加难。他在心里不断地问自己，是不是自己的选择出了问题。那些日子，他变得矛盾、纠结、困惑，甚至摇摆不定。王德朋指导员看出了他的心思，就和他唠起嗑来。王指导员说，不论你想干，还是不想干，都是你个人的选择，但不论是谁，来到奇乾中队，都需要一个调整和适应期。虽然这里偏僻和艰苦，有时信号不太好，夏天下雨，冬天下雪，但如果待久了，适应了、习惯了，也就能体会出这里的独特韵味。他跟王指导员说，其实他不是怕苦怕累，主要是担心家里和个人问题。那段时间，只要有空，王指导员就会找他散步、唠嗑。渐渐地，他融入了这个群体，代沟变成了融洽。这时他才发现，原来他遇到的问题，很多队员早就遇到了。他开始反思，并逐渐意识到，奇乾中队是一个有着众多荣誉的光荣集体，他应该为自己能够成为这个集体中的一员而感到骄傲和自豪。他为自己之前的摇摆不定感到羞愧，立志要在这支队伍中干一番事业，用他的所学所长发光发热。打消了一切顾虑，他终于下定决心留在奇乾，好好干。

"玉不琢，不成器；人不学，不知义。"曾为雕刻师的王彻力木格比任何人都明白这其中的道理。无数块木头在他的手中被打磨雕刻成精美的艺术品，而他自己也在这个过程中被慢慢雕刻。他努力调整自己，积极向中队领导和班长汇报思想，寻求改变；主动加入炊事班，勤练刀工，苦练掌勺，为中队贡献自己的一份力量。如今的他，烹饪的菜品受到了队友们的一致好评。"我们炊事班比战斗班起得早一点，做好早餐，等战斗班队员吃完，然后我们会进行理论学习。训练到十点半左右，我们会回到食堂，配菜的配菜，炒菜的炒菜。下午，我们也会参加消防专业训练和体能训练。虽然我们在炊事班，但我们的本质是消防员，我们必须掌握消防技能。"王彻力木格说。

在各项训练成绩都得到提升的同时，王彻力木格不忘用自己的专业特长为中队文化建设添砖加瓦。他积极主动为中队画板报、雕刻作品。冬季，大兴安岭银装素裹，王彻力木格便开始做雪雕。从构思设计到雕刻美化，他用行动证明了他的能力。

"黑板报上的图案，展览室里的画，院子里石头上的地图、消防徽，都是我画的。业余时间，我还画风景速写，看到林子里有什么好风景，我就随手画出来，记在速写本上。"王彻力木格说，"但我更喜欢的还是雕刻，上大学时我就想办个人雕塑展，但没有实现。待在奇乾，对于一个热爱艺术的人来说，也是一个难得的生活体验，我想雕出大兴安岭的各种动物和植物，雕出这里的夏天和冬天，雕出这里的风土人情。我的从军梦想实现了，举行一个关于大兴安岭风土人情的雕塑展，这是我现在的梦想。"

成全和支持

2019年9月下旬，内蒙古大地，秋天的落叶纷纷扬扬，带来丝丝凉意。

那天下班后，聂文慧给家里打了个视频电话。

瘦高个儿、戴着眼镜的聂文慧，老家在乌兰察布。他父母在呼和浩特市做生意，他大学毕业后在包头市中级人民法院工作，负责安全防范方面的事情。

"老爸，我看到内蒙古招录消防员的公告了。"聂文慧对他父亲说，"全区要招一千多人呢。"

"你想去当消防员？"父亲问。

"是的，老爸，我有这个打算。"聂文慧说，"想征求一下您的意见。"

父亲想了想，说："这是好事啊，我支持。只是不知你妈的意见。"

"那不行。"母亲接过话说。

聂文慧知道母亲的性格，也知道母亲是在担忧他，便说："老妈，当消防员挺好的呢，我有两个同学今年也去当消防员了。他们说，消防员工作稳定，工资待遇也不错。"

"儿子，当消防员待遇是不错，可是跟当兵没有什么两样。不仅辛苦，还危险。我们家只有你这么一个孩子，我不想让你离我们太远。"母亲说。

"老妈，就在内蒙古当消防员，不会太远的。"聂文慧说。

母亲说："虽然就在内蒙古，可是内蒙古这么大，分到哪儿不是千把公里的。"

母亲这么一说，聂文慧不知说什么好，"就像当兵一样，我们的国家总得有人去保卫。我们家儿子不去，别人家的儿子也得去。别人家的儿子那也是儿子啊。"父亲说，"再说，儿子现在还年轻，年轻人吃苦不是坏事，是好事。"

"老妈，当消防员其实是挺光荣的一件事。"聂文慧说，"您就放心吧，我又不是小孩子了，会照顾好自己的。"

"儿子，大道理妈妈都懂，也应该支持。妈妈只是担心你。"母亲说，"你女朋友那边怎么办？"

"老妈，您放心，我会说服她的。"聂文慧脸上露出了笑容。

…………

女友是大学同学，两人情深意笃，她也在包头工作。聂文慧没有立即跟女友说报名当消防员的事，而是悄悄地报了名，悄悄地参加了考试，又悄悄地参加了体检和政审。"如果没考上就算了，如果考上了，再跟她说。"他想。他们相爱太深，他怕她一时接受不了。他知道，要真去当消防员，只有先斩后奏。

"有件重要的事要跟你商量。"那天傍晚，聂文慧对女友说。

女友说："什么重要的事啊，还搞得这么神神秘秘的。"

她想到了美好的求婚，心里已经在偷着乐了。

"我……我打算去当消防员。"聂文慧说。

"当消防员！"女友有些惊愕，"在法院不是干得好好的吗？"

"一是为了历练，二是为了寻求更好的发展。"聂文慧说，"体检和政审结果都出来了，我都过关了，过几天就出发了。"

"怎么不早跟我说？你考虑过我的感受没有。"女友生气了。说完，拎着包就走了。

聂文慧傻傻地站在那里，不知说什么好。他满心愧疚。

大概隔了半个小时，聂文慧的电话响了，是女友打过来的。她说："晚上一起吃个饭吧！"

那个晚餐，他们吃了两个多小时，聊了很多很多，包括过去的美好回忆，对未来的憧憬。一番沟通后，女友完全释怀了："我们在一起挺长时间了，对你也非常了解。我知道你的心思，是为了让自己未来的路走得更好。选择当一名消防员是勇敢的选择，如果因为这个事我跟你分手，那我不成了罪人，我也会内疚一辈子。我支持你当消防员，不论你分到哪里，哪怕是去大兴安岭，我的心都始终跟随着你。"

说完，这对年轻的恋人紧紧相拥在一起。

跟我说起那一幕时，聂文慧的眼角泛着泪花。他说，上大学时，他俩就投缘，就走到了一起。他来当消防员，虽然女友有太多的不舍，但她最终还是选择了理解与支持。她很赞赏聂文慧以事业为重。

"我不仅选择了当消防员，还选择了最远最苦最冷的奇乾，并且一签就是五年。自己的心愿满足了，但亏欠父母和女友的就更多了。今年冬天休假，我打算回去跟她订婚。"说起自己的决定，聂文慧喜悦之情溢于言表。

他是 2020 年 7 月初来到奇乾中队的，分在战斗六班。一到这里，就感觉家和亲人遥远起来。其实刚到这里，就感觉与家人分别了数月一般。这里的宁静，能够让人心顿时安静下来，似乎到了另一个世界，或者到了另一个时空。与森林对话，与植物对话，与动物对话，与月亮和星星对话，与黑暗对话，这些在城市做不到的事，在大兴安岭都能一一实现。

一到奇乾，就感受到了战斗的气氛。来到这里不到半个月，就五次接到紧急打火的命令，但前四次都没去成。前三次，他们都已经登车准备出发了，或者已经出发了，又接到通知说，别的单位已经去了，或者是火势得到了控制。第四次接到命令后，他们到了奇乾乡政府那里坐上了直升机，正准备起飞，却又接到通知，说离火场近的中队已经去了，暂时不需增援。

去打火，这个时候肯定会想到自己的亲人，但又不想告诉他们，怕他们担忧。第四次出发前，他本想给女友说一声，或是给他父亲说一声，但想来想去，还是放弃了。班长也说，千万不能给家里人说，要说回来再说。打火时，林子里没有信号，有时要在火场待好几天，家人联系不上，肯定会着急。回到中队再轻描淡写地说明一下，还是有必要的，但千万不要在上火场前跟他们说，否则家人会无比担忧，你内心也会无比不安。这会影响你的徒步行军，会影响你集中精力打火，会影响你的安全和生命。不跟他们说，是最安全，也是最负责的一种做法。事实上，对于老消防员来说，他们与亲人之间早已达成了一种默契，亲人们知道，如果是几个小时联系不上，那可能是中队的信号中断了，但如果是一两天，甚至三四天、四五天联系不上，那百分之百是到林子里打火去了。

第五次接到命令，便真的出发了。7月13日下午，阿凌河林场发生了森林火灾。当时他们正在训练，接到命令后，他们迅速换装备，带上工具和给养后，便登车出发。但聂文慧并不知道中队领导要带他们去哪里执行任务。他们一般不会带手机，带了也没信号，还增添负担。从"零公里"乘坐直升机，到达机降点，再从机降点徒步行军，赶往火场。他们班是第一批到达机降点的。班长带着他们向火场行进。一路上，不是山坡，就是灌木丛，徒步行军非常艰辛。他们班有四个新消防员，都是第一次徒步行军，都感觉达到了生命的极限。班长总是鼓励他们，说快到了，快到了，但走了很久，还是没到。其实班长知道还要走很久，他这样说，是为了鼓励他们。

四个多小时后，他们到达火线。中队领导说，新消防员没有经历过火场打火，在边上先调整，负责安营扎寨。他们六班班长叫郭立刚，他和其他班队员一起，组成了尖刀班去火线打火。他们是下午分开的，再次见面已经是晚上八点了。班长脸上全是被浓烟侵蚀过的痕迹。他吩咐聂文慧，赶紧清点人员，看有没有走丢的。清点完毕后，班长就带着他们往上走。班长说，明火已经全部扑灭了，现在主要是检查余火和暗火，你们新消防员可以上了。不知为什么，班长这么一说，聂文慧又想到了"亲人"二字。他也想起班长跟他说的，来到大兴安岭，来到奇乾，谁是你们的亲人？队友！他们能帮你走出困境，他们能帮你挽回生命，他们会不顾自己的艰辛、饥饿与危险，拼着命来帮助你。于是，他对"亲人"有了更加深刻的理解。他们离开了"小家"的亲人，却迎来了这个"大家庭"更多的亲人。所有的队友，面对"亲人"时的选择，都是真诚的、无私的。

凌晨五点，班长把他们叫醒。班长说，太阳出来后，原始森林的温度会升高，温度升高怕发生新火情，他们必须趁温度升高前控制火情。于是，他们开始沿着火线挖隔离带，挖到没啥可烧的了，不会发生不可控制的情况了，他们才收工。班长说，咱们可以坐下来吃碗热乎饭了。班长亲自炒了一碗土豆丝，烙了一块大饼。他们班围在一块儿，你一筷子，我一筷子，总算吃了顿热乎饭。

可能是第一次上火场，没啥经验，也可能是锻炼太少，聂文慧的脚上磨出了水泡。打火结束后，班长说，有伤的先到机降点坐直升机。但他没吱声，一是感觉问题不大，二是想让其他更辛苦的队友先走。

班长看他是新消防员，对他说："你先走吧。"

聂文慧说："他们更辛苦，让他们先走，我跟班里待一块儿吧。"

巧的是，他们走后不久，原始森林里打起了雷，是干雷暴。直升机不能再过来了，只能第二天来火场附近的机降点接他们。于是，他们又搭起帐篷住了一晚。那天晚上，给养到了，他们一起挖了一个坑，点起火，架上一口锅，熬了一锅粥。他们一边喝着粥，一边吃着其他给养，一边聊着打火的经历，就像一家人在一起吃晚餐。他感觉，这个时候他们班真正融合到一块儿了。队友与队友之间，特别亲切，比亲人还亲的那种亲切。

第二天早上，直升机来到机降点接他们离开火场。回到中队，聂文慧才想起家人来，才想起女友的生日来。女友是7月15日生日。他们很早就商量好了，她生日的那天，他们以视频通话的方式为她过生日。他在这边送祝福，她在那边吹蜡烛切蛋糕。可是7月15日那天，他正在火场挖隔离带，已经把她过生日的事情忘得一干二净。即使记得，他也无可奈何。林子里没信号，根本就打不了电话，通不了视频。即使有信号，打得了电话，通得了视频，也不允许他做这些。火场就是战场,这里只有生与死,没有爱情与浪漫。

手机上,不光有好几个女友打来的未接来电和视频,也有父母的好几个未接来电和视频。聂文慧想了想,首先给父亲打电话。父亲是男人,更加理性,能扛事,不激动。

父亲问他:"怎么这几天联系不上,到底上哪儿去了,我们还在群里发信息,也没见你回。"

他说:"打火去了。您知道就行,千万别跟我妈说,免得她在家瞎操心。"

父亲问:"一切都顺利吗?"

他说:"一切顺利,打火很成功。"

接着,他又给女友打视频电话。他还没开口说话,女友的泪就出来了。

他道歉说:"真对不起,因为打火任务,错过了你的生日。主要是出发的时候太仓促了,根本来不及跟你说。"

女友擦干泪说:"那天我给你打电话,联系不上,猜测可能是在开会。但连续打了两天,还是联系不上,我就想到,可能是灭火去了。我生日不重要,主要是担忧你的安危。"

他对女友说:"这个周日给你补一个生日。"

周日晚上,他们打通了视频电话。女友首先播放了一个提前录制好的视频,主要回顾了他们恋爱的过程,表达了对他和队友们的祝福与致敬。接着,他和队友们一起给她唱生日快乐歌。然后是许愿……整个过程,女友笑得很开心。或许,这是他们维系感情的一种重要方式吧。

虽然去打火他不会提前跟家人说起,但在奇乾其他方面的点滴小事,他总会跟家人说起。有时他跟家人说起这里的条件时,家人都不太相信。"都什么年代了,还有这么偏的地方?"家人很怀疑。他妈总担心他吃不好,总说,想吃啥,妈给你叫外卖。他说,这里太偏了,没有外卖,快递也上不来。如果真有快递,也只能寄到离奇乾150多公里的莫尔道嘎镇上。从奇乾到莫尔道嘎镇,夏天开车需要三四个小时,冬天一般没车出入,如果要开,也需六个小时以上。他告诉妈妈,这里的冬天长达9个月,很长时间都是大雪封山。这里下雪的次数多,还下得特别厚,不容易清理。班长带着他们,找一块木板,钉两个腿,两个人在前面拉,两个人在后面推,就这样清理营区的雪,也清理进营区公路的雪。雪一直下,他们就一直清理。如果不清理,营区就会被厚厚的积雪淹没,也找不到出入营区的公路。在大兴安岭,其他地方公路上的雪基本上没人清理,车辆走在上面必须小心翼翼的。

"女友喜欢浪漫,喜欢夏天的绿色林海,更喜欢冬天洁白的雪花。有时,我会拍一些林子里的雪景发给她。有时,我会在营区周边林子里与她视频聊天,让她感受纷纷飘扬的雪花,让她感受银装素裹、万里冰封的世界,让她感受冰雪中的洁白与宁静。她选择了成全和支持我的梦想,我唯有向她展示最美的大兴安岭。"说到这,聂文慧望着不远处的林子潸然泪下。

寂寞而又坚强

28 岁的吴志国，瘦高身材，是个安静的蒙古族青年。

他来自内蒙古兴安盟扎赉特旗，现在是战斗一班装备运输车驾驶员。他是家中独子，父母务农。他家门前有一条小河，小河过去就是山坡，山坡上是辽阔的草场。在他看来，家乡的夏天美不胜收：蓝天白云下，绿浪翻滚，湖水涟漪；草原上牛羊成群，毡房点点，炊烟袅袅……门前那条弯弯的小河，静静地流向远方。

他是 2016 年大学毕业的。毕业后，干过汽车美容，也干过房地产销售。他不想回去跟着父母养牛羊，也不愿总是在城市漂泊，他想找一份稳定的工作。2019 年下半年，一个朋友告诉他，现在在招消防员，建议他去试一试。报名时，他没跟家里说，也没跟女朋友说。等考试、体检、政审等都过关了，他才辞掉工作，才告诉女朋友。但女朋友不同意，并提出分手。他也没有强求。

"其实我们分手，并不是我们感情不好，而只是因为她不理解。我俩是高中同学，高中毕业填志愿，她填了通辽的学校，我也跟着到了通辽。她学的护理专业，大学毕业后，去了医院工作。其实我们打算 2019 年年底结婚的，婚房都买好了，我俩一起去挑的。如果不选择当消防员，我们早就结婚了。但她不理解，她说五年时间太长了。我说，结完婚我再去当消防员，以后每年还有一次休假。她还是不理解，说一年也只能见一次面啊，夫妻的感情如何维系，两边的父母如何照顾，如果有了孩子，孩子经常见不到爸爸，那难道不是父爱的缺失吗。她这么一说，我无话可说。我又何尝不想挽留,但强扭的瓜不甜。当消防员,特别是到大兴安岭当消防员,那必定是遥远的分离,也是一个漫长的过程,如果没有充分的理解,以后的矛盾会更多。但这不是她的错,从小家庭的利益出发,完完全全是我的错。如果我不来当消防员,我们不仅早就结婚了,也会拥有一个幸福美满的家庭。"说到这些,吴志国的话语伤感,眼神忧郁。

吴志国羞涩地擦去眼角的泪水,继续向我讲述。

他是2020年7月13日来到奇乾中队的。来之前,他先到的莫尔道嘎。刚到莫尔道嘎火车站时,指导员就问他们,有没有想去奇乾的。他第一个举手。

"不是为了什么,我也从未想过要为了什么,而是内心一种自然的选择吧。凭什么其他人能守在奇乾,我就不能去?到中队那天,正好大部队出去打火了。我分到了战斗五班,班长和老消防员老热情啦,老谦虚啦。他们不仅什么都教,还什么事都亲力亲为。"吴志国说。

来到奇乾的第二周,吴志国上山打火了。他问班长,除了带工具和给养,还需要带些啥。班长说,林子里早晚温差大,要备好生活必需品,如手电筒、手套、衣物等。他们是下午从中队出发的,在"零公里"等了一晚,第二天坐直升机上火场。因为是个小机降点,而这次来的是大型直升机,他们赶紧拿油锯和割灌机,把机降点往外扩,整出一块更大的平地来。来到火线后,他的任务是看守火线。第一次打火,他感受到了火场的火势,也切身体验到大兴安岭昼夜温差之大,还感受到了疙瘩汤的珍贵与香甜。

2021年10月的一天，班长问他："你想学点什么技术？"

吴志国对车有爱好，就说："想学驾驶员。"

不久后，他就由中队派去总队进行驾驶员培训，考 B2 驾驶证。一开始，从早到晚，不是进行理论学习和刷题，就是进行体能锻炼。科目二考试前，他们是在呼和浩特训练，后来到乌兰察布进行考试。共有 60 人培训，分批考试。第一批考得不好，大队长很生气。他严厉地说，驾驶员车开不好，消防员的安全和速度就没有保障。林子里发生火灾等着你去救援，你的车出了故障，或者在路上发生了事故，不仅不能帮忙打火，还要人家来救你。于是他们加班加点地练，一个接着一个练，一连练了几晚。最后，他们都是一次性通过的。

后来吴志国又来到支队进行复训。复训时，教练员一直强调，在森林开车与在城市开车不一样，大车跟小车不一样。他特别强调，上火场的车，一切的一切，都是围绕如何保障安全顺利打火。应该怎么跟车队？白天怎么跟，夜间怎么跟？冰雪路面怎么通过？泥泞道路怎么通过？盘山公路怎么通过？教练都做了详细的示范。就这样，他要么在支队、大队复训，要么在中队跟着老驾驶员在林子里练习，一直练到 2023 年初，他才正式成为中队装备运输车主驾驶员。成了主驾驶员，同样要复训，要考核。如考倒车入库，八米调头等。

"后来又找女朋友了吗？"我问。

吴志国苦笑着，摇了摇头。

"那次分手后，还没有找到合适的女朋友。虽然我也羡慕其他队友有对象，但也不是特别着急，只是我爸妈挺着急的。"他说，"我要感谢消防改制，如果不是这样历史性的机遇，我就没有机会来到大兴安岭，来到奇乾。来到这里，我也不想安于现状，我想好好干。"

"寂寞吗？"我小心地问道。

"寂寞肯定有。"他说，"但我平时通过运动来化解孤独和寂寞。我爱好挺广泛的，所有的球类都爱玩，篮球、足球、台球、乒乓球都喜欢，只是不精。"

讲述过程中，吴志国还算平静与坦然。他就这样平静与坦然地面对着大兴安岭，面对着未来。我相信，总会有一个女孩读懂他，走进他的心灵世界，理解他、支持他、爱上他。

2019年下半年的一天，朱宏刚问发小："你干城市消防咋样？"

"准军事化管理，挺锻炼人的，工资待遇、各种补贴和福利也都不错。"发小说，"你现在在干啥呢？"

朱宏刚说："卫校毕业后没事干，暂时在家玩呢。"

"我们也想让宏刚有份稳定的工作。"他们正唠着嗑，朱宏刚爸爸过来了，"要不，也把你送去当消防员？"

发小对朱宏刚说："这是个好主意！年轻人不当兵，就应该当消防员。"

"行！"朱宏刚说。

于是，高大、英俊而青涩的一个小伙子走进了消防队伍。虽然奇乾在内蒙古，但对于从小就生活在呼和浩特的朱宏刚来说，同样是一个遥远的地方。他们坐上绿皮火车,从呼和浩特前往牙克石,坐了整整 32 个小时。虽然窗户漏风,但风景很好,是茫茫大草原。他们再从牙克石坐皮卡车到莫尔道嘎,这时林子全绿了,风景同样怡人。一路走来,他感受到了内蒙古的辽阔与宽广。

他被分到战斗六班。待了两个月后,因为后勤保障班缺人,就去了后勤保障班。后勤保障班就是炊事班。他们比战斗班起得早,睡得晚。一开始,他负责洗菜、配菜和收拾卫生,后来负责揉馒头。刚接触这个工作时,揉不好,面没发起来,蒸出来的馒头跟石头一样坚硬。老消防员告诉他,一定要把握好面粉和水的比例。几次练习后,技术越来越熟练,发挥越来越稳定。他不光学会了做馒头,还学会了做包子、卷子、包饺子。

第三年下半年,他才开始上灶。一天,班长问他,小朱,想不想上灶炒菜。朱宏刚说,试试吧。就这样,朱宏刚走上了灶台。炒菜时,班长在边上盯着,提醒他该放什么。朱宏刚炒菜还像那么个样子,菜炒好后,班长一尝,说还不错。班长说,以后上灶炒菜吧。第二天,朱宏刚就单独执行任务了。一大早起来,朱宏刚就准备做早餐,可怎么也打不着火。他把油门打开后,马上就开灶的开关,左开右开,就是打不着火。看着时间一分一秒地过去,他焦急万分。后来班长来了,告诉他,灶烧的是柴油,油门打开后,要让油流到灶里,才能打着火。由于他自己口味轻,刚开始炒菜时盐放得少,大家反响强烈。他立即加盐。渐渐地,他不仅掌握了灶的"性格",也了解了所有消防员的喜好与口味。为了提高技艺,他还被派到海拉尔进行厨师培训。

炊事班上灶的有四个人，轮流炒菜。原来是一人一周，现在是一人一天。主要是为了调剂口味。早上基本是两个热菜、一个凉菜，再加鸡蛋、牛奶、馒头和炒饭。如果要吃油条、麻花，得提前准备，特别是发糕，要头天晚上蒸好。中午和晚上基本是三荤三素。现在消防员的伙食标准提高了，隔一天会一次餐。会餐的菜难做，头天晚上必须提前准备好。

最难熬的是冬天，奇乾的冬天格外漫长。食堂水汽大，加上天气寒冷，餐具和菜极易结冰。刚切好的菜，一放到窗台上，就能看到冰霜。油烟机经常被冻住，只能天天拿着棒子去捅开，否则没法运转，整个屋里弥漫着油烟，看不到人。

作为炊事员，不仅要会炒菜，还要会腌咸菜。每年冬天，他们都要用卜留克、大头菜、角瓜、白菜腌咸菜，作为储备菜。如果冬天大雪封山，送菜的上不来，就只能吃储备菜。当然，食物充足时，他们也会吃储备菜，主要用来调剂口味。不论是咸菜，还是从山下送上来的菜，都统一放在菜窖。菜窖共有三层门，每层门都封得特严实，夏天能防潮，冬天能防寒。菜窖里的菜都摆得很板正。

炊事班当然也要上火场。朱宏刚说，打火时，各班自我保障，炊事班保障全中队。他们背着行军锅和背囊，背囊里放着三天的给养和帐篷。三天后，主要靠投放的给养。火场上尽量少做油腻的食物，油水大怕吃坏肚子。

第一次上火场时，一开始他觉得新鲜，后来变得绝望。坐直升机进的火场，当然新鲜，但从机降点到火线，要走两三个小时，背上的背囊越来越沉。每一场火，都有不同的地势，但不论何种地势，植被腐殖层都厚，走起路来都特别费劲。打火次数多了，朱宏刚也慢慢适应了，背的东西更多了，但速度更快了，做饭也更加利索了。在火烧地，用烧过的木头架起锅，就开始做饭。作为炊事员，还必须保障有足够的水。在火场，水是最重要的东西。

卫校毕业的朱宏刚还兼着中队卫生员的工作。平常队员有个头疼感冒的，朱宏刚会给他们看看，开药，有伤时会帮他们消消毒。炊事班有个队友，经常出现一些小毛病，朱宏刚总能帮他解决。朱宏刚说，虽然上过卫校，但没好好学，只学了点皮毛，但这点皮毛有时也能保障队友的健康。

他说，奇乾让他成长了不少。以前小孩子气，花钱也大手大脚的，干什么都不过脑子。现在不同了，不管干什么，都得想一想，人也变得理性和稳重起来。去年休假，朱宏刚跟朋友一起吃烤肉。由于饭店线路老化，插座冒烟了，后来烟越来越大，最终起了火。墙上已经着火了，烟雾特别大。他没有慌，首先将饭店里的人疏散出去，然后提着灭火器冲进火场。把明火扑灭后，他又挨个把每一桌烤炉的火灭了。之后，他又问老板有没有煤气罐。老板说，有，一楼有两个，二楼有八个。那会儿，他已经被烟呛得睁不开眼了，但他知道，在火场，煤气罐极其危险，必须搬开。虽然他个头高，但有些消瘦，算不上强壮。当时他不知道哪里冒出来的力量，一手一个，来回几趟，就把楼上楼下的煤气罐全部提到了安全地带。等城市消防赶到时，火已经被这个森林消防员扑灭了，危险也被这个森林消防员化解了。

他平常喜欢踢足球、滑旱冰、打台球，最喜欢在冰天雪地里踢足球。他在营房后面的阿巴河上踢过球，觉得很过瘾，即使摔一跤也不痛。

中队吃火锅时，他最开心。因为他们炊事班只需要把菜备好，各个班可以自己自助。烧烤也一样，都是大家自己动手。

朱宏刚告诉我，在来奇乾前，他有一个关系好的女性朋友，到奇乾后，他们确定了恋爱关系。女友挺支持他，也觉得守着大兴安岭这片林子是件光荣的事情。但因长期异地，一年到头见不上，女友渐渐失去了耐心，也动摇了意志。她希望朱宏刚离开消防队伍。这显然与朱宏刚的追求相悖。最后，他们平静分手——没有争吵，没有矛盾。

"现在我不考虑个人问题，等干满12年再说吧。那时我才30岁，找对象也不迟。"说到个人问题，朱宏刚没有忧伤，声音浑厚而坚定。

让我颇感意外的是，壮实而魁梧的马云鹏和我聊的始终是"心理"这个话题。

他非常直爽地告诉我，自己大学学的心理学，喜欢从心理学的角度来看问题。在马云鹏看来，不论是谁，到大兴安岭到奇乾，都会有一个心理斗争和适应的过程。

"一方面，一开始你可能会失落。因为你不适应这里艰苦的环境和极端的气候，你不适应这里军事化管理的生活，你会反感、会厌烦、会抵触、会伤心、会哭泣，但最终你会认识、会理解、会醒悟，或者说会在心理上妥协。另一方面，就是服从。有不少队员从小立志报效祖国，自愿到边疆和艰苦的地方建功立业，他们自然会服从与奉献。但即便这样，他们也都有自己现实而真实的初衷。比如想考个学，想提个干，想成为一名中国共产党党员。特别是改制后，消防员走向职业化，队员的组成也更加多元。为什么来当消防员？说是'报效祖国'没错，这是信仰的力量，但如果说只是为了'报效祖国'，那就太片面与虚伪了。其实我们这些队员大部分家庭并不宽裕，很现实的一个原因，就是为了挣工资娶妻生子、成家立业。"马云鹏说，"其实自从我选择当消防员开始，到后来来到奇乾，在奇乾工作和生活，一直经历着心理上的自我调整、自我斗争、自我妥协。"

27岁的马云鹏，老家在吉林白城，是改制后第三批来到奇乾中队的，现在是战斗四班的消防员。大学刚毕业那会儿，他看了电影《烈火英雄》，很受感动，觉得消防员很伟大。毕业后找工作，面临着两个选择，一是去一家航空公司做安全员，一是当消防员，两个工作都有希望被录取。如何选择？他经历了心理斗争。虽然他从小就有当兵的梦想，《烈火英雄》也增强了他当消防员的信念，但航空公司安全员是一个既体面又有着较好收入的职业，他不可能不心动。但他想到的不只是体面与收入，还有国家和荣誉。他觉得，如果他选择了航空公司的安全员，他一辈子可能都会有心理阴影，会因过于功利、缺乏家国情怀而不安。也许其他人不一定这么认为，但这确实是他自己的心声。最后，他选择了消防员。

新训时，马云鹏有些叛逆。训练辛苦，生活枯燥，他觉得自己与这里的一切都那么格格不入，也萌生过退出的念头。但很快他就调整过来了，他在心里告诫自己，自己学的是心理学，必须懂得自我调整、自我完善、自我进化。辛苦和枯燥有啥关系呢？新训不就是个磨炼的过程吗？王德朋指导员给他们上的一堂公开课给了他很大的启发。王指导员说到了奇乾中队的偏远与艰苦，同时向新训消防员描述了奇乾的另一面：这里的山水很美，这里的夏天与冬天与众不同，这里的营房、菜窖、书卷、根雕、石雕、绿屏"战"道等构成了中队队员的家园。王指导员的讲述，让马云鹏想到了爸爸所嘱咐的，如果不经历社会的苦，就没办法尝到社会的甜。爸爸的嘱咐、王指导员的讲课，逐渐占据他的心灵世界。后来他被分到莫尔道嘎大队，王指导员问他，想上奇乾吗。他说，想。就这样，他来到了奇乾。

来到奇乾，马云鹏马上感受到了这里的孤独与寂寞，甚至是枯燥、空虚与无助。但很快，一股暖流开始融化他的心。气温很低，但心里很暖和。他发现，中队领导和班长就像兄弟一样，没有新训时那么严厉。老消防员带着他学习压被子、叠被子，带着他熟悉中队周边的环境，跟着他们新来的消防员一起练技能和体能，每天一起跑步、打球。虽然这里用水用电都算奢侈的事，快递至少一周才上来一次，还经常停电断网，感觉挺不方便，但因为"温暖"的支持，马云鹏慢慢适应了。

"有时候，温暖、耐心和理解，能转变一个人的思想，甚至能拯救一个人。"马云鹏说。

"是不是适应了，就一定要干很久呢？比如说八年、十二年，甚至更久。从心理学的角度来分析，具有不确定性。比如我在这儿待了四年，但不敢轻易说准备在这里待八年、十二年。毕竟这里非常孤独，我还没准备好。我也在给自己一个心理暗示，让自己压力不要这么大。不是说不想待在这里了，不是说要离开这里了，而是对事物的认识和理解需要一个过程。或许这就是心理的自我调节吧。如果没有这种调节，一年三百六十五天，天天睁开眼看到的都是林子，像我这样性格的东北人，很容易憋疯，甚至憋出抑郁症来。"马云鹏非常坦诚，"经常会有人问我，打算在奇乾干多久。我想说的是，我不想被定义，可能干满五年就走了，也有可能干满八年，还有可能干满十二年，但这并不代表我不想待在奇乾。"

他去年结的婚，媳妇是老家的。媳妇跟他说，作为一个男生，要么穿上军装保家卫国，要么穿上白衣大褂救死扶伤，要么穿上西装谈吐大方。媳妇的支持，也是他心理稳定的一个重要因素。

在马云鹏看来，即便是打火，也会有心理矛盾与斗争。

2023年8月6日，中队到大兴安岭北部林区打火，马云鹏负责背给养上山。连续坐了五个多小时车，他晕车，一直想吐，走在了队伍最后面。看到这个情况，王德朋指导员对他说，马云鹏，要不你回去吧。马云鹏一听，自卑感油然而生，泪水也喷涌而出，他感觉自己被轻视了，一下子连离开奇乾的想法都有了。但他立即又想到，自己堂堂一个七尺男儿，不能就这样被指导员看扁了。

他对王指导员说："我是晕车，慢慢就好了。"

王指导员对他说："你慢慢好，火能慢慢着吗？让你回去也是为了保护你。"

马云鹏说："我尽快调整，马上跟上队伍。"

王指导员又解释说:"火情紧急,刻不容缓。你要明白,我不是想责备你,只是想告诉你,火灾无情。作为一名消防员,你必须明白这个道理。"

王指导员这么一说,马云鹏心里舒服多了,他感知到了指导员只是对事不对人,对他没有任何偏见。他向王指导员保证说,他必须上山,不会拖累中队,还要给自己班进行后勤保障。王指导员一听,竖起大拇指说:"好小子!"

在林子里走了个把小时后,马云鹏实在走不动了。王指导员走近他,说要替他背一会儿背囊。因为解开了心里的疙瘩,马云鹏也没有客气。来到火场,王指导员说,晕车那么严重,真没想到你能上来,好样的。以后慢慢适应就好了。马云鹏还发现,火场上,王指导员特别关心每个消防员的安全,会时刻洞察和考虑他们的心理状况。

打完这场火,回到营区的第二天,他们又投入到另一个火场进行战斗。这次打火,马云鹏做了充分的准备,特别是针对自己的晕车采取了有效措施。没有晕车的他,身体状况好,心理调整到了最佳状态。有了最佳的心理状态,似乎可以战胜一切困难。

马云鹏告诉我说,即使自己学了心理学,依然需要进行心理调节,其他消防员就更不用说了。本来奇乾就是个"林海孤岛",中队队员们远离家乡和亲人不说,还要长期面对孤独与寂寞。孤独并不可怕,但要正确认识和对待孤独,如果不会调节自己的心理,可能就会被孤独打败。另外,在火场上,消防员需要面对大火、高温、浓烟、爆炸等危险,同时还要处理各种紧急情况,这些因素会对消防员的心理产生巨大的压力。如果这些压力得不到及时疏导和缓解，也会让消防员产生巨大的心理负担，所以沟通与交流在消防工作中同样扮演着重要的角色。在火场上，消防员需要与指挥中心、现场人员等各方面保持密切的沟通与协作，良好的沟通技巧可以确保信息的准确传递和决策的及时执行。

要成为一名合格的消防员，必须要有饱满的精神状态和过硬的心理素质。基于这样的认识，马云鹏也竭尽所能地为中队队员的心理建设做点事。刚到中队时，他分到了战斗一班，带他的一个老消防员叫智赛，是副班长（现在调到了后勤保障班）。当年年底，中队进行评优评先，战斗一班要选出三个优秀消防员。当时班长高凯凯休假了，智赛组织评选。他觉得很为难，有自己的顾虑。马云鹏看出了他的顾虑，主动与他交流沟通。

马云鹏说："班副，什么事这么闷闷不乐呢？"

智赛说："这个评优的事，我有顾虑。"

马云鹏问："有啥顾虑？"

智赛说："班长说我勤勤恳恳工作了两年，应该得个优秀，要给我评个优秀。但包敏捷考学提干了，如果今年不得优秀，以后就没机会了，他得了这个优秀，没准对他以后上学有帮助。还有一个即将退出消防队伍的老消防员，他干了五年都没得过优秀，我觉得应该给他一个。班长劳苦功高，没准明年也要退出消防队伍，我也想给他一个。"

马云鹏明白了智赛的困惑与纠结之处，他立即帮智赛分析其中的利弊。他说，评上优秀虽然是对一个消防员工作成绩的充分肯定,但这并不是工作的本质,并不代表中队所有人对你的认可。如果你选择了你的队友而没有选择自己,这个决定可能是你这辈子最难忘的一个决定。如果你得了这个优秀,你这辈子可能都会记得自己得过一个优秀奖励。如果你让给队友了,你的队友会记得你一辈子,因为他的这个优秀与你的谦让有关。每个人都会有遗憾,如果他们没得,他们的遗憾会比你的更大,因为你还在队伍里,他们将不在这个队伍里了。你继续努力奋斗,可以在明年后年再得,可他们永远没有在奇乾再努力奋斗的时间了。你作为班副,主动让贤,领导会看好你,认为你有大局意识,能统筹班里的人和事。队友呢,更不会因为你没有得优秀而看低你,相反,还会更加敬佩你。马云鹏说了一大堆,说得很现实,也很动情。智赛忧虑的脸上露出笑容。智赛释怀了,他说:"没错,每个人可能都会有遗憾,但我不想让他们留下遗憾。"

前不久班里分来了新消防员王文韬,班长让马云鹏好好带带。马云鹏发现王文韬比较失落,总是埋怨说这里偏远,条件差,太寂寞。这跟他来奇乾时有点类似,对奇乾有抱怨。

王文韬对马云鹏说:"奇乾这地方太苦,太孤独,跟我想象的不一样。"

马云鹏有些严肃地对王文韬说:"那你想象的消防队伍是什么样?你想象的奇乾中队又是什么样?训练环境特别好?设施设备特别完善?食堂还有阿姨收拾卫生?室内有游泳池?还让你周六周日上街溜达?还让你天天躺在床上啥也不干?如果你这样理解,那你就太幼稚了。在咱们中队,最老的队员在这里待了十四年了,依次往下，哪个不是几年到十几年。大家为什么能待在这里？为什么能待这么多年？我告诉你，大家刚来的时候确实都跟你一样，但大家对奇乾抱以热情与真诚，渐渐地融入了这片土地，与这里的动物、植物，甚至河流都有了不可分割的情感。"

王文韬说："我懂了。"

马云鹏问："你懂啥了？"

王文韬说："我其实是一个性格挺要强的人，从小到大都在不断适应新环境，但奇乾绝对是我到过的最远最苦的地方。"

马云鹏说："既然你适应能力强，你就要努力去适应。强者从来不抱怨环境。"

渐渐地，王文韬变得开朗起来，也渐渐融入了奇乾。

马云鹏认为，虽然考消防员时都会进行心理测试，看是不是有心理问题，也确实有没过关退出的，但人的心理是随着时间和环境发生变化的，不少队员或多或少会出现心理方面的问题，所以促进队员的心理健康也是中队的重要工作。

马云鹏善谈，说起来滔滔不绝。

他的见解，让我更深刻地认识了奇乾中队这支英雄队伍，他们相互鼓励，互相关照，寂寞而又坚强。

我性格内向，但对生活充满向往

汤庆丰从未想过自己会成为一名消防员，还守着大兴安岭的一片林子。

他性格内向，是个只会闷头做事的人。

那天清晨，阳光依然温暖地洒在大兴安岭。跑步回到营区后，有的消防员在打篮球，有的消防员在打扫营区卫生，呆瓜、七月也在营区或行走或奔跑，与早起的"队友"们打着招呼。不远处的训练场上，一个高大魁梧的身影正在忙碌。我走过去一打听，忙碌的消防员正是汤庆丰。为了确保队员训练安全，他正在检查、维修训练器材。他是战斗一班的消防员，同时还是王震班长的助手——帮助烧锅炉、维修和制作训练器材。

他是黑龙江哈尔滨人，16岁就开始在外打拼。先在北京学木匠，由于年轻不懂事，做事不着调，最终没能坚持下来。后来一个亲戚带着他在吉林长春学电梯安装和维修。一年后，埋头苦干的他从背工具、递工具的学徒变成了师傅，自己也开始带徒弟。手艺更精了，工资自然也跟着涨。但他还是不满足，又改学氩弧焊。2020年临近春耕时节，他跟着一个朋友来内蒙古牙克石玩，看到大片大片肥沃的土地和不少农户贴出的招聘广告，他心里有些激动。最后，他决定辞去长春的工作，在这里当一名农机驾驶操作员。他来到了农户李叔家，开着农用拖拉机，在大片的土地上奔驰，帮着李叔种土豆。

话不多、人实在、干活踏实的汤庆丰，很快就得到了李叔的高度认可。李叔总会跟邻居说，咱家招的那个小伙子真是不错，吃苦耐劳、踏实肯干，真是帮了大忙。邻居也总是投来羡慕的眼光，说他找了一个好帮手。

紧张忙碌两个月后，他从朋友那儿听到招录消防员的消息。他问朋友，当消防员是不是跟当兵差不多。朋友告诉他，消防员也是军事化管理，跟军人一样，也是保家卫国。其实他一直有当兵的梦想，只是没有如愿，听朋友这么一说，他决定报考消防员。问题也随之而来，他想从内蒙古报考，但他的户口不在这里，需要得到相关的证明。他在李叔家打工，需要李叔的证明。他开始担忧，怕李叔为难。但当他把情况跟李叔说起时，李叔就像自己儿子要当消防员一样，非常高兴，立即拿出自家的房产证和户口簿作为证明材料，让他去报名。经过体能测试以及体检等环节后，他顺利成为内蒙古森林消防的一分子。

性格内向的汤庆丰，面对紧张严肃的生活、枯燥的学习和训练，以及突然与外面失去了联系，尤其是与亲人朋友失去了联系，变得孤独而犹豫起来。还要不要待在这里？要不回牙克石种地算了，或者回长春继续安装和维修电梯。他心里不断在打鼓。学习时他开始走神，训练也开始掉队。

新兵连班长看出了他的心思，跟他做起了思想工作。

班长说："跟其他人相比，你的经历算是丰富的。我相信你来当消防员，也不是心血来潮，一定是经过仔细思考后的慎重选择。选择当森林消防，肯定不只是为了挣钱养家糊口，还有自己的梦想与追求。"又问他："你的梦想是什么？"

汤庆丰说："我的梦想是当兵。18岁那年我就想着去当兵，但因为我是家中独子，父母不同意，最终没去成，留下了遗憾。"

班长说："现在不遗憾了呀，消防员跟当兵性质差不多。再说了，你来当消防员，也不只是你一个人的选择与荣耀呀，这也是你全家的选择，是你亲戚朋友的荣耀啊。"

听班长这么一说，汤庆丰开始反思与内疚起来。别人能坚持，为什么自己不能？来了可不能临阵脱逃，那是逃兵。恰在此时，奇乾中队指导员王德朋来总队给新兵上课，讲奇乾中队的历史，讲这里的人和事，听着听着，汤庆丰深受感动。

刚坐上从呼和浩特去大兴安岭的绿皮火车时，汤庆丰还不知道自己会被分到哪个大队。因为不知前路，他心里一直不踏实。直到带队干部告诉他们，是去莫尔道嘎时，他才踏实地睡着了。他们是在莫尔道嘎过的"七一"。大队长挨个问他们，想去山上还是山下。问到汤庆丰时，他毫不犹豫地说，他想去王指导员那里。来到奇乾中队，他被分到了战斗一班并很快就适应了奇乾的生活。很快，他会维修的特长就显露出来。没事时，他总会主动修修门把手和水龙头，还帮着王震老班长烧锅炉、维修锅炉。

2022年冬天，汤庆丰被正式确定为中队的锅炉员之一。烧锅炉是中队一项非常重要的工作，在奇乾中队，选锅炉员也非常严格和谨慎。一般先由每个班推出一名候选人，中队再对候选人进行考察、选择。冬天有四个人烧锅炉，两个人一组。每天早上五点左右，汤庆丰他们就起床，烧第一炉。主要是为了保证队员们起床时，暖气已烧得热乎。接着中午烧一炉，下午四点半烧一炉，晚上点名后烧一炉，凌晨一点再烧一炉。到清晨五点左右，另一组会来接替他们。

烧锅炉时，整晚不能睡觉。炉里要上水，要保障锅炉正常运行，必须一直在那里看着。在寒冬里，平均每十分钟需加一次煤。一旦暖气停了，管道就会被冻住，管道被冻，中队就要遭罪。一次，往楼里供水的水管不知道被谁关掉了，导致中队水管停水，被冻住了。汤庆丰他们一直在锅炉房烧着，并不知情。得知情况后，王震班长带着他迅速抢修——如果不及时修好，水管会越冻越严重。他们把冻坏的管子卸下来，换上新的。没有冻坏的管子，他们就拿火烤，用热水浇，将管子里的冰融化。

不烧锅炉时，汤庆丰就负责中队的一些维修和工具制作工作。一次，中队需要火场心理行为训练架，但一时半会儿购买不到，动手制作这一重任又落到了他肩上。中队购买了材料和拼装用的工具，从下料、焊接、刷漆，到最后投入使用，他用了一个月时间——原来的电梯安装和维修技术，以及氩弧焊技术，都派上了用场。营区的训练器材，还有灭火用的矮墙、云梯、绳结架子等，甚至包括足球场的球门，都是他制作的。可以说，中队的任何一件器具，只要是能够自己动手制作的，他都会自己制作。

夏天基本不用烧锅炉，他就把更多的精力放在训练上。"我的体能和专业训练都不能落下，因为我是一名消防员，我同样需要上火场。"汤庆丰始终保持理性，始终没有忘记一名消防员要具备的基本素养。

他已经休过四次假了，也找了女朋友，是家人介绍的，是哈尔滨人。他很坦诚，刚与女友接触时，就讲明了自己的工作性质，告诉她会离多聚少，不能照顾她，也不能照顾家庭。女友表示理解，可以接受。他们已经谈了一年多了。晚上休息时，他总会与女友视频聊天，唠唠嗑，说说有趣的故事，倾诉心中的烦恼。他们已经在哈尔滨城区买了房子，打算明年结婚。

"奇乾虽然遥远而孤独，但这里的工作相对稳定，队员之间也相处融洽，在这里没有外面职场的那种钩心斗角。"汤庆丰说，"在奇乾的工作很平常，也没有轰轰烈烈的事迹。虽然我性格内向，但我对生活充满向往。我认为，我来牙克石来对了，改变了我的人生轨迹。"

或许，正是他的这种质朴与平实，蕴藏着平安与美好。而这种平安与美好，不仅属于大兴安岭，更属于所有消防队员。

这不是简单的重复

"儿子，要不你去报名当消防员吧！"父亲说。

"当消防员？"这多少有些让儿子吃惊。

父亲笑着说："是的，现在正在招消防员，退伍兵优先，你可以去试试。"

四年前选择当兵是自己的主意，当时父母还不太同意，是自己的坚持改变了他们的态度。但毕竟自己退伍两年了，现在已经在一家快餐店当店长，已经完全融入了社会。还有，自己是家中独生子，他觉得应该尽可能地留在父母身边，陪伴他们，照顾他们。

"虽然你在快餐店当店长，挣的也不算少，但就算有一天你干到区域经理，或是当上总经理，说到底还是打工，归属感和职业荣誉感不强。"看着儿子犹豫,父亲马上鼓动说,"但你当了消防员就不一样了,一是还像当兵那样为国家作贡献,二是也有职业荣誉感。"

听父亲这么一说,儿子脸上先是露出笑容,而后流下了感动的泪水。再次逐梦,这不是简单的重复,而是青春的升华,是缘于对军营的崇敬和怀念。

这是2019年9月的一天,仇志江与他父亲交流的一幕。

1998年出生的仇志江来自呼和浩特,是中队卫生员,是一名退伍兵。他性格外向,比较健谈,从小就喜欢运动。2015年高中毕业后,他就选择了当兵,当的是武警,驻地在鄂尔多斯。新兵下连后,有的战友选择走班长骨干的路子,有的选择当炊事员,有的选择学驾驶技术……当时他有留队的打算,想学一门技术。可能是家里开驾校,天天看车的缘故,从小他就对车没有太大兴趣,就选择了当卫生员。在总队武警医院培训了半年,学了医疗卫生常识,学了常见病的预防,还学了战伤救护。学成后,回到中队当起了卫生员。可是2017年年底武警部队改革,他们支队士官超编,他没能留队。为此,他还哭了一场。他爸爸知道情况后,就安慰他说,响应国家号召入伍是奉献,响应国家号召退伍也是奉献。回到家,他第一年帮家里干活,第二年在快餐店打工,从普通员工干到了店长。当上了店长,但卫生员的知识却荒废了。

仇志江说:"为什么招消防员退伍兵能优先?因为我们的体能和素质摆在那儿了。"他很顺利地通过了考核,先是在呼和浩特培训了半年,然后就是下连。虽然消防不再列武警部队序列,但是按准军事化、准现役的标准管理。因为喜欢部队，因为经历过一次，他并没有觉得有多苦有多难。

新训快结束的时候，他跟负责新训的指导员说："把我分到奇乾中队去吧。"

指导员劝他："在大兴安岭支队，随便分到哪个中队，都不可能有奇乾中队那么远，你还是谨慎考虑一下吧。"

仇志江说："既然来到了大兴安岭，就去最远的中队吧。"

他没想到，来奇乾还真挺费劲的。从呼和浩特出发，坐了整整两天的火车。

"整节车厢都是我们的人，非常热闹，我就靠着座椅睡了两天。先到的牙克石，接着到莫尔道嘎，最后来到奇乾。"他说。

来到奇乾后，中队对每一个退伍兵都进行了摸底，统计他们当兵时所学的专业。跟仇志江一批来到中队的一共有三十人，包括他在内共十个退伍兵。

指导员王德朋对他们退伍兵说："欢迎你们回到营区，再次为国家作贡献。虽然消防不再是部队序列，但这里还有着浓浓的军营味。我们过去是战友，现在还是战友。"

王指导员还对仇志江说："中队老卫生员已经退伍了，你捡起自己的老本行吧。"

他没有犹豫。"我必须抓住机会，把以前学过的知识拿出来，做到真正的学以致用。于是，我接过了卫生员专用的医药箱。我摸着医药箱，感觉是如此陌生而又熟悉。我把中队卫生室重新整理了一番，采购了日常所需的各种药品。"他告诉我说。

奇乾中队没有战伤，训练伤也比较少，仇志江的主要工作是治疗冻伤和常见病。大兴安岭的年平均气温在零下一二十摄氏度，最冷的时候有零下五十几摄氏度。2020年刚一入冬，气温就降到了零下42摄氏度。林子里全是雪和干枯的树枝。这里的风没有呼和浩特的大，但温度比那里低。在训练和干活时，很多队员的手脚和脸都出现了冻伤。仇志江储备了足够多的防冻的油和药，有个"开裂王"，是指战员们用得最多的药。这个药主要成分是芦荟胶，效果非常好。因为温度过低，感冒发烧的比较多，用得最多的就是抗感冒的药，还有消炎的药。

大兴安岭夏天的风景特别好，百花盛开，生机盎然。但这里毕竟是原始森林，夏天蚊虫多，最可怕的是草爬子。草爬子有白色的，也有黑色的，喜欢爬在树叶上、树枝上、草根上。队员们以及营区附近标段项目工程部的工作人员，被咬后都会第一时间来找仇志江。如果被咬的时间还不长，他就会用镊子把草爬子取出来，如果它整个身子都钻到肉里去了，就要把皮肤切开一点，再取出来——尽量不给被咬人员造成过大的创伤。每年开春之前，所有指战员都会打森林脑炎疫苗，主要是针对草爬子叮咬，增强免疫力。其他的，像蚊子、瞎蠓、小咬等，虽然没毒，但咬起来挺烦人。大兴安岭的蚊子其实不算大，但是成群结队地来。只要走出营房的楼门，它们就叮上你了。在林子里待一会儿，总会被它们咬上七八个包。被咬后，也只能靠清凉油止止痒。为此，一开春，仇志江就会采购一批清凉油，配发给每一位指战员。为了不让蚊虫进到屋内，2020年营区改造时，中队给房间装上了纱窗。即使这样，也不能完全把它们阻挡住,所以一到晚上,大家就尽量少开灯——它们喜欢往有光的地方聚集。

作为中队卫生员,仇志江的另一项重要任务就是在火场巡诊。他说,打火时,卫生员必须紧随队伍,随叫随到,坚持巡诊,确保指战员的安全。

2020年7月2日下午,中队刚刚吃完晚饭,就接到了一级战备的通知。队员们还没来得及刷盘子,就登车出发了。仇志江背着背囊,提着医药箱,跟着保障车一起奔赴火场。背囊里,放的是给养;医药箱里,放了一些常见的关节扭伤的膏药,还有大量的生理盐水——主要是担心队员们在打火过程中体力透支,还有少量的葡萄糖注射液,以及纱布、绷带、碘伏和酒精。

打火的队员是第一梯队,保障给养的队员是第二梯队。仇志江在第二梯队。车子在公路上走了三个多小时后,远远看到了森林里的火光。下车的地方到火场只隔了两座山,没想到为了翻过这两座山,他们徒步行军走了四个多小时。那是仇志江第一次参加打火,也是第一次正儿八经地在原始森林里穿梭。看着脚下是厚厚的落叶,开始以为很好走,但踩在上面就像踩在海绵垫子上一样,陷了下去。于是,越走越不踏实,越走心里越担心。他原来当武警时,也进行过野营拉练、徒步行军,但也没这么艰难和辛苦。徒步行军很费劲,走得很慢。大家一边喊话,一边跟着走。前面的队员问后面的跟上没有,后面的队员必须回应,跟上了,还是没跟上。如果没有跟上,前面的就要等一等。

"说实话,徒步行军虽然累,但不紧张,因为人多,大家互相叫喊着、响应着，热火朝天的。没劲了、走不动的时候，总会有队员过来拽一下、推一把。我则会提醒大家，注意补充饮用水和给养。"仇志江表现的是一个军人的乐观。

没有月光，林子里的夜晚一团漆黑。中队给每个人都配备了头灯，可能是因为第一次上山打火，经验不足，徒步行军的时候，仇志江才发生自己的头灯电量不多了。他很着急，生怕掉队，只有紧跟着前面的队员，借助他们头灯的光亮往前赶。

凌晨一点多，他们赶到了火场。火光特别大，火焰特别高，都烧到树冠了。虽然仇志江是退伍兵，也见过一些场面，但他还是被眼前的场景震撼了。热气扑脸，他感受到了灼热感。同时，他感受到了危险。调整之后，战斗班就开始战斗了。那场火不算大，也相对安全，打到早晨六点，基本就控制住了，人员没有损伤。作为卫生员，仇志江的主要收获是对于打火给养的配备和消耗有了切身的认识和理解。虽然徒步行军和打火时消耗很大，特别是大量水分的消耗，但大家只能小口小口吃东西、小口小口地喝水。再累再渴，都只能这样。一定要忍耐，要克制。

"大兴安岭今年雨水多，到目前还没有出现过火灾，但队员们的训练和准备并没有放松。开春的时候，我给每个队员重新配发了一个小医药包。先是把去年的收上来，重新检查，看看里面放的阿莫西林、阿奇霉素片、藿香正气水、金嗓子喉片、创可贴、烫伤膏等17种药品，有多少到期了，有多少用完了。再把所有的备用药补充好，然后分发给大家。这些药主要治疗烫伤、烧伤，常见外伤，蚊虫叮咬，还有感冒、中暑、嗓子疼等。这与我原来在武警部队当卫生员不一样,那时见得最多的就是半月板损伤、腰肌劳损,以及骨折。"仇志江说。

在一些人的印象中,和平年代部队卫生员可能是个比较清闲的职位,但在准军事化管理的消防队伍就不是这样。到林子里打火时,仇志江要背着背囊,还要提着大约15斤重的医药箱。徒步行军时,他身上的重量不比战斗班队员轻,甚至还要重。这就意味着他在训练时要付出更多的心血,不能当火场出现伤员时他还没能赶到火场,或者是赶到了火场,自己却累倒了。所以平常他也住在战斗班,跟着他们一起做早操,进行体能训练。不能打折扣,打折扣就是对队友不负责任,就是对生命的不敬畏。

在奇乾,除了工作,生活非常单调。这里最大的特点就是安静。这种安静,让你听得见雪花飘落的声音,会淹没你一切的私心杂念。在快餐店当店长时,事太多,心太浮,根本静不下来,仇志江几乎从未看过书。到了这里,他什么书都看,但看得最多的还是小说。他最喜欢看的是魔幻小说《龙族》,从引人入胜的故事看得出,作者非常有才华。

"去年我还把四大名著看完了,《西游记》《三国演义》《水浒传》通俗易懂,故事也非常精彩,但《红楼梦》没看懂。我知道,这跟我的文化水平不高、跟我的人生境界不高有关系。我打算今年继续读《红楼梦》,争取把它看懂。其实只要真正能够静下心来,就一定能看得进书。我想,如果我再回到呼和浩特,哪怕在闹市区,我也能安心看书了。"仇志江说。

智赛当兵与爷爷的影响密不可分。

爷爷参加过抗美援朝，小的时候就听他说起过。智赛知道，爷爷打过枪，扛过弹药，搞过后勤保障。爷爷还告诉他，那里每天天上地上都是炮弹，一起参军的很多战友最后都没能再回家。受爷爷影响，爸爸也曾想当兵，但由于各种原因，最终没有去成。爸爸的梦想，最后寄托在了智赛身上。

智赛圆了父亲和自己的梦想，他来到北京卫戍区，成为一名警卫战士。这是一支具有优良传统的部队，长期跟随党中央、中央军委转战南北，在不同历史时期涌现出大批英模典型。

2019年9月智赛退伍，回到内蒙古包头后，他面临两个选择，一是在包头本地找个工作，二是选择报考消防员。是否报考消防员？他犹豫了。我问他为什么犹豫。他说，他刚退出现役，现在又报考消防员，相当于二次入伍。如果只是从去部队锻炼锻炼自己的角度考虑，他在北京卫戍区已经得到锻炼了，没必要再去当消防员了。从这方面看，他是犹豫的。但有一个现实情况——退伍时，他觉得凭着自己的勤劳、勇气和拼搏，应该能干一番事业，可退伍回到家里后，他发现自己和现实社会有点脱节，一下子不能适应社会。后来一想，消防员虽然是准军事化管理，但毕竟已经职业化了，也是可供当下青年人选择的一项职业，于是便下决心报考消防员。

来奇乾前，智赛知道奇乾，但不知道莫尔道嘎，更不知道奇乾就在莫尔道嘎。他们来到莫尔道嘎时，奇乾中队中队长问他们，谁愿意来奇乾。智赛马上举手。他觉得自己是一名退伍兵，应该去艰苦的地方，应该起个带头作用。看着他举手，其他人都跟着举手。他第二天就上山了，被分到战斗一班。在这里，他头一次感受到手机没有信号是如何不方便，头一次看到这么大这么美的林子。

虽然是退伍兵，但中队的老消防员始终把他当新人对待，不仅嘘寒问暖，还进行心理疏导。特别是打火时，更是让他感受到奇乾的温暖与力量，也让他认识到自己的差距和不足。

来到中队后不久，他第一次参加打火。是晚上九点多到的火场附近，当时看着远处，感觉还是小火苗。但当他们经过七个小时的急行军来到火场后，火越来越大。一上火场，班长和老消防员就冲在了最前面。智赛背着背囊，跟在后面。看着火那么大，他又累又害怕，体力还跟不上。作为一名退伍兵，他觉得很内疚。

没过多久，智赛第二次参加打火。这场火比上一场要大，中队在火场驻扎的天数要多。他们是上午接到命令的。接到命令，就立即出发，顶着烈日往火场赶。有了第一次打火的经验，智赛不再害怕和茫然了，知道自己在火场应该做什么了。他们来到火场边缘，班长和老消防员冲在前面扑打，智赛把背囊放下来，拿着二号工具跟着他们，把烟点扑灭。

第二天，各班都没水了，指导员就安排每个班出一个队员，组成攻坚小组，下山找水。班长让智赛下山找水，还给他安排了另一个任务，把放在集结点的背囊背上山。找到水源后，他们自己先喝饱，再将水桶装满。要带上山的背囊有60斤重，装满水的水桶有50斤重，他背上背着背囊，前面挂着水桶，咬着牙，往山上走。当时他只有一个信念，班里的队友又渴又饿，就是一步一步挪，也要把这些东西带回去。等他们回到火线时，已是下午，一找到班级，他就瘫倒了。

两次打火，智赛都深刻感受到体能对于一个消防员的重要性。他决定改变自己，从体能训练入手——下午跟着中队一起锻炼，晚上自己加码锻炼。每到周末，他还会背着背囊自己测试负重五公里，检验训练成果。坚持了三个月后，他从以前及格成绩上升到21分20秒。一次中队集体测试负重五公里，他是扛旗手，在最前面领跑。从头至尾，他始终手握铁杆，扛着旗子跑在最前面。虽然中午吃饭时，他的手都拿不住筷子了，但却用实力证明了自己。他既激动又自豪，觉得自己是一名真正的奇乾人了。

但让智赛意想不到的事发生了。可能是他给自己规划的训练不科学，他的膝盖韧带拉伤了。中队长跟他谈话，建议他从战斗班退出来，去炊事班。

他心有不甘，便跟中队长说："我还能跑。"

中队长说："火场如战场，没有情面可讲。你要朝长远看，你会较长时间在消防队伍干，不能因为一时的想法，让自己的身体造成永久性的伤病。"

他非常不甘地来到炊事班。一段时间后，他逐渐在炊事班找到了自己的定位。其实他在上学时就跟妈妈说过，自己想做厨师，但妈妈不同意，他就报了电焊专业。他又重新燃起学生时代的想法，干起了炊事班的工作——配菜，同时负责做饭前的所有准备工作。但他并没有放弃训练。白天炊事班很忙，他就选择早上训练。

"为什么坚持训练？"我问他。

"大家都很优秀，虽然我不能像训练尖子那样，但体能不能落下。如果自己止步不前，作为一名奇乾人，我会惶恐。"智赛说，"其实不论在战斗班，还是在炊事班，只要积极向上，自己不颓废，就能找到属于自己的舞台，找到来奇乾的意义。"这是他的回答。

刚开始我以为智赛不太善谈，没想到话匣子打开，全是故事。他是个乐观向上的小伙子。

战斗四班驾驶员于精瑞也是一名退伍兵，有着与仇志江同样的经历与感受。他说，他老家在内蒙古通辽，2013年入伍，2018年退伍。在部队当兵五年，开了将近五年装甲拖挂车。在部队这五年的锻炼对他的改变非常大，主要是改变了原来在社会上沾染的一些不良习气，多了一份责任和担当，还从以前的唯唯诺诺变得刚毅了。退伍后，他在家开了一年大货车，虽然钱也没少挣，但总觉得这不是他最满意的职业。他女朋友是初中的政治老师，对职业有着她自己的理解与看法。她跟于精瑞说，跑大货车是能挣钱，但这个行业不怎么稳定，还是个高危职业。

于精瑞准备报考消防员时，和女朋友商量："现在正在招消防员，要不我报个名？只是可能会两地分居，也不能好好照顾家里。"

女朋友说："这点困难还是可以克服的。"

于是他来到了大兴安岭，来到了奇乾。这里的气候跟他老家的差不多，只是冬天来得早一点，冷一点，他完全能够适应。最开始，他跟着一个"任驾"的班长做副驾，开的是平板运输车，运履带式装甲车的。相对普通的大车，这个车要宽，非常好开。2021

年他开始正式"任驾"。

于精瑞说,最难忘的是第二次上火场。那是 2020 年 7 月 13 日,他们开车去的"零公里",又从"零公里"乘直升机进的火场。当时他还不是"任驾",是以消防员的身份参加打火。他负责背油桶,给机具加油。后来跟一个队友替换,队友背油桶,他背风机。风机没有油桶重,但打火的时候高温烤得人难受。他以为拿风机打火挺简单,但跟着班长打了一会儿火后,他就感觉累。特别是被高温烤得难受。虽然他们穿着耐高温的防火服,戴着防火手套等,但仍感觉手快要被烤熟了。当时他们负责西侧火线,他打了将近 500 米的火线,喝了 4 瓶矿泉水,水分消耗特别严重。打完火后,班长又带着他们挖隔离带。班长还告诉他们如何避开火场的站杆倒木,告诉他们如何选择安全地点宿营。在火场待了三天两晚后,他们的水喝完了,于是,又下山找水源。

在上火场时,不知何时,他发现右脚的鞋子里硌得慌,是掉进了一颗石子,有黄豆那么大。当时他感觉到了疼痛,但是感觉不会有大碍,没太当回事,又怕在急行军时掉队,不敢停下来。一到火场,他们就紧张地打起火来,打着打着,他忘记了疼痛,也忘记了鞋子里的石子。等到中队跟其他单位在火场合围时,他才再次感到右脚的疼痛。脱下鞋子一看,鞋子里全是血迹。在消防队伍、在部队,这样的现象很正常。部队里有句话叫"流血流汗不流泪,掉皮掉肉不掉队"。在部队当兵时,连长就跟他们讲过一些故事。一天早上,天安门国旗护卫队举行升旗仪式,在这个过程中,一颗钉子扎进了一个战士的鞋子里。这个战士忍着巨大的疼痛,面不改色地完成了升旗仪式。这不是谁勇敢不勇敢的事，不是谁伟大不伟大的事，他想，无论哪个战士碰到，都会这样选择。可能这就是大局意识、国家荣誉感吧。"虽然我老家没有森林，只有草原，但这里的气候和生活习惯都跟老家差不多。在大兴安岭深处，无论是谁，作为个体的生命，都是很渺小的。我喜欢音乐，爱听歌。当我沉浸在音乐之中的时候，我觉得大兴安岭变成了我心灵的一部分。"于精瑞眺望林子深处，眼神里充满着迷恋。

在奇乾中队，以退伍兵身份加入消防队伍的，肯定不止仇志江、智赛和于精瑞，以后也会越来越多。他们是中国数以万计的退伍兵的缩影，他们不忘初心，走向辽阔。

寻找价值

"我觉得，我的大兴安岭之旅，是一个95后对当下青年之价值的理解与寻找的一个过程！"赵全福的开场白让我眼前一亮。

圆圆的脸蛋，灿烂的笑容，个头不高，但沉稳干练。他是中队文书，来自内蒙古兴安盟扎赉特旗，蒙古族。

他说："岁月静好，是因为有人替你负重前行。我愿做那个负重前行的人。我觉得人嘛，特别是当下青年，不应该生活得太安逸太舒适，而应该去寻找属于自己的价值。"高中毕业时，他就想去当兵、保家卫国，觉得这是一种人生价值的体现。但是他左侧胯部有个囊肿，做了手术，医生说最好三年之内不要做太剧烈的运动，因为骨头需要恢复生长。后来，他上了大学，学的铁道供电技术。大学毕业时，刚好消防队伍改制，要招录消防员。他想，虽然消防员不再属于军队序列，但从保家卫国来说，本质是一样的，人生的价值目标也是一样的。于是他报考了消防员。由于手术后一直处于恢复阶段，体质比较差，所以在第一关体能考核时就被淘汰了。失败不要紧，只要你不放弃，总会有机会。为了实现自己的人生价值，他坚持跑步，每天五公里，雷打不动。还上健身房练习器械，整整练了一年。

2020年底，他再次报考消防员。体能考核时，耐力跑1000米、原地垂直跳跃、立定跳远、单杠引体向上、俯卧撑、10米×4往返跑，所有的成绩都达到了9分。这次他如愿以偿。在内蒙古森林消防总队集训时，新训的中队长问过他，如果推荐他去奇乾，他去不去。他说，去。中队长问他原因。他说，他来当消防员不是来寻求安逸，而是来寻找更能体现价值的工作。奇乾偏远而艰苦，那里更能锻炼自己，能更好地实现自己的价值。

"实现价值，并不是为了一个什么目的，而只是一种人生的追求。人活在这个世界上，总要干些自己认为有价值的事情。"赵全福真诚而又坚定。

后来，他真的来到了莫尔道嘎，离奇乾越来越近了。

当妈妈知道这个消息后，对他说："儿子，你回来，不用干消防了，干点别的。"妈妈知道，不论是莫尔道嘎还是奇乾，都非常遥远。

他笑着对妈妈说："妈，来都来了，又跑回去，咱丢不起那人呀。再说，这不是男孩子应该来的地方吗？"

妈妈说："那就尊重你的决定吧。"

在莫尔道嘎大队，大队长问他，如果让你上山，跟其他人相比，你的优势在哪里。他说，因为家庭环境的影响，他从小到大都比较乐观。如果他上山的话，可能会更加积极乐观地面对工作和生活。大队长窃喜，这正是他们寻找的人。

意志再坚定的人，到奇乾都需要一个适应过程。2021年7月来到奇乾，来到一个完全陌生而寂静的环境，赵全福还是感受到了前所未有的压力。他在心里反思自己来这里的价值与意义。他有些动摇，他有些犹豫。一开始，他甚至晚上都无法入睡。他的床靠窗户，睡不着的时候，他就看窗外的星星。一边看着星星，一边陷入沉思。他想到了家人，想到了同学，想到了朋友，想到了国家，想到了民族，想到了大兴安岭。他想了好多好多，好像什么都想过，又好像什么都没有想。想着想着，他就睡着了。他不断在心里给自己鼓劲加油。他总是在心里说，自己很平凡，自己的工作也很平常，但因为与大兴安岭的关联，自己和自己的工作会被赋予更多更大的价值。或许这就是他的一种自我调整吧。渐渐地，他的压力释放了，他变得轻松自如起来。

他后来负责过中队接待，还在炊事班待过，现在他是中队的文书兼新闻报道员。无论在哪个岗位，他都能泰然而乐观地面对。无论在哪个岗位，他都当成是一次学习与锻炼，当成是实现人生价值的一种手段。

"我觉得，奇乾能让来这里的所有人，他们焦躁不安的心平静下来，最后全身心地融入这里。这与奇乾中队的人情味有很大关系。"赵全福说。

"人情味？"我有些疑惑。

他微笑着说："是的，人情味！在奇乾，温暖和人情无处不在，并且是一代又一代消防员传承下来的，形成了一股强大的暖流。所以来到这里的新消防员，不论你开始多么孤独、寂寞，最终都会获得在这里生存与生活的信心和勇气。"

他给我举了一个例子。2022年第三季度支队组织考核，正准备测试负重五公里时，突然下起了大雨。中队已经做好了各项准备工作，支队下来的考官也各就各位了。考官建议，下这么大的雨，要不不考了。中队所有指战员意见一致，集体回应，考。考官很激动，虽然他们心里不想让队员们淋雨，但消防队伍又不能缺少这种迎难而上的勇气与决心。整个中队，迎着大雨负重跑完了五公里。雨大，风也大。有跑得快的，也有跑得慢的。跑得快的没有一马当先，而是拖着跑得慢的继续向前。他们互相帮扶着，在雨中跑出了中队集体优秀的成绩。

赵全福说，正是这种力量，让奇乾具有无穷的战斗力。2023年8月6日，大兴安岭北部林区阿龙山镇阿北林场发生火灾，赵全福参加了打火战斗。他既是消防员，也是文书和报道员。他背着给养和设备，跟着队伍，来到了火场。虽然他没有在一线扑打，但作为一线的旁观者，他更加感受到中队的团结与力量。大家打火的时候，他就用摄像机记录影音，写好汇报材料，并负责向上级汇报。虽然当时网络没有信号，材料发不出去，但也要如实记录下来。看着队友们打火既艰辛又危险，他多么渴望自己也能上去扑打。特别是每次到了火场，队友们不是后退，而是往前冲，一打就是十多个小时。

他清楚地记得，一个油锯手跟他说："全福，我太累了，我闭一会儿眼，十分钟后一定记得叫我。"刚说完，他就听到了这个油锯手的呼噜声。他的眼眶瞬间湿润了，迅速拿起相机，记录下这动人的一幕。他生怕漏掉那些感人的瞬间。每次捕捉到感人的场面，他都更加觉得自己的工作有价值了。他觉得，只有上火场，经历血与火、生与死的考验，才能从一个新消防员蜕变成一个消防战士。

可贵的是，渐渐成长的赵全福还学会了独立思考。独立思考是一种能力，也是一种品质。这意味着，在面对问题时，他能够以自己的思维和判断去分析和解读。他告诉我说，面对困难，他不再慌神，不再抱怨，不再逃避，而是想着如何解决问题，如何把问题解决得更加妥善。

"如果你前年来跟我聊，我可能会有一肚子话要说，有很多烦恼，但现在觉得那些都不是事，变得平淡了。去年一个记者采访我，他说我很有想法，说的话特别客观，有见解，非要给我写篇稿子。他问我，有没有哪些瞬间让我感动和温暖。我跟他说，现在在奇乾中队，每一个瞬间都是温暖与开心的。他问我为什么。我告诉他，因为这里充满人情味，有人情，也有温暖，让我找到了存在的价值、生活的价值、奋斗的价值，所以我变得更加积极乐观。因为心情是甜的，所以不论是体能训练，还是专业训练，哪怕是打火，都是甜的。我还告诉他，不光现在的生活、工作是甜的，过去认为特别苦特别难受的训练和生活，现在看来也变成甜的了。"赵全福既是参与者，也是旁观者，他更能体会奇乾中队的可贵之处。

赵全福觉得，正因为中队的每个人都找到了自己存在的价值，所以才能真正融入这里。实现自我价值是待在这里最根本的理由。特别是转制之后，大家都在成长与蜕变。怎么与队员相处？怎么去开展工作？怎么去融入生活？大家都在摸索，都在成长。包括呆瓜也找到了它在这里存在的最大价值。它完全融入了这里的生活，连草爬子，它都已经完全免疫了，更不用说其他的蚊虫了。它不仅能辨别出每个队员的气味，为了守护营区，还会舍生忘死地与熊瞎子、狼和野猪等干仗。中队每次外出跑步时，它总会陪着一起跑。如果发现队伍前面有车过来，它会先跑过去把车拦下来。现在它年岁已高，加上有伤病，跑不动了，不再跟着跑步了。但它会在主楼的台阶上看着队员们跑步，看着他们跑出营房，等着他们跑回营房。

在奇乾，人与动物的情感是特殊的。就像呆瓜珍视消防员一样，消防员更加珍视这里的每一个生命。2023年冬的一天，赵全福到位于食堂后山林子里的垃圾场倒垃圾，七月跟着一起去的。他倒完垃圾正要返回，七月朝一个垃圾坑汪汪直叫。他回头一看，那个坑里有一只鹰，在那儿飞不动了。七月想去抓它，鹰一闪，七月没抓着。赵全福知道，鹰肯定是受伤了。他顺手拿起一只纸箱子，把鹰给扣里面了。鹰感觉到威胁，把纸箱子都挠破了。最后，他抓着鹰的两个翅膀，把它带回中队。听说有鹰受伤了，大家都跑过来，商量着如何治疗。他们首先分析了鹰受伤的原因。他们知道，后山垃圾场有一群乌鸦,那里是它们的领地。这里的乌鸦很大,大到鹰都不敢惹它们。估计是鹰来垃圾场找吃的,被乌鸦逮了个正着,受到了乌鸦的攻击。接着,他们察看了一下鹰的伤情。伤势并不严重。他们决定给它喂点吃的,让它恢复体力,再放生。他们拿肉给它,但它不吃。直到第二天,它可能确实饿了,才开始吃肉。放生鹰时,后山的乌鸦跟着起飞,追着鹰飞。他们并不担心,这样的故事,在野生动植物的天堂大兴安岭,每天都在发生。

"作为中队的报道员,我也想写写这里的故事,用纪实的手法。现在,我的逻辑是清晰的,故事也可信手拈来。但我没啥文学基础,目前还只能写点简单的新闻报道。"赵全福说,"我应该加强文学作品的阅读,争取写点文学作品。这对我来说可能是个挑战,但却很有价值,我要朝着这个方向努力。"

孤勇者

2023年腊月初。

"对奇乾不陌生吧?"总队领导问王强。

"不陌生!"王强回答道,"从当兵开始,听得最多的就是奇乾,那里不通电不通邮不通水。2016年我有幸去过一次,当时我就感受到了那里的精神面貌和氛围。我还记得,他们菜窖里的菜都摆得特别板正。"

王强刚届而立,老家在吉林白山。阳光帅气的他,时任内蒙古阿拉善盟森林消防大队额济纳旗中队副中队长。

"准备让你去奇乾中队当军事主官。让你去，有两个理由。其一，奇乾中队不仅是一支老队伍，还有着优良的传统，为保护大兴安岭的生态安全作出了巨大贡献，是咱们总队的一个明星单位。到那里任职的主官必须素质过硬，现在奇乾的指导员王德朋就是全国'人民满意的公务员'。其二，你是训练尖子、比武冠军，希望你去能更好地提升奇乾中队的训练和管理水平。"领导说，"你愿不愿意？"

"首长，我指定愿意！"坐得端正笔直的王强，声音洪亮地答道。

王强知道，组织上派他来奇乾中队，是对他这些年来工作和训练最大的肯定。

王强上大学时是师范生。在学校附近，有个解放军医院，每天看着出出进进的军人，看着军人的精神头、训练状态，他不仅羡慕，更是着迷。上完大三，正准备实习时，他向家里提出要去当兵。妈妈一听，急了。妈妈说，都实习了，马上成为一名教师了，还去当什么兵呢。但王强目标明确，思路清晰，他认准的事，就会义无反顾地去做。爸爸很理解儿子，对他说，你决定了就去吧，你妈妈的思想工作我来做。当时王强还比较胖，有180斤。为了能够尽快适应部队的生活，他每天在家跑步，坚持了一个月。

2015年9月，王强来到内蒙古森林消防队伍。在呼和浩特进行的新兵训练。相对于同批兵来说，王强年纪算大的。他也比其他新兵想得更多更远。每天在规定训练之外，他晚上都要去学习室偷偷加练三四十分钟。新兵下连时，他的三公里越野全新兵连第一。看王强训练刻苦、自觉性高，中队长把他带到了赤峰市森林消防支队巴林左旗中队。

其实王强不是一时逞能表现自己，他是想在那里长期干下去，在那里建功立业。考学，无疑是留队的最佳方式。当兵第二年，他打算考学，但超龄了。他有些沮丧，但并没有灰心。以后咋整呢？"学点技术吧！"他想。刚好中队有预提指挥士官培训，他被中队派去总队参加培训。回到巴林左旗中队后，他先是担任副班长，后来又担任班长。

2018年消防队伍转制前，王强参加了支队举办的一次比武。支队有个不成文的规矩，比武的前三名都记三等功。虽然他在器械上有点薄弱，最终只得了第四名，与三等功擦肩而过，但在他心里埋下了一颗希望的种子。转制时，不少战友选择了离开消防队伍，但他选择了留下，他还想搏一搏。他的决心感动了指导员。指导员对他说："王强，2019年初支队还要组织一个冬季大练兵考核，其他科目我不管，但你无论如何要拿到重装五公里第一。"随后，王强进入强化训练，上午练，下午练，晚上还练。他跑坏了中队仅有的两台跑步机。功夫不负有心人，他不仅重装五公里跑了第一，还是消防士综合成绩第一，被记个人三等功一次。他的斗志更加强烈，半年后参加总队"火焰蓝"比武，又获得了消防士综合成绩第一，又被记个人三等功一次。他越战越勇。随后代表总队参加森林消防队伍在云南昆明举办的首届"火焰蓝"专业技能尖子比武，又闯进了前十，再次被记个人三等功一次。

"火焰蓝"已经融入他的情感与生命。他想长期留在这个队伍里，还想更好地提升自己。考不了学，咋办？消防队伍改制后，要提干，必须参加"国考"，这是必经之路。于是他白天训练，晚上学习。2019年他就参加过"国考"，但因为训练，他精力不够，失利了。第二年，他继续参加考试。考试时间是11月29日。10月25日从云南比武回到巴林左旗后，只剩下一个月的时间了。他只得与时间赛跑。早上四点半起床背《申论》，晚上十一二点还在学《行政职业能力测验》，做题刷题，忙碌了整整一个月。

考试时，有两个小插曲。第一个是他走错了考场。由于在路上耽误了时间，他匆忙赶到时，走错楼了。等他来到正确的考场后，已经开考了。第二个是他的身份证差点过期了。进考场时，考官一查他的身份证，发现到期日期是2020年11月29日。考官对他说，小伙子，你挺幸运啊，要是再晚一天，你分数再高都没用，这场考试就作废了。幸运的是，有惊无险。最终分数比较理想，他考上了。

2021年12月，他去云南昆明培训。半年后，他回到内蒙古，回到巴林左旗任副中队长。他的初心没变，觉得担任中队干部后，更应该自觉加强训练。2023年8月下旬，他参加总队在牙克石举办的"火焰蓝"专业技能尖子大比武，来自总队7个单位的84名消防员参赛，围绕指挥技能、业务技能、应用体能三个类别展开角逐。他不仅四项个人科目均第一，还取得了中队副职综合成绩第一名的好成绩。一个月后，他又参加消防救援机动队伍2023年"火焰蓝"实战化比武。他在所有干部中综合成绩第一，并荣立个人二等功。

"这些年一路走来，确实很辛苦，但收获很大。消防队伍总会有新鲜的血液进来，他们向我请教，我会毫无保留地将自己的经验告诉大家。我还会跟他们说，这些年之所以一直以孤勇者姿态前行，也是为了这个集体，为了一种精神。消防员需要这种精神。"王强说。

王强是2023年腊月结婚的，妻子叫关晓晗，研究生毕业，老家在黑龙江齐齐哈尔，但在大庆当老师。结婚前，王强有言在先，嫁给消防员，注定聚少离多，缺少陪伴，如果突然联系不上，那肯定是有任务了。妻子有军人情结，理解和支持他的工作。虽然已经结婚了，但他们并没有买婚房，因为他们不知道，他们的家未来会安在哪个地方。

就在王强休婚假时，到奇乾中队任中队长的命令来了。

他对妻子说："要不跟我一起上山度个蜜月，看看新单位咋样？"

妻子说："好啊，我从来没到营区看过，那是我的一个梦想。"

他们是腊月二十九到达奇乾的。来到这里，妻子感慨万分，她对王强说："组织把你放到这里，是对你高度信任，你安心在这里工作，家里交给我。中队长也算是一家之主吧，要把兄弟们照顾好，不光要照顾他们的工作和生活，还要照顾他们的心理和情绪。"

王强跟妻子开玩笑说："你比我有境界，考虑问题也比我周到。"

很快，妻子就跟指战员打成一片。每天她都去帮炊事班炒菜，系上围裙，拿着大铲子，很像个专业厨师。除夕之夜，她与大家一起唱歌跳舞。她吃饭有点儿慢，往往她才刚刚开始吃，队员们就吃完了。但大家不好离开食堂，只好坐在桌边等着她吃完。王强不好意思，跟她说："你下次快点吃，要不早点去，不然大家都等着你。"妻子一听，朝四周看了看，发现大家都盯着她呢。

学校要过了正月十五才开学，她本来还可以多住几天的。

那天，王强对她说："指导员初六要休假，中队事情不少，我也不可能天天陪着你，要不你初七回家？"她虽然不舍，但还是同意了，答应初七回去，暑假的时候再来。

王强告诉我，来奇乾后，他工作的重心是抓体能和专业训练。抓训练前，首先要了解队员们的心灵世界。通过平时的观察与聊天，了解他们的情况。他自己当战士出身，知道他们心里想什么、渴望什么，并根据他们的性格"对症下药"。有的消防员性格暴躁，就不能以刚制刚，必须以情带兵。有的消防员性格柔弱，就让他们多上讲台讲话，给他们一个展现自己的机会，尽量让他们的性格变得开朗一些。他抓训练，不是眉毛胡子一把抓，而是根据每个人的起点、水平和身体状况，制订属于他们自己的训练计划。基础薄弱的，就先做一些基础性训练，不能直接上强度。可能是训练强度大，也可能是训练不是那么科学，不少队员腰椎和膝盖等都出了问题。他会针对伤情，做康复性训练。专业训练时，他会让中队优秀的教练员提前讲重点难点，告诉大家哪些地方容易犯错，要引起注意。他还倡导每个队员都写教案，写完后，队友之间互相检查，互相找漏洞。一定要查清楚，漏掉的内容是自己忘记写了，还是潜意识里没有认识到，这很重要。互相批阅手写教案后，再进行实操训练。

200米灭火障碍训练，主要是锤炼指战员在灭火救援任务中的心理素质和反应能力，强化实战中奔跑、跳跃、攀越、支撑、平衡、钻爬等综合技能。这个训练项目由高架速降、独木跨桥、横木翻越、塔头跳跃、峭壁吊绳、陡坡冲刺、密林匍匐、灌木穿网、翻山越岭、跨越沟渠共十组障碍物组成，训练过程中，他要求教练员细致讲解动作要领和注意事项，逐一演示，按照先基础、后复杂、再应用，先单个、后分段、再全程，先计时跑、后测试跑、再竞赛跑的方法步骤，逐步展开训练，逐渐加大训练强度。

"我经常跟队员讲，来奇乾必须有目标，不光是来打火，还可以考虑入党、考学、提干、学个技术，这都是人生目标。有了目标，才会找到在这个地方存在的意义。"王强说。

过完"五一"，王强就要去参加总队的一个运动会。这个运动会上有两个比武，一个是防火灭火专业的比武，一个是地震、山岳、水域的特种救援。

我预祝他再次取得佳绩。他说："不离不弃、不成不休，这是我的微信名。"

王强身上，始终散发着不服输的精气神。

布仁白拉也是奇乾中队的一位孤勇者。

他是战斗六班副班长，来自内蒙古通辽市科尔沁左翼后旗，蒙古族，消防改制后第四批来到奇乾的。虽然大学时喜爱体育运动,还经常参加运动会,但刚到奇乾时,他的体能不算太好,甚至一开始还跟不上。他知道,要在奇乾有所作为,首先思想素质要好,其次体能要过硬。老消防员带着他,手把手地教,加班加点地练。主要是加强野外负重行军、200米灭火障碍、专业技能综合竞技、综合体能竞技、400米携装突击个人项目五项训练。他天天练,每个科目一天要练好几遍,练多了,体能上来了,也熟能生巧了。

布仁白拉说,野外负重行军,必须着灭火防护服、不带鞋钉的全黑色运动鞋,戴防护作训帽,扎编织外腰带,戴号码布。还要背集成灭火背架,内置19式单兵宿营帐篷、鸭绒睡袋、充气睡垫,总重量不低于10公斤。这个项目主要考验耐力,时间长,最痛苦,必须咬牙坚持。200米灭火障碍,必须着灭火防护服、作训鞋,戴防护作训帽,扎编织外腰带,戴号码布,戴黑色防护手套。完成这个项目一是依靠熟练度,二是依靠爆发力。最难的是翻山越岭,要翻起轮胎,而轮胎有6米高。刚开始,他有些害怕,不敢翻——自己要爬到轮胎上,他有点恐高,怕摔下去。他只能先慢慢爬,慢慢练习,后来速度才越来越快。专业技能综合竞技,必须着灭火防护服、防护靴,戴防护头盔,扎编织外腰带。需要在220米距离内设置往返作业场地,从起点线开始,依次设置水龙带铺设区、点火器操作区、风力灭火机操作区、油锯操作区、水枪操作区、灭火弹投掷区6个区域。铺设水龙带,需要铺设90米,非常考验体力。点火器操作,首先要判断风向,迎面风可以直接点,顺风必须跑过去折返往回点。风力灭火机操作,锻炼扑打火头,必须从根部往上吹。油锯操作，主要考验油锯刀片是否平衡，要求锯断的站杆两边差距不超过一厘米。这取决于握油锯的方法，只有贴着腰边平着锯才行。水枪操作，主要考滋水的点是否一致。灭火弹投掷，主要考验准度。综合体能竞技，必须着长袖体能训练服、全黑色运动鞋，戴号码布。在145米距离内，依次设置轮胎拖行、沙袋搬移、雪橇车拖拉、倒木搬运4项内容。这个项目考验短距离的爆发力，主要依靠腰部和腿部力量来完成。2023年参加比武，完成这个项目时，他主要吃亏在倒木搬运上。由于力量不够，他三次都没扛起倒木，最后只得改变策略，变成了拖拽。400米携装突击，必须着灭火防护服、全黑色运动鞋，戴防护头盔，扎编织外腰带，戴号码布。在标准的400米田径场，依次设置风力灭火机转运、组合工具转运、水龙带转运、油锯转运、50米跑、伤员背运和重物拉升六项内容。

布仁白拉有爆发力，但欠缺的是耐力。2023年，他参加支队个人项目五项获得综合第六名，参加总队比武获得第八名，参加国家消防救援局比武获得第29名。他说，为了准备2024年的比武，他正在补短板，每天坚持负重跑步，提升自己的耐力。他跟着王强队长一起跑，从中队跑到奇乾村，再折返。有时还会跑个"半马"。

"我到奇乾后，虽然参加过不少比武，但还未参加过打火。"布仁白拉说，"加强锻炼是为了更好地打火，但我并不希望林子里有火。"他以这种方式表达着对自己这份工作的认识和理解。

第四景

我从奇乾来

无论走到哪里，无论遇到谁，我都要跟他们讲，我从奇乾来……

我从奇乾来

"7月6日公布了录取名单，我成为中队改制后第一个考上中国消防救援学院的消防员。看到这个消息，我、我们五班、我们中队，也包括大队领导，可激动了，老开心了。是这支队伍改变了我，造就了我。到了新单位，有了新同学，我要自豪地告诉他们，我从奇乾来。我要跟他们讲述奇乾绿色的夏天、白茫茫的冬天，讲述这里人与自然的和谐共生、相互依存。"李成感慨道。

1999年出生的李成，来自内蒙古乌兰察布，是战斗五班一名普通的消防员，也是消防改制后第一批招录的消防员。

李成说，他从小就想当兵，从小就想摸枪，从小就想像战斗英雄那样打敌人，没想到真枪没摸着，老是摸到水枪。2018年，他高中毕业，考到了西安的一所大学。这年年底放寒假回到乌兰察布，听说了招录消防员的消息，甚至还打听到消防也像部队一样，在里面是可以考学的。他和父母商量，说想到消防队伍里去锻炼锻炼。可是，他是家中独生子，父母挺心疼他，不太想让他去。但他们还是尊重李成，以他的意见为主。最终李成成为消防员，并来到了奇乾。

他是 2019 年 11 月 3 日来到奇乾的。那天刚好下大雪，天空中纷纷扬扬洒下雪花，林子里白茫茫一片。一下车，他就感觉到了刺骨的寒冷。满院子的雪，队友们穿着厚厚的棉大衣，有的在扫雪，有的在推雪板，干得热火朝天。他觉得奇怪，这么寒冷，他们还干得这么起劲。后来，他就体会到了，这些都是奇乾中队的日常工作和习惯行为。

放弃大学学业来到冰天雪地的奇乾，李成对消防员的工作满是憧憬，但这座"孤岛"让他很快就有了压抑感。这里洁白而宁静，就像一片白茫茫的海洋，看不到尽头，更接触不到外面的世界。性格内向的他变得封闭，整天沉浸在自己的世界里。特别是晚上站岗时，看着林子里寂静的雪花，看着天空明亮的月色，看着没开路灯的营区，想着生机勃勃的校园，他就开始发呆。他开始怀疑起自己来。为什么要选择当消防员？他原来以为只有城市才有消防员，来到奇乾之后才知道深山老林里也有消防员。他甚至想，在这样的地方当消防员意义何在。于是，他越发不想与他人交流，自己也越发封闭和孤立。他甚至有过退出消防队伍的念头，还跟父母说了。父亲看着他难受，心疼他，就说，实在不想待了，就回来吧。

他的心思，被中队领导和队友们都看在眼里。指导员王德朋多次找他谈心，聊过去，聊现在，聊未来，聊家庭，聊人生。他告诉李成说，自己是北京林业大学的国防生，毕业后完全可以选择留在北京，也可以留在其他城市，但他选择了大兴安岭。后来他又回母校读了研究生，留京和去大城市的机会更多了，但他还是选择了回大兴安岭，并且来到了奇乾中队。刚到奇乾时，他心里的落差也挺大的。这里太孤独太寂寞。他开始沉思：为什么非要到这么偏的地方来呢？在小镇上或是大城市，不也是为国家作贡献吗？但他很快就调整了过来，接受了现实，适应了这里的环境。"只要专心投入到学习、训练和工作之中，就会发现在这里工作的乐趣、森林消防这一职业的伟大。"王德朋指导员说。

五班班长张铁成性格开朗、活泼，王指导员特意把他从三班调到五班。学习和训练之余，张班长每天都会开玩笑逗李成，让他忍不住乐呵起来。渐渐地，他与队友们的话多了起来。交流多了，他发现，在这里不再那么压抑，反而有着一种其他地方所没有的宁静和轻松。他想改变自己，想融入这个地方——不光要与队友们融洽，还要融入大兴安岭的四季。

一天，李成向王指导员表达了自己的想法："我想考学。"

王指导员笑着说："好事啊，中队大力支持你。"

2020年春节后，他就开始看书复习，同时加强体能和专业训练，为考学做准备。白天，他主要是加强消防专业训练。队友们看到他哪个科目是短板，就会有意识地帮他训练。晚上自由活动时间，或周末休息时，他就认真看书做题。甚至晚上熄灯后，他还会继续学习一两个小时。只要看到他在学习，队友们就会保持安静，生怕打扰到他。为了让他更好地复习，王指导员还特意安排了一个小会议室，告诉他熄灯后可以去那里看书。对于中队领导和队友们的帮助，他感激不尽。对此，王指导员却说："我们的帮助很有限，自己的命运掌握在自己手里，考学最终只能靠自己。"但李成却觉得，报考中国消防救援学院后，不只他一个人在努力，整队中队都在共同努力。

2020年5月1日，李成第一次参加打火。他跟着班长和老消防员，照着他们的样子穿装备、带给养，然后登车。在去往火场的路上，想着大火的可怕，他有些紧张。班里的老消防员张效国感受到了他的紧张，赶紧开导他，讲些开心的事缓解他的焦虑。张效国说，上火场徒步行军时会比较累，但不用担心，掉不了队，兄弟们会互相照顾。虽然累，但其实挺好玩的，大家一边走，一边互相提醒着，互相喊着鼓舞士气的话。整个林子里都是他们的队伍，特别是晚上，大家打开头灯，他们的队伍就像一条长龙。打火其实很简单，不要想得太复杂，就是拿着风力灭火机往里吹，不让火势蔓延，让燃烧起来的森林自我灭亡。大火扑灭后，就是看守火场，彻底清理暗火，防止死灰复燃。看守火场是非常开心、非常融洽的。在看守的同时，兄弟们可以稍微放松放松，比如进行一些娱乐活动，唱唱歌、讲讲笑话。特别是拿到给养后，兄弟们就会像在中队过节会餐一样，吃着，喝着，玩着，没有那么紧张。李成说，自己原来比较内向，但是班长和老消防员不断开导他，让他逐渐变得开朗起来。

晚上徒步行军时，张效国怕他走累了走丢了，走一段就会喊他一下:"李成跟上!"有时,他实在太累了,没有及时回答,张效国就喊:"李成,请回答!"张效国告诉他,关键在于坚持,只要坚持到了火场,就赢了。

这次打火,让李成印象最深的是,看守火场时,他往水壶里放了一些大米和矿泉水,然后支在石头上,熬了一碗粥。他做这个事不仅非常轻松,熬出来的粥还特别香。

"我来奇乾才一年多,无论是工作业绩还是打火经历,与我们的班长和老消防员相比,真是相差甚远。但他们却把我当成了最好的兄弟,甚至是他们的骄傲。中国消防救援学院录取名单公布后,现在的、以前的中队领导都说恭喜我,大队的领导也说恭喜我。录取名单公布时张效国到支队培训去了,他立即与我视频通话。他说:'你看,我猜到你一定能行。以后更要好好努力,不要辜负了自己这一年多的努力,更不要辜负兄弟们的期待。'可是,我又能为中队领导、为班长、为老消防员们、为队友们做点什么呢?上了中国消防救援学院,可能我这辈子都是消防员了。虽然我学的专业是城市抢险救援,但大概率还是会回到大兴安岭。无论走到哪里,无论遇到谁,我都要跟他们讲,我从奇乾来……"

脸庞上静静流淌的泪花告诉我,李成对奇乾充满着不舍与感恩。

最大收获

"虽然我只在奇乾中队待了三个月，那里却成了我心心念念的地方。不是因为那里的艰苦，也不是因为那里的风景，而是浸润心灵的精神。"金旭涛告诉我。

他是一名95后，来自黑龙江大庆。

金旭涛说，他小学和初中上的是五四制学校，前面成绩一直不好，直到初中四年级时，才正式开窍，决心好好学习。不好好学习，将来能干啥呢？通过半年的努力，他的成绩从班级倒数第三跃升到了正数第五，最终考到了省重点高中。可能是底子太差，到了高中后，他的学习成绩与同学又拉开了差距。

父母跟他说："这样下去，能上本科吗？要不学点技术，能养家糊口就行。"

他说："不行，我必须考本科。"

随后，他开始了猛烈追赶，最终考上了黑龙江工程学院。

他是一名文科生，爱好文学，在大学学的却是市场营销专业。大学即将毕业时参加的一次"国考"，让他走向了人生计划之外的一条道路。大四那年，他参加"国考"，考的是国税，面试时差了0.35分。就在他以为"国考"无望之时，命运开始峰回路转，他被补录到内蒙古森林消防总队。他惊喜万分，马上上网搜索内蒙古森林消防总队。他没有去过内蒙古，对森林消防更是异常陌生。但他对军人不陌生，他姥爷当过兵，父亲当过兵，从小他就对部队充满向往。当兵去，是长辈们对他的期望；到部队去锻炼锻炼，是他对自己的要求。打听到，消防队伍仍是"准军事化"管理，他觉得自己圆梦了。于是，他毫不犹豫地来到了内蒙古森林消防总队报到。报到后，他到云南省森林消防总队进行了半年的全封闭训练，瘦了40斤。从云南回来后，又到大兴安岭支队进行了3个月的岗前培训。

他是2022年9月1日来到奇乾实习的，与他一起来实习的还有贺俊涵。来之前他对奇乾当然有所了解，知道这里偏远而孤独，知道这里在原始林区，知道这里林子很大很大，知道这里手机信号不好。一切都有了心理准备。从牙克石到奇乾中队只有500多公里，但他们过来报到却足足用了5天时间。他们首先从牙克石坐火车来到伊图里河镇，再从伊图里河镇坐火车来到莫尔道嘎镇。在莫尔道嘎稍作休整后，他们就前往奇乾。热爱文学的金旭涛，从莫尔道嘎大队出发前，在小溪旁写下"千里林海万里山，五十九年戍边关。奇乾英雄多壮志，青春献给大兴安"的诗句。随后，皮卡车开出了莫尔道嘎镇，一路向北，进入北部原始森林。一起上山的还有两名休假期满的消防员，从交谈中，金旭涛了解到他们服务期满，即将退出队伍，这次上山是向同志们做最后的道别。

一个半小时后，他们一行人来到了白鹿岛做短暂休息。白鹿岛位于莫尔道嘎国家森林公园内部。在激流河注入额尔古纳河入河口的上游处，有两个修长小岛相偎而卧，分别叫做苍狼岛、白鹿岛，河水呈S形回环于两个小岛。这里是蒙古族狼图腾故事的发源地。传说成吉思汗的祖先孛儿帖·赤那是被一只母苍狼养大的。成年的孛儿帖·赤那是一位非常勇敢的猎手，由于能力突出，不久就成为蒙兀室韦部落的酋长。一次赤那外出打猎，发现了一只白色的驯鹿，可是在快追上的时候，驯鹿变成了美丽的少女，赤那就娶了少女为妻。赤那的狼妈妈死后，为了纪念狼妈妈，他就将狼作为部族的图腾……

歇息片刻后，金旭涛他们继续沿着盘山公路进入林子深处……来到奇乾中队，呆瓜早就在门口摇着尾巴迎接他们了。

中队营区面积不大，正对营门的是主营房，主营房的左侧是附属营房，右侧是食堂、菜窖。和其他单位相比，奇乾中队最吸引人眼球的是主楼旁边和车场上的一排排太阳能光伏板，由于不通常电，太阳能发电就成了大家日常用电的来源。

来到奇乾，金旭涛才真正感受到什么叫孤独。

"但这种孤独，同时也让我内心更加宁静，让我的意志更加坚定。"金旭涛说。

每天不断地重复学习和训练，除了队友，最亲近的朋友就是包括呆瓜在内的所有动物和林子里的所有植物。晚上，能清晰地听到动物的叫声，阿巴河的流水声。怎么抵抗孤独呢？看书呀，书是最好的伙伴。他特意带了《军人生来为战胜》《浴血荣光》《苦难辉煌》等军事方面的书籍，他喜欢读这方面的书。不是喜欢文学吗，晚上，他会记录白天的见闻与感受，写点诗歌和散文。虽然还没有正儿八经发表过文学作品，但他觉得写作是对心灵的一种慰藉。正好赶上党的二十大召开，他就在营区采访指战员，请他们学习谈感受和体会。他没有接触过宣传工作，只能摸着石头过河。没想到，制作的视频最终在内蒙古卫视和湖南卫视播出。

来到奇乾,他最大的收获,就是对奇乾精神的理解更加具象化。奇乾中队有着浓烈的集体荣誉感。有一次考核,突然下起了大雨,就在考官犹豫时,中队所有指战员几乎异口同声地说冒雨考核。那是负重五公里考核,他们冒着大雨,不仅没有一个掉队的,还达到了全员优秀。同时,指战员们也有强烈的个人使命意识。"我从老消防员身上学到了很多,对我的促进非常大。听着他们的故事,我都觉得脸红和愧疚。"金旭涛说,"比如高凯凯班长,他跟我说过,他跟他爱人一共只见了两次面就结婚了。他们也想见面,但太远了,太不方便了,没法见面。他说,他最亏欠的是家人和孩子。他是个很乐观的人,但一说到他爱人,他就会有点消沉。他也完全有机会换一个单位,离家更近,或者回到自己的家乡,但他不想离开奇乾。再如王震老班长,从来奇乾到现在,一直在烧锅炉。他在这个平凡的岗位干了十三四年了。总书记说过,只要有坚定的理想信念、不懈的奋斗精神,脚踏实地把每件平凡的事做好,一切平凡的人都可以获得不平凡的人生,一切平凡的工作都可以创造不平凡的成就。可以说,王震就是鲜活的实践者。这种不平凡的精神,对我们这样的年轻干部,特别是通过'国考'来到消防队伍而又没有当兵经历的年轻干部,是一种教育。在奇乾的三个月,再加上前九个月的培训,对我这个从来没有当过兵的人来说,是一种灵魂上的洗礼。奇乾改变了我的人生观,无论在哪里,我都会自觉不自觉地说到奇乾。将来我不管到哪个单位工作,奇乾都是我抹不去的人生财富。"

2022年11月31日,实习期满的金旭涛离开奇乾,来到大兴安岭支队政治部教育宣传科工作，负责支队的宣传工作。刚到机关时，他连电话通知都整不明白，领导批评他，他还觉得特别委屈。但后来仔细一想，自己来到支队机关，首先代表的不是个人，而是奇乾中队，他不能给奇乾中队抹黑。"虽然我只在奇乾中队待了三个月，但我把自己看成奇乾人了。我干不好，丢的不是我个人的脸，而是奇乾的脸。"金旭涛说。随后，他下决心要写好公文，写好新闻稿。他天天加班，反复学习，反复打磨原稿。一天不行，三天不行，半个月、一个月总能找到诀窍。慢慢地，他撰写的关于大兴安岭支队消防员生活、训练和打火的报道越来越多。2023年，中央电视台准备制作特别节目《中国骄傲·2023》，讲述消防员的故事。他被借调到北京，参加这一节目的拍摄与制作。他在北京待了两个月，参与视频的剪辑与后期制作。回到支队后，他继续投入到宣传工作中来。

一天，他们支队巡护到牙克石内蒙古免渡河国家湿地公园时，发现了东方白鹳。这是世界濒危保护动物，也是支队五年来第一次发现。这一事件，触发了金旭涛的创作灵感。他协助中央电视台录制了一条新闻，在《朝闻天下》播出了。发现东方白鹳，说明这里的生态在逐渐变好。

自然而然，我们聊到了文学。我们聊到了徐迟老先生的《哥德巴赫猜想》，那是新时期第一朵报春花，热情洋溢地歌颂了数学家陈景润的拼搏进取精神。报告文学创作，除了要选择好题材，深入挖掘好素材，更要从细微处讲好人物故事，只有这样才能写出优秀的作品。

"我还想说，奇乾真是一个适合艺术创作的地方。到了那里，心就自然静了下来。在那个远离城市喧嚣的地方，在林子里走着，听着鸟儿鸣叫，在阿巴河或是额尔古纳河畔走着，听着潺潺的河水声，那些都是文艺创作的素材与源泉。"金旭涛说，"我倒觉得，在奇乾每个人都是艺术家，这里的素材丰富而质朴，只要稍微加工，就是一件艺术品。绿屏'战'道旁桦树上挂着的牌子，牌子上一代代消防员留下的话语，文化展厅里王杰、毛建他们的书法，一代代消防员创作的根雕、收集的奇石，以及在桦树或是桦树皮上创作的图画、写下的话语，都是艺术品。"

同在支队政治部教育宣传科工作，也曾在奇乾中队实习，与金旭涛不同的是，倪文刚有过当兵的经历。2017年一入伍，他就来到了大兴安岭，在根河大队当兵。根河历史最低温度为零下58摄氏度，是"中国冷极"。

一跟他接触，我就发现，这个来自四川成都的小伙子虽然个头不高，但非常干练。他不仅阅读量大、知识丰富，还善于观察和思考，对事物有着自己独到的见解。

他说，对大兴安岭最初的了解，来自小学的一篇课文，讲述的是一位参加过抗美援朝叫老吕的护林员，在大兴安岭奉献的故事。从此，他对大兴安岭充满向往。他在成都长大，那里虽然有延绵的高山，但从来没见过大森林。来到大兴安岭后，他最喜欢在夜晚时看星空，澄澈如洗，光辉璀璨。"新兵训练时，在呼和浩特就看到过星空，但真正看到银河还是在根河、在莫尔道嘎、在奇乾。观赏银河，对一个南方人来讲，是一件多么奢侈的事啊。"仰望银河的时候，才能真切感受到"渺沧海之一粟"。在根河当兵，晚上站岗时，他最喜欢看星空，几乎每天都可以看到流星。流星一般有两种，一种是一颗星星突然掉了下来，还有一种是在很远的地方，一个静止的点突然变成一道光柱，然后就突然消失了。

2023年6月，他从中国消防救援学院一毕业，就分到奇乾中队当实习干部，一直干到2024年3月18日，在那里度过了9个月的时光。在奇乾实习时，他参加了2023年的两场打火。"在这里，任务形势决定了我们的组织方式。和解放军打仗不一样，解放军打仗时军官一般在后面指挥，但打火时中队干部必须走在最前面，一旦火势有变化，中队干部就要第一时间做出决策。是前进，还是绕道？是打，还是躲？都需要迅速作出准确的决策。"倪文刚说，"虽然我们现在机械化程度高了，但在林子里无法实行机械化。即便是直升机，也会受到天气和区域的影响与制约。无法实行机械化，消防员的因素就很重要。履带过不去的地方，消防员可以爬过去；水上不去，消防员就扑打与挖隔离带。"

来到奇乾，特别是参加打火后，倪文刚更加深刻地认识到森林消防的重要性、森林消防的崇高与神圣。他说："看着连片的树木被烧，既心痛又无奈。由于这里天气寒冷，树木生长期一年仅三个月，长成参天的大树都得几百年。从人的生命长度来衡量，可能就是好几代人。我逐渐意识到奇乾中队的重要性，它不只是简单地护卫林子，更是森林消防的前哨尖刀。这里是美丽的'中国之肺'，对于奇乾中队，或者是整个大兴安岭森林消防来说，守好这块生态屏障大于一切。山里的土层非常薄，落叶不容易分解，一旦被大火烧过，就不太好恢复。别看有的松树只有人的手臂那么粗，其实它的树龄已经好几十年了。虽然消防员每个个体对于大兴安岭这片大森林来说是那么渺小，就像银河里的流星一样渺小，但再渺小，我们都要发光发热，来护卫这片大森林。"

"我觉得，消防改制后，主要写好'两篇文章'。"倪文刚接着说，"一篇是任务，一篇是家庭。"

他说，消防队伍改制后，奇乾中队的任务和发展形势都有所变化。改制后的森林消防，其任务变成了包括冰雪灾害、洪涝灾害、地震灾害等在内的全灾种大应急。当然，理念与设备提升的同时，对消防队伍的要求也越来越高。如果森林发生火灾，到得越早，处理得越及时，林子就能更大程度地被保护下来。否则，数百年的积累，一下子就没有了，几十年、甚至数百年还恢复不了。从这个方面来说，奇乾中队的责任更重大。改制后，发展形势有了新变化。比如，人员构成更加丰富了；比如，过去的消防员是军人，接受的是光荣传统教育，是保家卫国，是奉献，现在依然是保家卫国，依然要接受光荣传统教育，但同时也变成了职业消防员。既然是职业消防员，不应该回避挣钱这个话题。奉献与挣钱，并不矛盾。他们有父母，有老婆孩子，要买房买车，要成家立业。这是一种市场行为，但又不完全是市场行为。它需要奉献，需要家国情怀的支撑。

"夏天，在奇乾中队，也包括整个大兴安岭的消防队伍，大多数消防员是很难休假的，对于他们的孩子来说，夏天是见不到爸爸的。孩子们经常说，'夏天，消失的爸爸'。为什么？夏天，他们的爸爸很可能钻进林子里打火了。暑假时，也会有家属来队。往往是好不容易从千里之外的家乡来到奇乾，最终丈夫或是男友，因为一道命令上火场了，短则三两天，长则十天半个月见不到面。可是，我们的消防员既是钢铁战士，也有侠骨柔肠呀。如果后方不稳定、不牢固，就很难安心在奇乾坚守。所以，心理疏导是中队非常重要的一项工作。"倪文刚说，"我感激我女朋友。我们在择偶方面没有太多优势，在中队或是大队、支队所在地找适龄女青年非常困难。找老家的呢，现实而残酷的问题迎面而来：长期的两地分居，无法照顾到家庭。我女友是四川的，定居在新疆伊犁。虽然我们相距四五千公里，但她非常理解和支持我的工作。"

回到长沙后，我收到倪文刚发来的一篇名为《我在额尔古纳河右岸过春节》的散文，中间有这样一段记叙："这是奇乾中队建制以来的第六十一个冬天，也是我来奇乾中队度过的第一个新年——冰雪封冻的山林，黑白相映，远远望去，这世界变成了黑白空间。在这'黑白世界'里，唯一的异色，只剩下中队大院儿里的'春'意盎然：一大早，循着欢声笑语，放眼望去，大家神采奕奕，满满的年货搂在怀里，各班的消防员兴高采烈地贴着春联和窗花……过年意味着什么？山外的世界啊，人间烟火，阖家团圆；深山老林里，相违岁月，远成勿念。寂静的山林，冰封的额尔古纳河，你们看，这里的飘雪一尘不染，这里的同志可敬可爱。扫过营门口的积雪，剥掉挂牌上的冰凌，穿过'山水之间'的小径，踏过寂静的冰河，在后山的险坡陡崖上，屹立着一片片松树林。远远望去，在那草木艰难附着的冰冷峭壁上，凛冽的寒风扫去浮雪，在黑白相映的色调中绽放着两个亮眼的大字：忠诚。"

看着倪文刚的散文，奇乾中队指战员那灿烂而坚定的笑容又浮现在我脑海中。

时常梦见

夏天的奇乾，森林繁茂，郁郁葱葱。层层叠叠的枝叶把森林封得严严实实，挡住了人们的视线，遮住了蓝蓝的天空。周末的清晨，太阳出来了，松树、桦树、柳树等各类树木交织成一片，青翠的树叶在阳光的照耀下闪烁着生机勃勃的光彩。我漫步在阿巴河滩，一边感受着这里清新的空气、浓郁的负离子，一边认真观察着河滩上的各种石头。阿巴河敞开怀抱，将各种石头展示出来。它们五颜六色、奇形怪状，有的像圆圆的太阳，有的像娃娃的脸，还有的像长长的脚丫……有玛瑙红的、有松青色的，有带着白色条纹、彩色斑点的，还有像蓝宝石般发亮的。我捧起一块心形的石头，用河水冲洗后，左看右看，最后露出满意的笑容。我捧着这块石头回到中队文化展厅……

这只是何学飞的一个梦境。

"前段时间，我做了一个梦，在阿巴河滩上捡奇石。我喜欢散步，喜欢在阿巴河畔和额尔古纳河畔散步，喜欢捡各种各样的石头，奇乾中队文化展厅里大部分的石头是我捡的。"何学飞告诉我说，"我在奇乾干过五年，早在2017年7月就离开了奇乾，来到莫尔道嘎当六中队中队长了。虽然离开了奇乾,但我时常梦见奇乾,梦见在奇乾的生活、工作和打火,捡石头在梦中出现的频率最多。梦境既模糊又清晰,有好梦也有噩梦。一次,做了一个噩梦。奇乾中队去打火,我正打着火,突然一棵燃烧的倒木砸向我。队友们都朝我大声呼喊,我想跑,就是挪不开脚,迈不开腿,眼睁睁地看着燃烧的倒木砸向我。我被吓醒了。醒来时,我还以为在奇乾中队,仔细一看一想,原来是在莫尔道嘎的六中队。离开奇乾中队七年了,但去奇乾的路,在奇乾生活和工作的场景,依然记忆犹新,历历在目。"

1984年出生的何学飞,是湖南汝城人。汝城是红色革命老区,是湘南起义策源地、红军长征突破第二道封锁线所在地。毛泽东、朱德、彭德怀、陈毅等老一辈无产阶级革命家在这里留下了光辉足迹,这里养育了朱良才、李涛两位开国上将及宋裕和等开国功臣。红军长征路上,在这里发生了反映军民鱼水深情的"半条被子"的故事。从小接受革命故事熏陶的何学飞,于2006年12月走进了军营,到了云南普洱和西双版纳当兵。

何学飞虽然个头不高,但军事素质特别棒。400米障碍跑能到1分29秒,在中队是速度最快的。新兵刚下连,他就去到宁洱县参加抗震救灾,连续工作了半个月,一次澡都没洗过。他从废墟里救出三个人——一个老太太,还有两个老大爷,因为表现突出,立了一个三等功。

2008年他考到北京警察学院。在北京上了四年大学后,何学飞面临分配。是回云南老部队,还是回老家湖南?他将选择权交给了学校——一切服从组织分配。最终，他被分到内蒙古森林消防总队，来到了大兴安岭。

在支队集训时，队长像老大哥一样跟他说："小何，你军事素质好，表现优秀，我推荐你去奇乾。"何学飞知晓大兴安岭，但对奇乾却有些陌生。队长接着解释说："那里很艰苦，但那里很锻炼人，是个出人才的地方。如果要成长，必须耐得住寂寞，必须善于学习。"听着队长的介绍，何学飞郑重地点着头。

他记得很清楚，自己是2012年7月28日晚上九点到的莫尔道嘎大队。本打算在大队住一宿，第二天再去奇乾，但给中队送菜的王锡才大哥，打算晚上十点去奇乾送菜。何学飞在大队吃过晚饭后，就坐着王哥的皮卡上山了。夜晚的林子静悄悄的，偶尔会听到小鸟的鸣叫，车前灯下，偶尔会看到在林子里跑来跑去的小动物。凌晨一点多，他来到奇乾中队。在离中队营房只有100多米时，他发现那里一团漆黑，觉得很奇怪。王哥告诉他，中队夏天每天最多发三个小时的电，晚上七点左右天黑时开始，到晚上九点多就寝后停止。听说来了新排长，中队负责烧锅炉的老兵郭喜马上跑到锅炉房发电。发电机声音特别大，就像拖拉机的动力一样响。等他简单收拾了一下，洗漱完，就停止了发电。

第一夜，何学飞无法入睡。漫漫黑夜，漫漫黑色森林，能偶尔听到动物的叫声。

第二天一早起来，何学飞就向中队长李志刚、指导员贺虎林报到。早餐多炒了两个菜，早上出操集合时中队长李志刚跟全中队指战员做了一下介绍，算是对他的欢迎。虽然这里是一片林海孤岛，但看到奇乾指战员良好的素质、良好的精气神，他悬着的心就放了下来。去一个积极向上、敢于拼搏的队伍，是他的追求与梦想。上午，李志刚中队长带着他到营区周围转了转，去了训练场，去了菜地，去了阿巴河畔，去了附近的林子。

回到营区，李队长说："这就是我们工作和生活的地方。奇乾这地方还是挺苦的，感谢你选择奇乾。"

何学飞一听，都不好意思了，便说："能来奇乾，是我莫大的荣幸。"

李队长嘱咐他给家里打个电话，报个平安，这时何学飞才想起应该给家里打个电话。听说新来的排长要给家里打电话，老班长卜晨光走了过来。卜晨光对何学飞说，何排长，告诉你一点打电话的小技巧，你到食堂前面的那棵树下打电话，那里有一点点信号。随后，卜晨光搬来梯子，用绳子将何学飞的手机吊在树上。电话接通后，何学飞打开免提，与家人通话。刚一打通，信号就断了。何学飞又接着打，还是时断时续。虽然电话打得磕磕巴巴，但平安的信息还是传递给了家人。

仅仅一个礼拜，何学飞就适应了奇乾的生活。他的心渐渐沉到这片林子里，生活步入正轨。他很快就和队员们打成一片，带着他们训练，与他们一起玩游戏、打篮球、踢足球，还一起捡"板子"。他不仅融入了奇乾，还乐在其中。但他毕竟是南方人，当兵时也是在南方，在奇乾的第一个冬天，对他来说还真是一个不小的考验。

"第一次在奇乾过冬天，我还真怕冷。白天穿大衣，戴手套头套，即使这样，手还是被冻得开裂了。直到家人邮寄来防冻伤的药膏，用了才渐渐好转。奇乾的晚上更冷，即使烧了锅炉，还是冷。睡觉时，我穿五双袜子，盖两床被子，上面还要盖一些衣服。"何学飞说，"我知道，要真正适应和融入奇乾，必须不断加强训练。即使是冬天，我都从来没有放松过训练。"

何学飞说，他就这样与奇乾产生了感情，爱上了奇乾。他不再害怕孤独，孤独成了他心灵的朋友；他不再害怕寒冷，他喜爱寒冷中的美景，享受寒冷中的快乐；他不再害怕林子里的野生动物，他发现，野生动物跟人一样，对对方充满好奇与善意。学习和工作之余，他最喜欢到阿巴河和额尔古纳河畔散步。夏天，他在那里寻找各种奇石。遇到喜欢的，他就搬到中队，进行艺术加工。冬天，他就带着队员们，拿着油锯在河上创作雪雕和冰雕，表达对这片土地的热爱。

随着感情的加深，何学飞觉得，奇乾赋予了他新的精神境界。或许，这就是奇乾精神的力量吧。指战员们来自五湖四海，大家特别乐观、特别顽强、特别团结，干什么都拧成一股绳。大兴安岭北部原始林区那几年火灾特别多。奇乾中队守护着原始林区，离火场近，而离大队远，第一个到达火线的中队肯定是奇乾中队，起到了打火"尖刀"的作用。这是奇乾的荣耀，也是指战员们信仰的力量源泉。不论火场的火多大，不论火场离道路多远，不论火场环境多么恶劣，指战员从未畏惧与退缩。在火场，总是中队领导和党员骨干冲在最前面，总是老消防员照顾新消防员。水壶里没水了，从水沟里舀起水直接喝；肚子饿了，从树上摘下野果子就吃……

虽然何学飞离开了奇乾，但他的心还在这里。何学飞说，虽然他在六中队当中队长，但奇乾中队是他的另一个家。现在奇乾的条件好多了，从这里提拔的干部、考学的消防员，以及从这里退出消防队伍回到老家发展取得不俗成就的，也越来越多了。但不论如何变，"忠诚、坚守、创业、乐观"的奇乾精神不会有变化。每年他总要上山去看看，看看老营房，看看老队友，看看奇乾村的百姓。他们在山下比较方便，奇乾那边有什么需要的，如食物、药品，以及其他的生活物资，只要一个电话，他们就给送上去。

那时，村里的百姓喜欢叫他"何"。遇到需要帮助的，他们就跟何学飞说，何啊，哥这里有事要你帮忙啊！何学飞总是热情地说，哥啊，客气什么，有啥事直接吩咐就是。奇乾村村民养了不少牛羊，有不少牛粪。村里那几户百姓总是想着六中队的菜地，过段时间就叫六中队过去运牛粪。

"从上高中时我就开始写日记，坚持写了十多年。在奇乾时，我把在这里的所见所闻所感所悟都写在了日记里。只是前几年我将这些日记全部邮寄回家了，有整整两个密码箱。"何学飞说，"在奇乾，大家有写日记的传统，在那个孤独的世界，写日记是宣泄自己情绪最好的方式。"

此刻的莫尔道嘎，蓝天白云，阳光温柔，我的心也是柔软的。

我想到了梦境。梦境是什么？它是指人们在睡眠状态下产生的一种虚幻的感觉和体验，通常由一系列的图像、声音、感觉和情绪组合而成。这些体验可以是美妙的，也可以是恐怖的，它们由大脑在睡眠状态下的活动所产生。显然，奇乾的一切，已经深深镌刻在了何学飞的心灵深处。

打开思绪，满脑子大兴安岭的场景

奇乾中队真正的魅力在于精神的富足，所有指战员昂扬向上、积极乐观，精神状态非常饱满。对常人来说，家是归宿，意味着温暖与安全。奇乾中队便是队员们的家，他们习惯了大兴安岭的一草一木，他们待在一起像一家人一样。

一茬又一茬的消防员从祖国各地奔赴同一个新家——奇乾。在这里，他们面对的是孤寂，是寒冷，是危险，但是没有人后悔自己的选择。他们说，这是命运使然，也是内心抉择。在这个大家庭里，人才辈出。王德朋指导员告诉我说，建队61年来，奇乾中队走出了2名将军、11名师职干部，130多人立功。虽然绝大部分从中队退役的消防员回到家乡后，都是在平凡而普通的岗位工作，但他们脱不掉的是消防员本色，变不了的是责任与担当，他们依然是"忠诚、坚守、创业、乐观"的奇乾精神的传播者、弘扬者和践行者。

孙桂桐和马斌就是其中的代表。

1997年出生的孙桂桐，2016年9月到2018年9月在奇乾中队当消防员，并担任了一年文书，现就职于沈阳市人力资源服务与行政执法中心。说到奇乾中队，他显得异常兴奋。

大学刚毕业时，他比较迷茫，或许是对自己的人生没有什么规划吧，当时不知道该干什么。一天，他突然想到电视剧里军人的那种热血、那种为国奉献的精神，于是就想去当兵。"我对去哪里当兵，当什么兵，没有要求。报名并体检、政审合格后，我就被随机分到了森林部队。当时我满脑的问号：什么是森林部队？他们驻扎在哪里？看了这么多电视剧，没有一个反映森林部队的，我对森林部队充满着疑问。后来才知道是大兴安岭这个大森林的消防部队。"他说。

在新兵连时，他们都听说了奇乾中队的故事，大家都知道奇乾中队既远又苦。一开始，谁也不知道自己会被分到哪里，觉得那是一个比较遥远的事。记得当时一个战友还开玩笑说，谁要是被分到奇乾中队，他愿意送给他十根"士力架"巧克力。后来得知自己分到了奇乾中队，孙桂桐并没有害怕。"其他队员能去，为什么我就不能去？"不仅没有丝毫害怕与担忧，相反，他对奇乾充满无限的向往与期待。去奇乾中队的路上，他细心地观察着路上的树林和景物。

"奇乾中队所处的地理位置之偏僻、条件之艰苦，众所周知，我想说点中队刻在我心灵深处的印象。第一是寂寞。下队时，我分到了战斗五班。对寂寞感受最深的，是深夜站岗。让人感到寂寞的不是大兴安岭最深处的万籁俱静，而是黑夜中狼的叫声和熊瞎子的叫声。这种叫声在告诉我们这里的原始与荒凉。一开始确实有些害怕，但渐渐地也就习惯了这些叫声。第二是氛围。虽然中队地处原始森林，但大家相处得非常融洽，就像相亲相爱的一家人。中队年年都是先进标兵中队。为什么？是因为大家有股不服输的干劲，是大家团结协作的结果。比如在跑五公里时，因为天气冷，一些新来的消防员还没有完全适应这里的气候，跑不动。班长和老兵就会在身边不断地鼓励，不会让任何一个队员掉队。又比如打火，在急行军时大家都会很累，特别是新消防员更是难以适应，中队领导和班长骨干就会不断地给大家鼓劲加油，还会帮着新消防员背机具和给养——目的只有一个，不让一个队员掉队。在火场，最先进去与最后出来的，都是中队领导和班长骨干，给养匮乏时，中队领导和班长骨干总是让新消防员先吃。"孙桂桐说。

2018年9月，孙桂桐选择了退伍。与刚来中队时不一样，此时的他充满了留恋和不舍。"从奇乾下山时，我心情特别复杂，就像失恋了一样。在路上，我很少说话，就那样傻傻地看着两边的林子，忍不住流下了眼泪。回到老家，我不再像大学毕业那会儿一般迷茫和困惑了，我对生活和未来充满了向往。我想，我是从奇乾中队出来的消防员，我有什么不能干好呢？我可以面对未来生活中的一切艰难困苦。这不是我自负，而是奇乾中队留给我的财富。"他说。

沈阳有个政策，对参军退伍的大学毕业生有一个统一招聘，但仍需要通过笔试和面试。为了参加这个招聘，孙桂桐窝在家里扎扎实实学习了两个月。要是在当兵之前，他是做不到的。那时他最缺乏的就是毅力，干什么都不能坚持——说白了，就是吃苦精神不够。在家里待久了，有时候也会觉得枯燥，但一想起在奇乾中队的事，想起指导员和班长经常在他耳边说起的"坚持，坚持，再坚持"，想起打火时队友们面对艰难险阻携手前行的情景，他就变得精神起来。后来，他不仅顺利通过了笔试和面试，甚至在几千名考生中以综合成绩第一名成功入职。

来到沈阳市人力资源服务与行政执法中心，面对的是全新的环境和工作。刚开始，孙桂桐对这个全新的工作是一窍不通。但怕什么呢，不懂就学呀。"忠诚、坚守、创业、乐观"的奇乾精神，对他的影响非常深刻。结合工作实际，他将奇乾精神扩展了一下，凝聚成了三点：一是认真负责，二是坚强有毅力，三是为民服务。当兵前，他算不上一个认真干事的人，甚至有点得过且过。从奇乾中队回来后，他像得了强迫症一样，对每一件事情都非常认真负责。被子还是叠成豆腐块，还是拿尺子量，长、宽、高都必须达到标准，用手抠被子的角，让被子棱角分明。他把这种认真负责的态度，带到了工作当中，遇到不懂的问题，一定会刨根问底搞得清清楚楚、明明白白。在工作中，也会遇到这样那样的困难或是障碍，但只要坚持不放弃，就一定能办好。原来当消防员是为国家为人民服务，现在的工作，仍然是在为人民服务。在消防队伍时，锻炼过硬的本领，就是对党忠诚，就是报效祖国，到地方以后，真情实意为老百姓办好每一件事，也算是不忘初心、保持本色。

"我们奇乾有个传统，干什么都要冲在前面，哪怕你的体能不行，也要往前冲。我不会忘记这个传统，它将跟随我一生。"孙桂桐说。

马斌则是一位在奇乾中队工作过 16 年的老消防员。1986 年出生的他，2004 年 12 月入伍，2006 年 9 月加入中国共产党，2020 年 12 月工作满 16 年后从奇乾中队退出，2021 年 12 月转业安置到国网冀北电力有限公司青龙县供电分公司。在奇乾中队工作的 16 年里，他担任过前勤班长、电台台长、战斗班班长等职务，参加打火 80 余场，也见证了奇乾中队各项设施翻天覆地的变化。

16年的消防员生涯，让马斌变得沧桑而又稳重。他说："在奇乾的那16年里，要说的故事、想表达的情感，几天几夜也诉说不完。归纳起来讲，在奇乾最可贵的是对我意志的磨炼。这为我现在的工作，以后的人生路，奠定了良好基础。"

他是2021年年底到青龙县供电分公司运维检修部上班的。分配岗位的时候，领导问他，供电所离市区有100多公里，每周只有一、三、五能回家，有困难没有。他没有丝毫犹豫地回答说，没困难。领导又说，要往山里走，要入林巡线，挺辛苦的。他说，没问题，自己在大兴安岭的原始森林里当了16年消防员，巡山的次数可多了。来到电力系统，他还是只个"小白"，但他不厌其烦地从头学习，以尽快熟悉和适应新的工作。每次遇到急难险重任务，他从不后退，总是往前靠。有一次他带两个大学生到大山深处巡线，司机迷失了方向。在大兴安岭待了那么多年，积累了很多分辨方向的小技巧，比如，借助手机软件就可以分辨方向。当时他手机没电了，就利用手表"时数折半对太阳，十二指的是北方"来判断。他对司机说，赶紧调头，再往前走就应该到辽宁那边了。

马斌告诉我，毕竟自己在奇乾中队待了16年，只要打开思绪，就满脑子大兴安岭的场景、奇乾中队的故事。

采访时，他发给我一个《山里世界》的视频，那是2017年10月拍摄制作的，是队员们自导自演的一个短剧。剧中，由来自四川大凉山的彝族小伙子布约小兵演小兵，由时任四级警士长的马斌演老兵，中队长由当时的中队长寇亮亮来演，军医由战士陶化卿来演。

我跟着情节,走进了《山里世界》——

在一片绿色海洋中,出现"忠诚"二字。一个彝族小伙子走到了镜头前。接着出现树上挂着的牌子,上面写着"奇乾的魅力在于外面的人不愿意来,里面的人不愿意走"。

剧中人物来到额尔古纳河畔的一块石头边。

"我不想干了,在这个兔子不拉屎的地方。"脸蛋黑黑的、身材瘦瘦的彝族小兵说,"山比我们大凉山还多,要电没有,要人没有,整天守着这边境上的森林!我当兵是出来见世面的。"

老兵长着一张古铜色的脸,魁梧结实,他对小兵说:"现实就是这样,只能适应,习惯就好了。"

小兵说:"在这里两年,还不把人待废了?!"

老兵说:"那你后悔了?"

"我后悔!"小兵说,"我后悔的话只能烂在肚子里。我来当兵,我爸不是太同意的。"

"那你怎么来了?"老兵问。

"我爸说当兵要后悔两年,但我觉得,要是不当兵,要后悔一辈子。"小兵说,"我就是想走出大山,去见见世面。可这半年,我真的待够了!"

说完,小兵拿着树枝在林间道路上沮丧地走着。这时老兵从后面跑来,边跑边叫着:"小兵,小兵,干啥去啊?"

小兵说:"我在路上转转,看看能不能遇到人。"

老兵说:"能遇到。"

小兵往远处看了看问:"在哪?"

老兵说:"再走三百里,一定能看到。"

小兵问:"为啥啊?"

老兵说:"三百里外有人家啊。"

小兵又问:"班长,你下过山么?"

老兵说:"下过,休假的时候。"

小兵再问:"那还有什么时候能下山啊?"

老兵说:"生病。"

……………

看着看着,我的眼眶湿润了。这不是表演,而是奇乾中队现实生活的真实再现。

在采访快结束时,马斌唱起了奇乾队歌《家在奇乾》:"那一年离开家,梦想出去见见世面,穿过了茫茫大草原,走进了巍巍大兴安,林海深处安了家,家名叫奇乾,半年雪封路,百里无人烟。想家时抬头望望山,故乡就在山那边,奇乾人心里都知道,哪怕再苦不抱怨。人生处处是晴天,山里的时光就这样,一日又一日,一年又一年,看惯了我的林海,爱上我的奇乾……"

唱着唱着,马斌的声音有些哽咽。

"人是离开了奇乾,但根还在那里。"马斌说。

菜窖、樟子松、绿屏"战"道和文化展厅

我不由自主地再次走进奇乾中队的菜窖。

菜窖紧挨着食堂南面，那是解放军边防连留下来的，始建于1995年9月，由门厅、小储藏室、大储藏室构成。2003年8月，中队对原有菜窖进行改造，现在的菜窖更大更深了，面积达到了150多平方米。菜窖里冬暖夏凉，平均室温两至三摄氏度，能储存供中队指战员食用的半个月的菜蔬。自投入使用后，中队便结束了冬季啃咸菜、吃干白菜的岁月。我也曾当过兵，也曾挖过菜窖，也曾往菜窖运送蔬菜，每到冬季，我们连队吃的蔬菜大多是菜窖里的菜。我深知，菜窖对一个连队的重要性。奇乾中队驻地冬季漫长，年平均大雪封山长达6个月之久，菜窖对于中队来说意义更大。

现在与以前不同了。以前菜窖里的菜，可能要保障整个漫长的冬季，现在交通更加便利，即使是冬季，送菜车也能冒着冰雪上山。现在的菜窖，除了保鲜，也可保障中队食物的丰富性和营养均衡性。在奇乾中队，在莫尔道嘎大队，在大兴安岭支队，我几乎每餐都会吃到卜留克、白菜、白萝卜、土豆，它们是菜窖里的"钉子户"。王德朋指导员曾告诉我，卜留克、白菜、白萝卜、土豆是原来物资缺乏时常吃的菜，现在条件好了，并不提倡多吃，要让队员们多吃新鲜蔬菜。但他们并没有因为条件好了，就放弃卜留克、白菜、白萝卜、土豆。

"成了一种习惯，也是一种回味、一种念想、一种初心。"王德朋说。

伫立在阿巴河畔，我仰望着对河峭壁上的一群"队员"。它们叫樟子松，长在光秃秃的岩石上，长在不见寸土的悬崖边。它们顽强地扎下根，长出参天枝叶。

它们也是大兴安岭这片土地的坚守者。作为一种生长在极端环境下的树种，樟子松具有极强的适应性和抗逆性。它能够在极度干旱、贫瘠的沙土上生长，顶风迎沙，顽强生存。"扎根边陲、笑傲风雪、充满生机、昂扬向上"——樟子松精神不仅仅体现在樟子松的自然特性上，更重要的是人类赋予了它独特的文化和象征意义。

在大兴安岭，人们习惯把消防员比作樟子松。

大兴安岭支队支队长张艳明的话语还在耳畔回响："奇乾中队之所以能在艰苦的环境中坚持下来，并苦中作乐，靠的就是樟子松精神。奇乾偏远，消防员要在这里生存，必须用反刍思维，不断调整自己的负面情绪，不断纠正自己错误的思维。时间长了，不仅会适应与融入，还会低标准地适应与融入。消防队伍改制之后，旧的传统还在，新的消防职业精神还未成型，这可能会影响某些消防队伍，但对奇乾中队没有丝毫影响。为什么？他们像樟子松一样，不仅顽强，还忠诚。大兴安岭是他们心中的圣地，他们把圣地永远放在心中。"

我想起莫尔道嘎大队代理大队长陶忠杰所说。他说，奇乾中队的每一个队员，都是樟子松的化身。樟子松长在悬崖上，那是笑傲风雪，是奇乾精神生动而真实的写照。警校毕业分配时，他有个同学分到了奇乾中队。他问同学，奇乾中队是干什么的，在什么地方。同学说，是守护森林的，在大山里，没有电，也没有信号，打不了电话。后来他来"零公里"驻防，曾到奇乾中队参观学习。后来，到支队机关工作，他又陪领导下来蹲点。早上水雾飘渺，晚上一团漆黑，没有人家，没有信号，四周全是莽莽的林子。在这里，除了队友之间的交流，就是队员与动物和植物的交流。2024年到莫尔道嘎大队当代理大队长后，他已经五次到奇乾中队了，更加深刻地体会到樟子松精神对这支队伍的重要性。改制之后，即使有新的思想、新的理念、新的文化、新的装备，甚至新的待遇，但对于奇乾中队而言，最重要的还是一代又一代奇乾人不断继承与发展的精神的支撑。不说其他的，队员们守在这里便是一道独特的风景，就像悬崖上的樟子松。

我漫步在中队营房后面的绿屏"战"道上。

这是中队指战员的一条情感之道。

经过一段百米长的鹅卵石小路后，便来到了通往阿巴河畔的绿屏"战"道。"战"道长698米，用废弃木材搭建而成。2014年，中队即将退伍的老消防员卜晨光、何洋洋等人，为了表达对奇乾的牵挂，自发修建了这条"战"道。"战"道共用掉他们捡来的18830根短木。竣工之日恰逢中队建队18830天，寓意一代代指战员不忘初心、矢志传承、自强不息，踏着先辈的足迹再创辉煌。

林子里有很多人工鸟巢，这是指战员们为引来百鸟安家，特意制作的。指战员与树亲，与鸟也亲。只要发现林子里有鸟受伤，他们总会第一时间救治。更让我感动的是，战道两旁的树上，挂满了一代代消防员精心制作的小木牌，上面写满了退出的消防员的寄语。每年退出的消防员总想给奇乾留下点什么，大家商量来商量去，最后决定各自用倒木做一个自己喜欢的牌子，把心里话刻上去，钉在战道两边的树上。这样大家路过时都能看到，就不会忘记彼此。

"奇乾的魅力在于，外面的人不愿意来，里面的人不愿意走。"

"一开始不想来奇乾这个苦地方，现在看来，反倒觉得十分幸运，为什么？因为有你们呀！"

"将浸入血液里的奇乾精神，毫无保留地发扬出去！"

…………

离开的人并没有离开——这条感情长廊，寄托着他们对奇乾最深切的爱。

奇乾中队的消防员，在分别的时刻总是格外伤心，没有一个不是哭着离开的。他们心里知道，一旦离开，此生也许再也无缘与奇乾相逢……

中队文化展厅就在我所住宿舍的斜对面，采访以外的闲暇时间，我总要到里面走一走、看一看。

里面有各种各样的烫画，那是退出消防员离开时留给中队的。他们就地取材，从林子里捡来白桦木或是树皮，制作烫画，烫画中的主角，有心里话，有奇乾地图，有动物，有植物，还有附近的山山水水等。他们还会从阿巴河或是额尔古纳河边捡来奇石，在上面画画、写字，表达自己的心声。展厅里还有根雕和书画作品。

文化展厅是一点一点建起来的——源头是情感，载体是木头。奇乾这个地方，除了林子还是林子，木头是队员们另一个亲密的"伙伴"。以前，有一位队员入伍前是木匠，会一些手艺。在一天，他无意中捡到了几个树根,便用手边一些简易工具打磨处理了一下,做了一只乌龟、一只螃蟹,栩栩如生。身边的队友觉得有意思,也开始跟着他学习,慢慢地,喜欢根雕的人越来越多,队员们的作品也雕得越来越像样。中队便专门设立了根雕室,收藏这些作品,还作为战士们休闲时的一个根据地。再后来,根雕室的作品越来越多,题材和表现手法也更加丰富,便发展成文化展厅。

在展厅的一角,一只高跟鞋木雕静静地摆在那儿。那是退出老队员周春雨一刀一刀雕刻出来的。这是他在奇乾时,为他远在四川农村的母亲制作的。他从小和母亲相依为命,想起母亲从来没穿过高跟鞋,便把津贴攒起来想为母亲买一双高跟鞋。可是到了奇乾,他几年都没有下山,心愿一直没能达成。他就找了一块松木,把这份心意一刀一刀刻在木头上,为母亲雕了一只高跟鞋。

已回广西老家的陈振林,在桦木上用沙子填了八个字:"不忘初心,牢记使命。"退出的老消防员布约小兵,用白桦木和白桦树皮,还有沙子,制作了一个颇具立体感的国徽,还写了"信念"二字。一个叫张国彪的老消防员,用桦木制作了一个"点赞大拇指",上面写着一句话:"奇乾中队驻守在原始森林腹地,忠诚履行使命,是绿色生态的守护神。"一个叫王薇薇的记者留下一幅名为《美丽的大脚》的素描画。中队2018年在汗马火场打火时,有一个消防员的脚磨出了血泡,脱下鞋子时,鞋子里全是血水。这一幕正好被深入一线采访的记者李薇薇看到,并用相机拍了下来。回到单位后,热爱美术的李薇薇根据这个素材,创造了一幅素描画,并寄到莫尔道嘎大队。一个大树根,是雷击木,队员们从火场上捡回来的，以前倒着放，象征奇乾的精神火炬，倒着放不稳，便还是顺过来放，寓意稳中求进。这是一根神奇的树根，无须雕刻，无须修饰，无论顺着放还是倒着放，都是艺术品。还有巨型雄鹰展翅的根雕，那是队员们日复一日一刀一刀雕刻出来的。尽管他们不是专业雕塑家，但刀法精准而细腻，足见他们情感的真挚。

队员们退出了，他们的作品却留了下来，这是他们在奇乾生活过的印记。而每一批新消防员到来时，老消防员都会主动传授他们烫画、根雕等技艺。奇乾中队的文化展厅就在这样的传承中一代代延续下去，成为队员们温暖的精神财富。

一个温暖的童话世界

我仿佛陷入童话世界。

在这个世界里，一切都是那么纯净无瑕。

冬天的清晨，当阳光洒满整个林子，这白色的世界闪烁着金光，如一位纯洁的少女，穿着镶钻的白纱裙，美丽却羞怯。这是不可玷污的一片净土。

夏天虽然短暂，但郁郁葱葱、满眼碧绿。山峦逶迤青翠，河流湍急，林海苍茫，在北纬53度的地平线上如一颗璀璨的绿色宝石，镶嵌在祖国的北疆。这是森林的海洋、河流的故乡、植物的王国，更是动物的乐园。猞猁、狍子、驼鹿、紫貂、棕熊等出没，让童话世界变得更加灵动而鲜活。

在这个美好纯洁的童话世界里，人与动物、植物地位平等，没有哪方是绝对的主角。除了奇乾中队一代又一代指战员，漫山遍野的树木花草，种类繁多的野生动物，还有奇乾村的百姓，负责电信维修的柴哥，给中队送菜的王哥、武哥……他们共同珍爱着这个家园。

奇乾村地处额尔古纳河畔，是一个三面环山、一面临水，森林密布、水草丰美的村庄，这里是蒙古族先祖躲避战乱、休养生息之地。草地，小木屋，屋前的木栅栏，屋边的牛、狗，一切都显得安宁祥和。

王德朋指导员告诉我，村里现在只有七户人家，旁边驻守着一个边防连，守护着北疆的边境线。这个微型村庄与世无争地展现着它独特的美，不惊艳却也不甘平庸。王指导员给我一一介绍着村里七户人家的情况。一户是大龙家。大龙本名王明军，队员管他叫龙哥，是个80后，长得又黑又壮。家里住的是木刻楞房，夏天采山货、开农家乐，冬天就去海拉尔陪双胞胎女儿上学。一户是大龙父母家，长年住在奇乾村，是这片土地最忠诚的守护者。一户是小凯家。小凯本名石磊，已届天命之年。2023年父亲去世，他继承了50多头牛羊，还有几亩地。一户是大黑家。大黑也是长年住奇乾。一户是二黑家。二黑与大黑是哥俩。二黑家开了个农家乐，每当夏天来临，他就开始接待游客。一户是'易品东'家。'易品东'是个绰号，中队的消防员都记住了这个绰号，却不知其本名。他是个80后，解放军边防连退伍战士，退伍后在奇乾成了家，是个干活踏实认真的人。一户是小光家。小光是70后，俄罗斯族。他是边防机械队的，在山上山下都有工作场地。他的很多亲戚都搬到了拉布大林，但老母亲一直不肯离开奇乾，他只得一直留在村里，陪伴母亲。

奇乾村的百姓，是中队队员们的亲人。他们的事，也就是中队的事。奇乾中队把这里的百姓、这里的守卫者、这里的建设者、这里的一草一木、这里的大小动物，都当成了自己的亲人。

王德朋给我讲了两个故事。

村里没有医院，甚至连个会看病的医生都没有。这些住在边境的老百姓得了什么病，就医是最让他们头疼的事。为此，中队长期开展义务巡诊，尤其是每到季节交替，卫生员都要为驻地老百姓送医送药，看病除疾。

2009年的一个冬夜，奇乾像往常一样下起了大雪。宁静的夜晚被一阵急促的电话铃声打破。时任中队长殷坚立马找到队医王国柱说，奇乾村的二龙（现已搬离）受伤了，你马上去处理一下。王国柱迅速带上所需的医疗用品，坐上车直奔二龙家。雪天路难走，视线不好，路还特滑。快到村子时，车子被一个冰包挡住了。

为了不耽误时间，王国柱立即跳下车，并跟驾驶员说："你先弄着，不行就回去叫中队的人来帮忙，我走着去。"他带上手电筒和医药箱，步行向二龙家走去。三公里路程不算远，但在雪地里行走相当困难。走着走着，突然脚下一滑，王国柱不小心掉进了冻裂的地缝里崴了脚。他慢慢地站起身来，搬着脚活动了几下，强忍着疼痛，一瘸一拐地继续向二龙家走去。来到二龙家，他一边察看伤势，一边询问情况。原来二龙不小心把玻璃弄碎了，碎玻璃割断了二龙手上的筋。伤口足足有五厘米长，里面的肉都翻出来了，鲜血流了一地。如果不立即把二龙的手筋接上，他可能要落下终身残疾。可是，这样的手术王国柱没有做过，更没有把握。何况条件还那么差，弄不好还要担责任。如果到莫尔道嘎去做手术，显然不太现实。时间不等人，他决定搏一把。晚上的奇乾村没有电。王国柱说："把家里的蜡烛都点上，我医药箱里还有几根，也点上，再找个人专门打着手电，需要的时候帮我照一下。"就这样，王国柱在烛光下为二龙做起了接筋手术。由于王国柱来得快，被割断的筋并没有收缩，很快就被找到了。在微弱的烛光下，他细心地将断了的筋一点一点接上，然后仔细缝合伤口和消毒。虽然是冬天，手术后，王国柱和二龙都是大汗淋漓。有辛苦，也有疼痛、紧张、担忧。

奇恩公路是奇乾村通往外界的唯一通道，可由于原始林区特殊的环境，深冬时节这里常被冰包阻拦。队员们总是自发地为乡亲们除冰通路，他们常常在零下三十多摄氏度的天气里一干就是几个小时，寒霜能铺满整个面庞。

2020年，大兴安岭原始林区的降水量特别大，地下水储量急剧上升，极易以泉涌的形式流到地面，加上2020年底2021年初的几场大的寒潮，使得很多道路上的冰包特别厚，已经严重阻碍车辆通行，这就给来年中队的春防战备工作带来了不利因素。记录冰包的位置并对一些冰包进行处理成了中队巡护勘察的重点工作。

2021年春，中队巡护的车辆刚从营区出发不到半个小时，就被一处长三十多米，宽十余米的大冰包拦住了去路。这个冰包出现在通往奇乾村的必经道路上，最厚的地方有近半米，别说送给养的卡车，就是越野车也过不去。当时正值年关，村民正办着年货。王德朋在冰面上走了一圈后，拿出卫星电话联系到了村里的百姓。百姓告诉他，载有年货的小货车下午就到。于是王德朋对队员们说，这条路必须在今天抢通，否则乡亲们就要步行十公里在冰包的另一侧接上年货再走回家里。

"大家排成一线，注意力集中在冰面上，控制好下镐的力度。"，在王德朋的指挥下，队员们开始对冰包覆盖面进行破除。破碎的冰碴伴着敲击声扑面而来，但队员们聚精会神，干起活来刚劲有力。他们动作协调一致，一起喊着口号，用力挥舞着手中的工具。两个小时以后，边防公路机械化养护队的人员也过来了，有了机械的助力，道路很快就抢修通了。

就在大家满心欢喜之时，王德朋又让队员们继续把堆到路边的冰块清理掉。第一次执行此类任务的新消防员很不理解，默默念叨着，车辆都能通过了，为什么还要清理冰块，大家在零下三十多度的天气里干了几个小时，已经筋疲力尽了。

"这处冰包是地下水溢出导致的，泉眼还会不断地出水，这些水如果被堆起的冰块拦住了去路，流不出去，就会形成新的冰包，不出三天，这里又会变成原来的样子，我们就前功尽弃了。"直到除冰任务全部完成，王德朋才对新消防员说。

在中队工作了多年的王德朋，对通往奇乾乡道路上经常出现冰包的地点已经很熟悉了，这种看似简单却又要求经验丰富的救援工作已经成为常态。

"当我们看着送年货的车顺利通过、乡亲们按时拿到年货的高兴劲时，当队员们给老乡送上慰问品、听到他们表达的谢意时，我们感觉这一切的坚守和付出都是值得的。"王德朋说。

当消防员们回到营区时，大红灯笼已经亮起。在这"林海孤岛"，在这零下三十几度的漫长寒夜中，等待他们的是一盘盘热气腾腾的饺子和丰富多样的年夜饭——一切是那么温暖。

负责电信维修的柴哥在前文已有讲到，在这里我想说说给中队送菜的王哥和武哥。

王锡才本来是一名出租车司机，2006年伊木河森林火灾中，他是在奇乾中队的帮助下才得以脱险。从那以后，王锡才和中队建立了深厚感情，主动承担起了为中队送菜的任务。遇到大雪封山，王锡才就开着车带着铁锹上路，一边前行一边铲雪，一路到达中队，十几年风雨无阻。中队的指战员都特别喜欢他，都管他叫"王哥"。每当他上山送菜，就会被队员们围起来唠家常。

"王哥的选择，不光需要技术，更需要勇气以及奉献精神。"王德朋说。

王德朋说，谁都知道奇乾地处原始森林深处，夏天虽然短暂，但时常会遇到洪水冲垮道路，冬天就更不用说了，气温之低，时间之长，甚至被人们称为"风停止的地方"。就是在这样的环境下，王锡才为了给奇乾中队送菜和捎带生活用品，每年要跑十多万公里。这些年来，他跑坏了三台车。冬天上山，他的车上总会带着铁锹等工具，这样遇到积雪等障碍的时候就可以自己清理。王锡才一般不会轻易麻烦奇乾中队的兄弟们，但当他的车真的因为故障停在半路时，队员们也会第一时间下山支援，帮他脱困。

"我们都管王哥叫'莫尔道嘎车神'。还没拓宽路的时候，上山的路仅有一个车身那么宽，走这条路需要有足够好的驾驶技术。雪太大的时候，几乎没有别的司机愿意遭罪开这条路，在冬天，这条路就只有他一个人跑，可以说，王哥是我们奇乾中队的'摆渡人'。"王德朋说。

王锡才有良好的驾驶技术，为了保证消防指战员吃上新鲜的蔬菜，他会认真关注天气预报，若是约定送菜的日子下雪，他就会提前把菜送上来。有一次因为长时间下雪，一个半月没能上山送菜，他觉得很内疚，知道这帮兄弟一个多月只能吃冻菜，他觉得"心里很不得劲儿"。

奇乾中队的指战员都非常信任王锡才。中队驻地周围没有银行，队员们需要用钱的时候就把银行卡交给王锡才，并告诉他密码，让他帮忙取钱。最多的一次，王锡才拿了三十多张银行卡，取出的现金有好几万。直到现在，王锡才的手里还存着一些队员的银行卡。王锡才说，干了这么多年了，大家都互相信任，这已经成了传统。

谈到为什么会坚持给奇乾中队送菜这么长时间，王锡才回答说，他住在林区，中队为老百姓保护这片林子，他挺心疼他们的。他认为自己做这点事情，真的微不足道，更何况中队还对他有救命之恩。虽然外出打工会比给中队送菜获取更高的收益，但他还是喜欢上山送菜。

后来由于家庭原因，王锡才不再给中队送菜。先是大龙接替，但没送几天，他的车子坏了。他找到干零活兼送货的武哥说："武哥，我车坏了，你帮我个忙，给奇乾中队送个菜吧。"武哥叫刘清武，黑龙江哈尔滨人，个头不高，脸红红的，但身体挺结实。他17岁来莫尔道嘎打工，后来在这里成家立业，扎下了根。他对奇乾中队不陌生。他在心里想着，不管下雨下雪，都得上奇乾，多遭罪啊。但山上的小年轻没菜吃，更不行啊。于是，他答应了大龙。

刘清武今年55岁，我是在莫尔道嘎见到他的。他告诉我说，第一次上山是夏天，他自己一个人去的，媳妇给他准备了足够的干粮，并嘱咐他一定要慢点开，注意安全。车上装的主要是蔬菜、肉、粮食，以及油盐酱醋之类的，装得满满当当的。他不敢开得太快，怕车上的给养被震坏了，或是掉了。开了四个小时，他才到达奇乾中队。中队领导很热情，一定要留他吃晚饭。他说，不吃饭了，带足了干粮，如果吃完晚饭再回家，就要赶夜路了，怕不安全。

一般是每周送一次菜，大都是周日送。如果遇到打火，中队就会告诉他，暂时不用送货。送货时，他先是来到中队指定的购买点装货，一次能装3000斤。冬天，货物要用棉被包上，夏天，货物要用油布盖好，然后再用挂网盖上——要将挂网扣得死死的。本来车上就有护栏，加上有挂网盖着，这样，车上的货物碰到大坑也掉不下来。有时他还要给队员们带快递。不论多大的雨、多大的雪，从未中断。

夏天雨天多，遇上下雨天，路特别滑，他只得慢点开。有时下大雨，大水把路冲断了，中队就会派车过来救援。夏天开车蚊子多，打在挡风玻璃上啪啪直响，但并不影响开车。

冬天开车，必须给轮胎装防滑链，还必须慢慢开，车速只能保持四五十迈。最开始只有他一人上山，后来为了保证安全，每次上山，他都会叫上一个哥们陪着。从莫尔道嘎到奇乾，路上都有雪，还有冰包。陷进冰包咋整呢？只有自救。他们将绳子的一头拴在树上，另一头拴在车上，再不断地拽，有时能将车拽上来，有时拽不上来，只得叫中队过来救援。"冬天上山太难，雪太大，冰太厚，要开五六个小时才能到奇乾。"刘清武说，"得做好充分准备呀，不仅车况要收拾好，还要带足干粮和御寒的衣物。如果准备不充分，车子真要在路上抛锚了，大冬天的可能会冻死在外头。"

我还是俗气地问起了费用的事。

"送一趟货600块钱，不管冬夏都是600。我跑一趟油钱要300，请一个哥们陪着要给100，还剩200。还有车子的维修与损耗，其实不挣钱。你知道我为啥还要给他们送菜吗？"刘清武说，"中队的这些小年轻都是从全国各地过来的，他们背井离乡来守林子，他们冒着生命危险去打火，又是为了啥呢？不都是奉献吗？"

虽然刘清武没怎么上过学，但他挺健谈，挺幽默的。与他交谈，我始终感受到他心中的热情与温暖。他也是这个温暖童话世界的一个重要角色。

尾声

浩　瀚

一

奇乾中队的生活、训练和打火场景，还有刻着奇乾精神的木质书卷、历年灭火作战经典战例木牌、698米长的绿屏"战"道、寓意艰苦创业的绿色长廊，以及展现历年获奖情况的荣誉室，摆满烫画、根雕、奇石、书画作品等的文化展厅……一直在我脑海中回荡。

离开奇乾的前一天傍晚，我不舍地漫步在阿巴河畔的绿屏"战"道。

天空突然下起了雨。雨中的大兴安岭别有一番韵味。雨点落在桦树上、松树上、泥土上、岩石上，发出叮叮咚咚的声音。眺望远方，树木间云雾缭绕，峰峦山岭若隐若现，宛若仙境。

我的脑海中闪现出一个清晰的画面：消防队员不顾一切冲进火海，灭火救人。

这是中国消防员勇敢的身影、坚定的形象。

消防员是世界上最危险的职业之一，也是一个神圣而受人尊敬的职业。人类是唯一会使用火的生物，有火就会有火灾。中国有文字记录的火灾是在甲骨文中。早在黄帝时期，就设立了专门管理用火的官员，只不过当时设立的这个职位可不叫消防员，而被称为"火政"。此后，历经4000多年发展，1902年，清政府在天津成立南段巡警总局，租界消防队交由清政府管理，称为南段巡警总局消防队，也就是我国第一支现代意义的消防警察队。

新中国成立后，各级公安机关建立了专门的消防机构，公安部于1955年10月成立了消防局，各地陆续组建了公安消防队。

今天的国家综合性消防救援队伍由原公安消防部队、武警森林部队转制而来。公安消防部队于1949年10月伴随着新中国诞生而建立，先后经历了消防民警编制、中小队长以下人员实行义务兵役制、消防民警由军队代管、恢复公安机关领导、消防中队干部实行兵役制、纳入武警部队编制序列、公安部领导下的现役制公安消防部队、转隶应急管理部8次体制变革，主要承担城乡火灾扑救和抢险救援任务；武警森林部队于1948年8月在东北清山剿匪中诞生，前身是中国人民解放军野战部队，先后经历了职业制、职业制与义务兵役制并存、现役制列入武警序列、隶属武警部队和转隶应急管理部5个发展阶段，主要承担森林和草原火灾扑救任务。

2018年3月13日上午，国务院提请审议机构改革方案议案，公安消防部队、武警森林部队转制,与安全生产等应急救援队伍一并作为综合性常备应急骨干力量,由新组建的应急管理部管理。

2018年11月9日,国家综合性消防救援队伍授旗仪式在人民大会堂举行。中共中央总书记、国家主席、中央军委主席习近平向国家综合性消防救援队伍授旗并致训词,代表党中央向全体消防救援人员致以热烈的祝贺。他强调,组建国家综合性消防救援队伍,是党中央适应国家治理体系和治理能力现代化作出的战略决策,是立足我国国情和灾害事故特点、构建新时代国家应急救援体系的重要举措,对提高防灾减灾救灾能力、维护社会公共安全、保护人民生命财产安全具有重大意义。国家消防救援队伍要对党忠诚、纪律严明、赴汤蹈火、竭诚为民,在人民群众最需要的时候冲锋在前,救民于水火,助民于危难,给人民以力量,为维护人民群众生命财产安全而英勇奋斗。

此次消防部队变身为国家应急救援主力军、国家队,其作用不是小了,地位不是轻了,不是被边缘化了,而是更重要、更光荣了。消防部队转制不转向、换装不换色。转制以来,消防指战员传承红色基因,不负人民重托,再次向党和人民交出合格答卷。哪里有危难,哪里就有消防人员的身影;哪里有险情,哪里就有消防橙色在闪耀。他们坚持"人民至上、生命至上",充分发挥国家队、主力军的作用,日夜奋斗在险情的最前沿。

奇乾中队是数以万计的消防救援队伍的一个缩影,更是森林消防中的一支英雄部队。目前,全国有两万余名森林消防员,像奇乾中队一样,他们默默坚守、奉献,承担森林灭火等应急救援任务。

奇乾中队守护的森林是我国唯一一片集中未开发原始林区,是国家的战略储备林,它像一道绿色长城,抵御着来自西伯利亚的寒流和蒙古高原的沙尘,还守护着我国的"大粮仓"——松嫩平原的粮食生产安全,有着重要的生态功能和生态价值。森林总面积达95万公顷,积蓄着大量枯枝落叶,极易引发雷击山火。中队队员们就像深山里高大挺拔的兴安落叶松,不求人知、顽强生长。队员人均防火面积1.6万多公顷,约为2.4万个标准足球场大小,防火责任大、任务重、难度高。在一次次危急关头,队员们迎火而上,在温度高达上百摄氏度的火场中冲锋陷阵,践行"护得山绿松柏青,英雄无名梦也甜"的铮铮誓言。

从"原始森林的守卫者"到"马背上的消防服务队",像奇乾中队这样的"蹈火者"还有很多,他们向着火场逆行、向着灾难冲锋,书写着最美"逆行者"的职业荣光。2019年,在四川凉山木里县的森林火灾中,27名森林消防队员为了他们视若珍宝的森林、为了肩上沉甸甸的使命,献出了宝贵的生命;在内蒙古自治区呼和浩特市消防救援支队,90后消防战士巴特尔,14年来经历4500余场生死考验,写下20余本"火场日记",闪耀无私"火焰蓝"……

烈火无情,英雄无畏。

二

"老师，您对大兴安岭有一个整体印象没有？"王德朋指导员笑着问我。

我眺望远方，沉思了一会，摇着头说："没有。也不可能。"

"真是英雄所见略同啊！"他说。

"我们只是大兴安岭的一片树叶，只是茫茫林海阵阵涛声中的一个音符，只是随风飘扬的一片雪花，怎能窥其全貌呢？我们只能感受它的呼吸与气息，感受它的博大与浩瀚。"我说。

"我觉得，大兴安岭是森林的浩瀚，更是情感和精神的浩瀚。"他说。

…………

来大兴安岭，来大兴安岭原始森林腹地的奇乾中队，出发前，我无不充满向往与好奇。大兴安岭在祖国北端，但到底在多远的北方呢？大兴安岭的森林面积到底有多大？森林里的树到底有多高有多茂密？原始森林都有哪些珍稀野生动物？珍稀植物又长成什么样？或许，我跟许多人一样，对大兴安岭的向往，还局限于一种地理概念上的好奇。

正如我所向往的那样，大兴安岭向我展示了它的辽阔与丰富。北起黑龙江省漠河市北部黑龙江畔，南至内蒙古自治区赤峰市北部西拉木伦河上游谷地，东北至西南走向，全长1400多公里，均宽约200公里，海拔1100至1400米，总面积32.72万平方公里。大兴安岭原始森林,是中国重要的林业基地之一。这里野生动物资源丰富,哺乳动物总计 6 目 16 科 56 种,其中寒温带代表性动物十分丰富,有许多属于珍稀濒危种类,已列入国家一级重点保护的兽类有貂熊、紫貂、原麝、驼鹿等。这里也是野生植物的天堂,野生维管束植物有 900 多种,其中约有 60% 为经济植物。有水曲柳、钻天柳、貉藻、乌苏里狐尾藻、野大豆、紫椴、北方黑三棱和黄波椤等国家重点保护野生植物。

然而,当我两次来到大兴安岭,在数千公里的林子里来回穿梭,切切实实地用脚步丈量过、用双手触摸过、张开双臂拥抱过这片辽阔的莽莽苍苍的森林之后,当我结束采访,与奇乾、与大兴安岭渐行渐远时,我渐渐感到了自己对她的认识和理解还只是刚刚开始,只是了解了一点皮毛。在这里,我还只是一名小学生。但这并不影响我对这里人物、故事和真挚情感的寻找、记录,并努力用文学的方式进行准确表达。

我知道,大多数人对大兴安岭的了解是抽象的,并不具象。人们了解得更多的,是这里的茫茫林海、冰天雪地、丰富物产……但真正熟悉和了解大兴安岭的人知道,大兴安岭关系着国家边疆安全,它更是祖国北疆的"绿色长城"。大兴安岭林区曾经是我国最主要的木材采伐基地之一。如今的林区早已经听不到伐木的油锯声和号子声,营林、造林已经成为守卫祖国北疆大兴安岭地区"绿色长城"的主旋律。

人们了解更多的,是这里有蓝莓、猴头菇、木耳、五味子、松子等,但真正熟悉和了解大兴安岭的人知道,精神富足才是大兴安岭真正的富足。早在原始社会旧石器时代晚期，大兴安岭地区就已是我们祖先的繁衍生息之地，开始孕育中华的血脉，孕育远古的文明，并且生生不息。

像奇乾中队这样守护在这片土地上的人们，都是可贵精神的传承者与弘扬者。一代又一代消防员，在这片寒冷而肥沃的土地上默默付出、辛勤耕耘。他们的选择、他们的生活、他们的训练、他们的打火，都是那么充满理想而又贴近现实。他们热爱自然，贴近自然，守护自然。前有古人，后有来者。他们并不孤单，与动物、与植物、与夏天、与冬天，与这里的一切和谐共生，他们用青春和行动书写了"天人合一、道法自然"的生存理念。

自1963年成立以来，奇乾中队先后独立扑救森林火灾160余次，获得"北疆森林卫士""先进基层党组织"等荣誉称号50余项，连续10年被评为基层建设标兵中队，涌现出"一等功臣""绿色卫士"等一大批先进典型。

2018年10月，奇乾中队踏上改革转制的新征程。不同年代，同样选择。他们暗下决心，一定要跑好"第一棒"，一定要让"忠诚、坚守、创业、乐观"的奇乾精神在新时代历久弥新，焕发出新光彩。他们对历年按纲建队计划、按纲建队档案进行整理，认真思考新时期中队建设到底需要"坚持和巩固什么、完善和发展什么"；深入开展"牢记领袖训词、永做忠诚卫士"主题教育，让"学训词、铸忠诚、创新业、立新功"成为中队高昂的主旋律。换羽整装待发的消防员，开始用实际行动逐梦新征程。

地震救援原本不属于森林消防队伍职责，但如今已成为森林消防员"一主两辅"训练内容的"必修课"。他们的任务由原来较为单一的以森林防火灭火为主,变成了以森林防火灭火为主,以地震地质灾害救援、抗洪抢险为辅。他们清楚,转制后成为国家综合性消防救援队伍后,意味着使命任务有了新拓展,要全面承担各类灾害救援工作,这是机遇更是挑战。面对新的使命任务,他们感到本领恐慌,只有加紧补课赶队,才能适应岗位需要。

辉煌属于过去,如何让新使命推动转型新发展?如何让新装备焕发新质战斗力?如何在新时代续写新辉煌?"跳出奇乾看奇乾,放眼全国找差距,不断提高遂行多样化救援任务的能力。"他们开始了新的冲锋。为了积极适应从"单一灾种"到"全灾种""大应急"的转变,中队召开转型强能研讨会,扎实开展水域、山岳、地震等救援专业训练,展开人装结合滚动训、技术战术融合训、实兵演练检验训。与此同时,他们还积极深化队地融合,与驻地应急、林业、气象和防火等部门,定期会商研判防火灭火形势。半年后,他们探索出原始林区野外实战灭火救援、水域综合救援等训练方法。

转制以来,这支曾在1987年大兴安岭"5·6"森林大火等重特大森林火灾中立下赫赫战功的英雄中队,一如既往地用实际行动诠释着"忠诚、坚守、创业、乐观"的奇乾精神,用青春和热血践行着"对党忠诚、纪律严明、赴汤蹈火、竭诚为民"的铮铮誓言,在新起点上取得新发展、新进步。2019年,奇乾中队被中宣部列为"壮丽70年·奋斗新时代"主题采访重大线索,被中宣部、应急管理部表彰为"最美应急管理工作者";2020年,奇乾中队被应急管理部表彰为第五届"全国119消防先进集体",被内蒙古自治区党委宣传部授予"北疆楷模"荣誉称号,并荣立集体一等功;2021年,奇乾中队被共青团中央、全国青联授予第二十五届"中国青年五四奖章(集体)",党支部被中共中央授予"全国先进基层党组织"称号……

建队六十一年,奇乾中队没有一人提出离开,还凝练出"外面的人不想来,里面的人不想走"的精神特质;距离国境线不到三公里,没出现过一起越境政治问题,且人才辈出。究其原因,正如中队后山上,用白桦木拼成的"忠诚"大字,虽然木杆换了一根又一根,人换了一茬又一茬,但"身在最北疆,心向党中央"的信念滋养着"忠诚、坚守、创业、乐观"的奇乾精神,使其历久弥新。

……………

回首并仰望,大兴安岭愈加浩瀚。

正如王德朋指导员所说,是森林的浩瀚,更是情感和精神的浩瀚。

致 谢

写作这部作品，是一次艰辛、独特而美好的灵魂之旅，奇乾的一切都在赋予我精神的营养。

奋斗在奇乾的消防员，已经退出的老消防员，所有生活和工作在奇乾的人们，以及与奇乾相关的人，奇乾已经走入了他们的心灵，融入他们的血液。他们用自己的青春、用自己的汗水，甚至用自己的热血，书写着奇乾故事、大兴安岭故事。他们对我的采访与创作慷慨相助，给予极大的鼓励，并热情地与我分享用青春和生命换来的真挚情感和生命体验。

整个采访和创作过程，得到应急管理部、中国作家协会、内蒙古森林消防总队、大兴安岭支队、莫尔道嘎大队、奇乾中队，以及湖南省作家协会、湖南人民出版社等单位的大力支持与帮助。书中所有图片由奇乾中队提供。特别要感谢应急管理部新闻宣传司和中国作家协会社联部的组织策划、保障协调、全程指导、周密考虑，没有这些就没有这部作品；还要感谢湖南人民出版社的编辑团队，他们是我亦师亦友的老朋友，也是想象力丰富而又极具思想的出版人；同样，感谢所有对这本书报以殷切期许的朋友。

  我把这本书献给可亲可敬的森林消防员，献给浩瀚的大兴安岭。如果不是他们像大兴安岭深处高大挺拔的兴安落叶松那样不求人知、顽强生长，如果不是他们像一座座人迹罕至处的大山一般甘于寂寞、敦厚笃实，我就不可能有如此多的收获，就不可能用温暖的笔触来感动读者。整个采写过程，我一直试图走近他们，但我知道，他们的世界无比浩瀚，我撷取的只是情感、精神中的一朵浪花，而我无比渺小，却在努力表达最真切的认识与理解。

向 121 号界碑敬礼

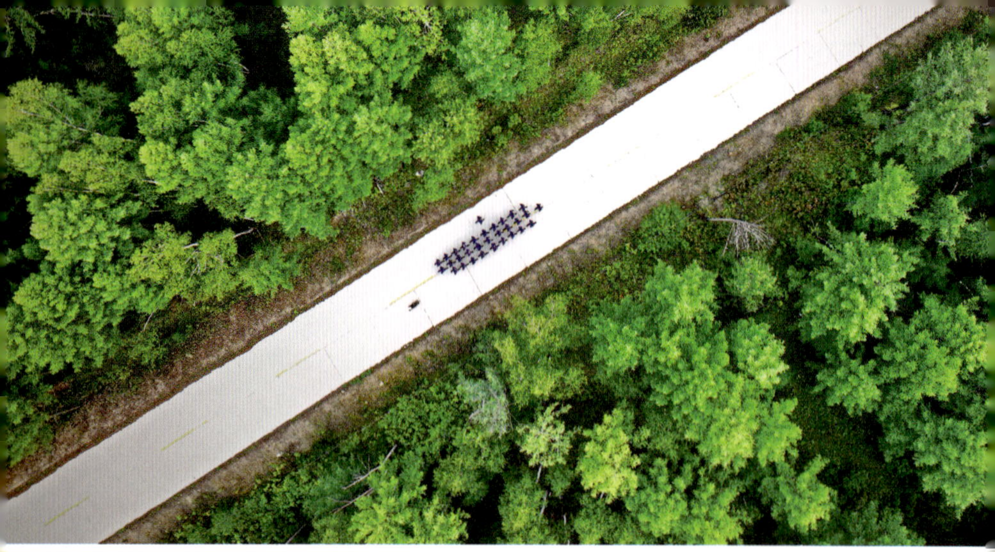
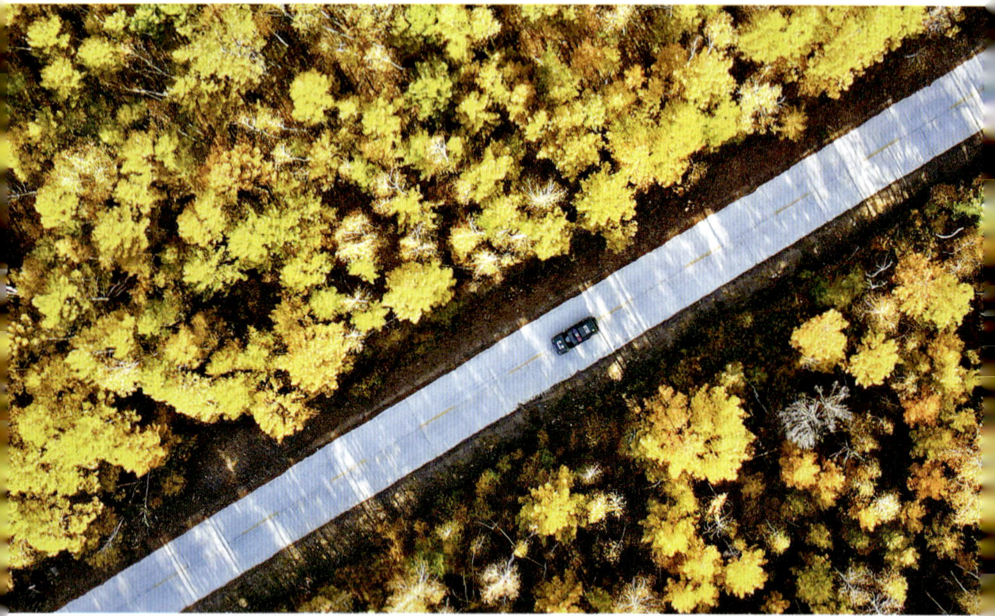
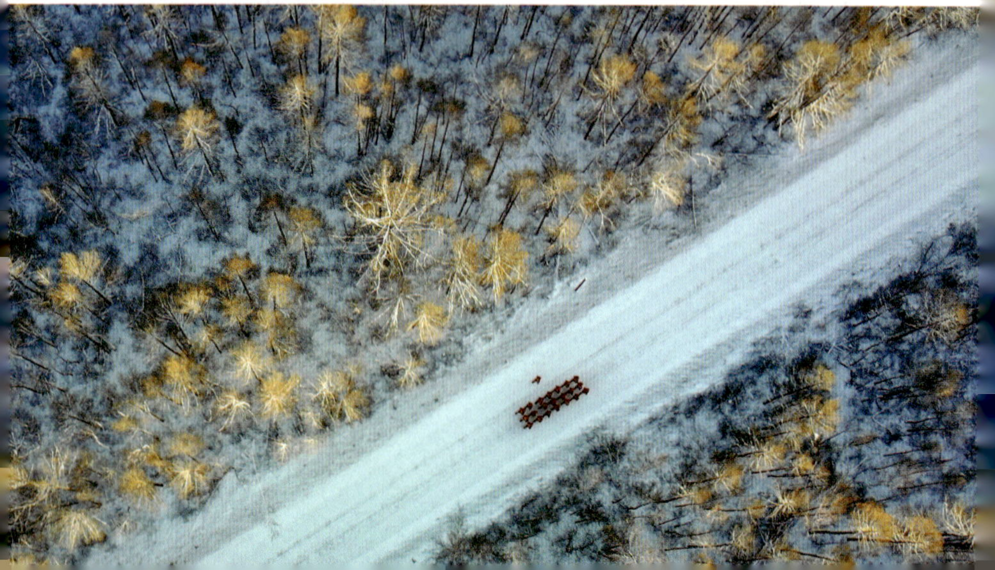

1	
2	
3	4

1、2、3 奇乾的夏秋冬

4. 奇乾的冬天

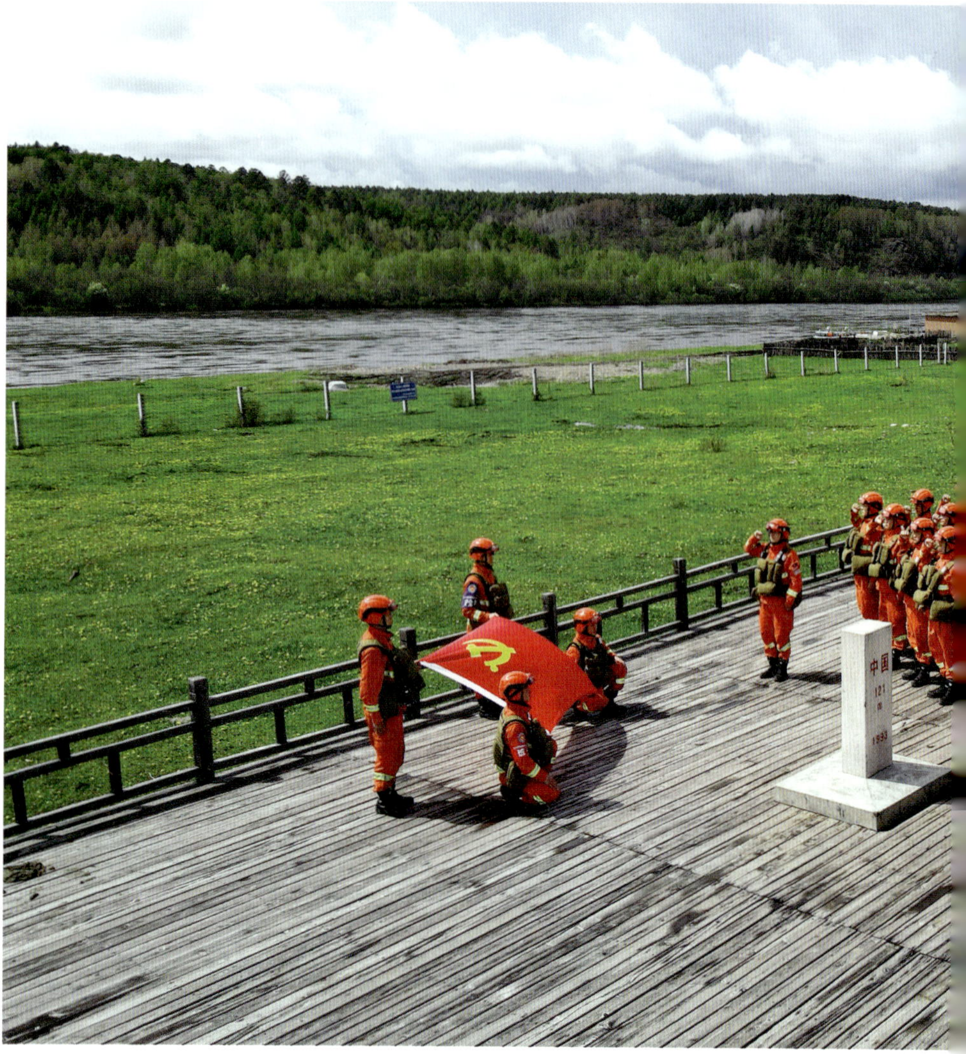
中国
121
1993

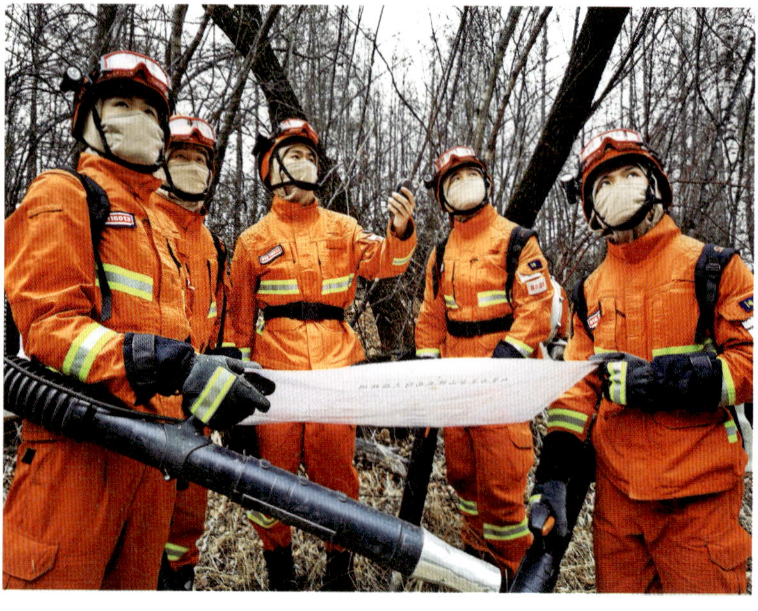

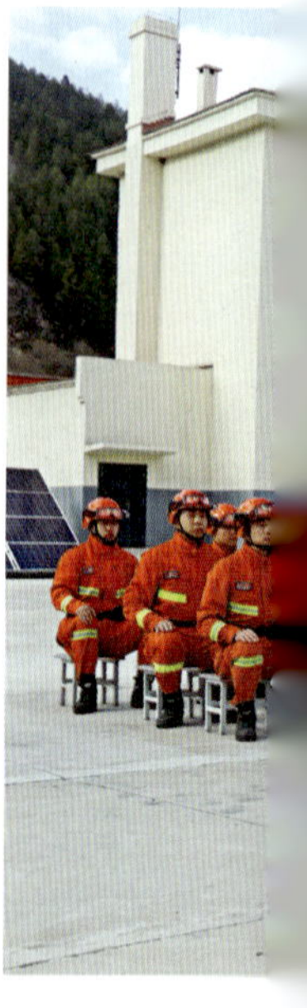

1	
2	3

1. 重温入党誓词
2. 识图用图
3. 学习

1. 日常检查

2. 冬季训练

3. 冬季巡护

4. 绳索速降

5. 娱乐活动

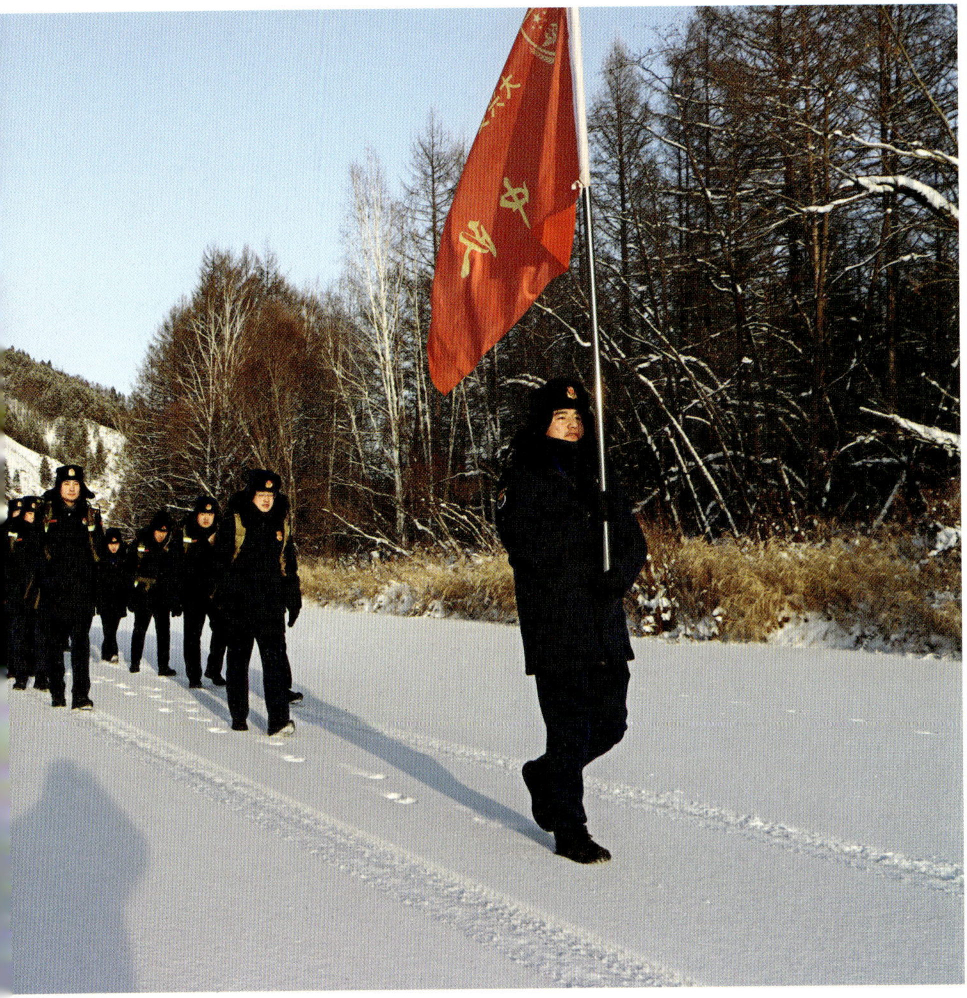

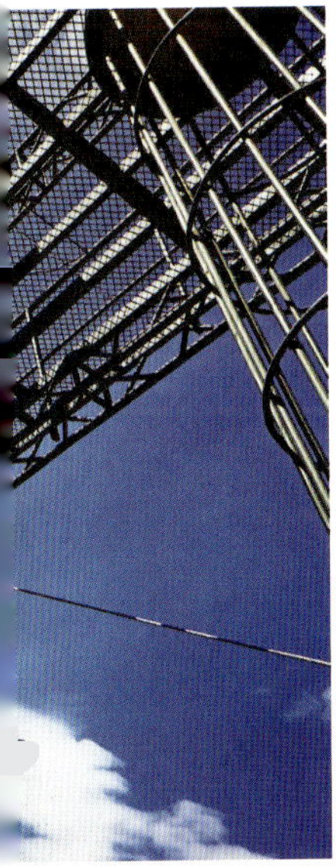

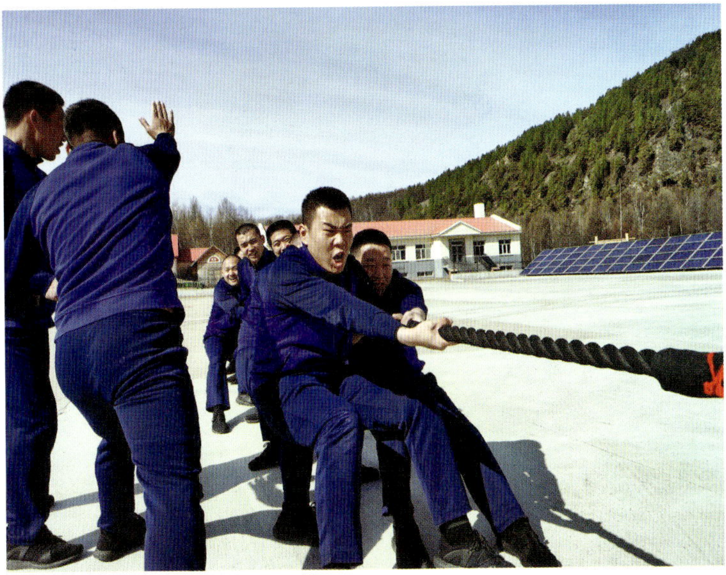

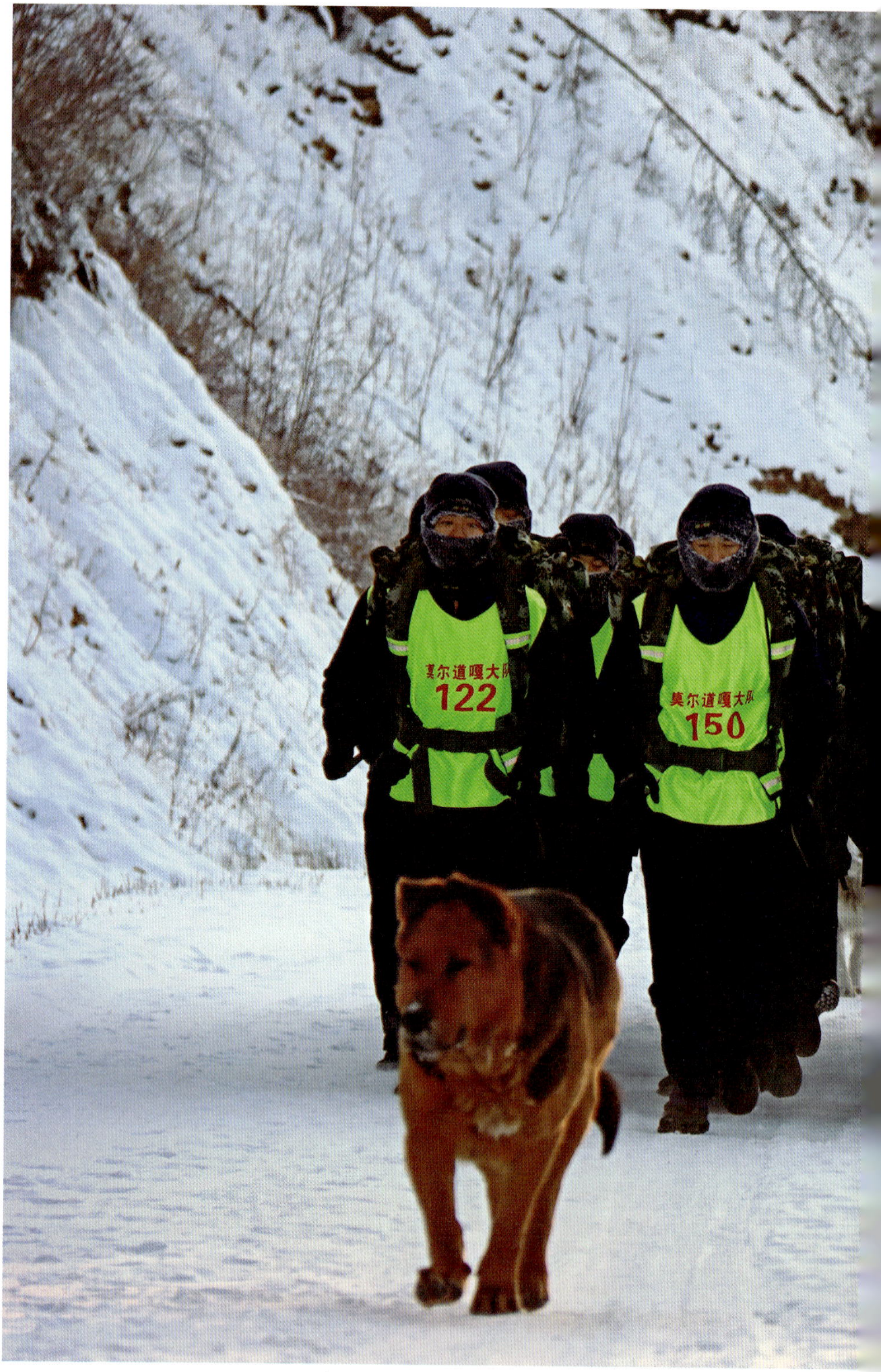
莫尔道嘎大队
122
莫尔道嘎大队
150

冬季负重跑步

1. 队员与"大狼""二狼"

2. 中队的"呆瓜"

3. 队员与"呆瓜"

4. 队员与小狗崽

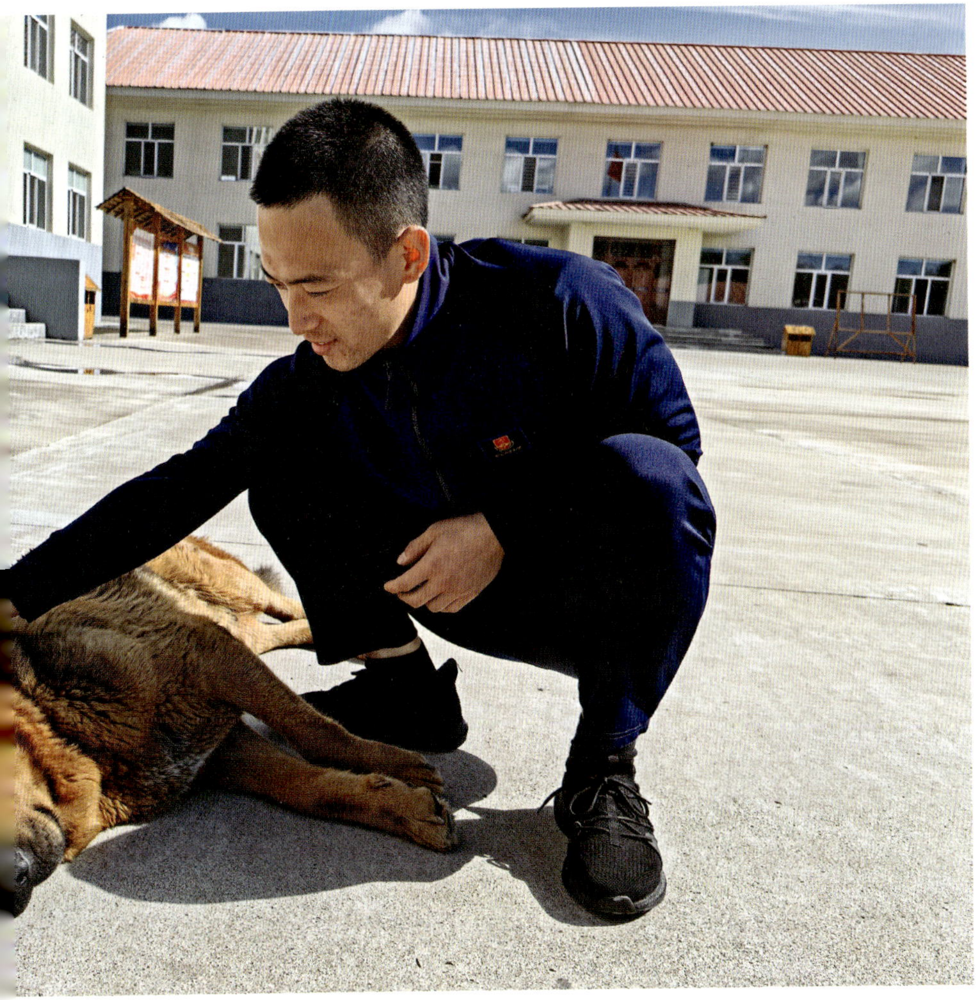

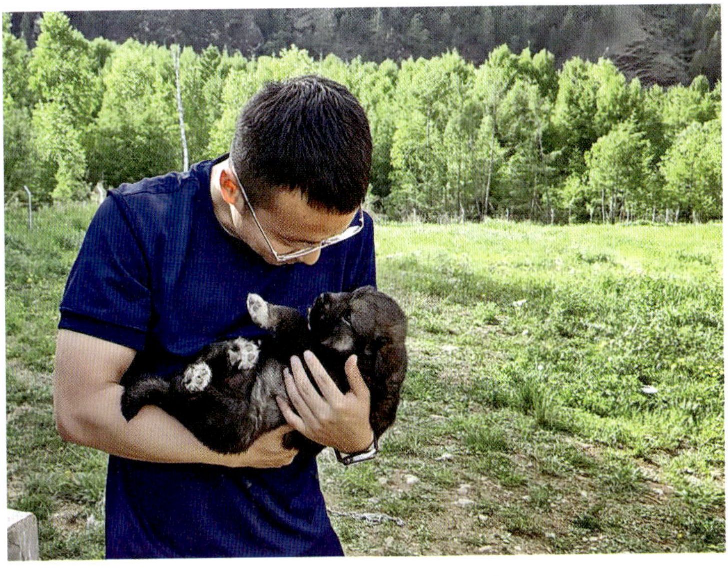

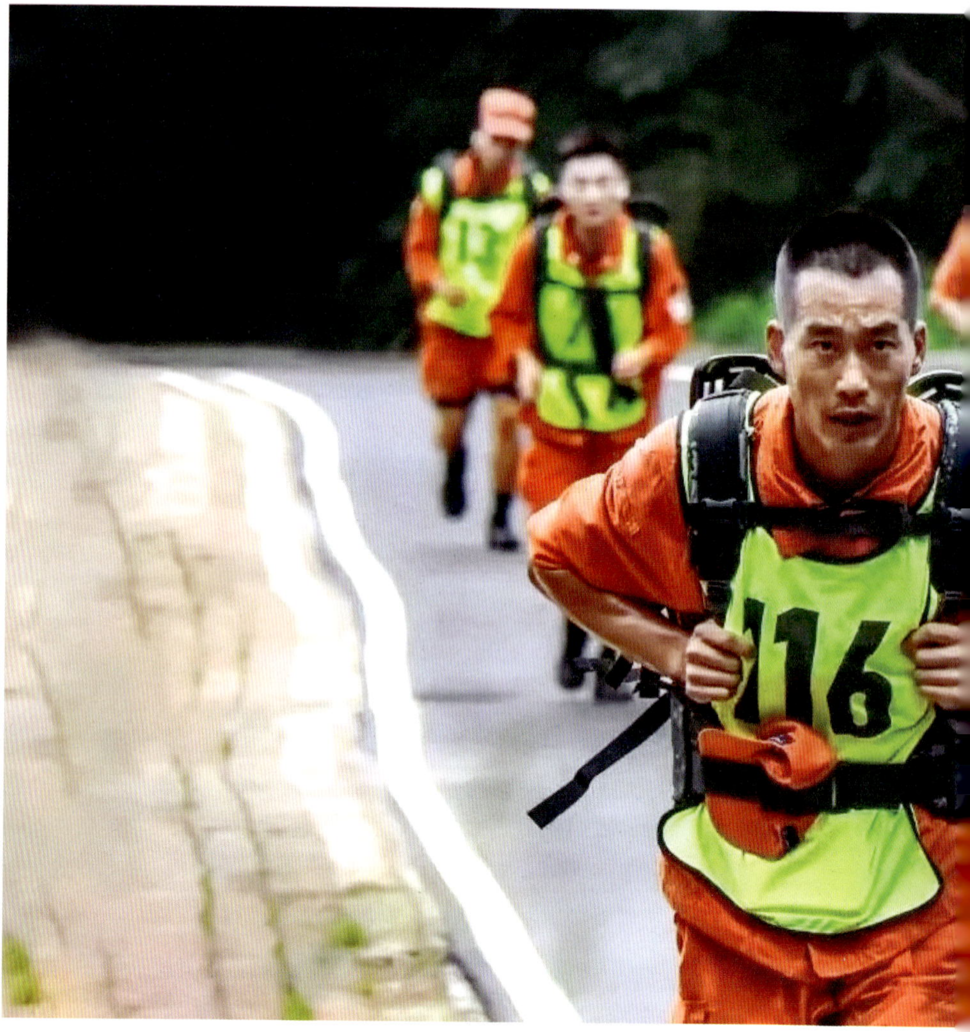
116

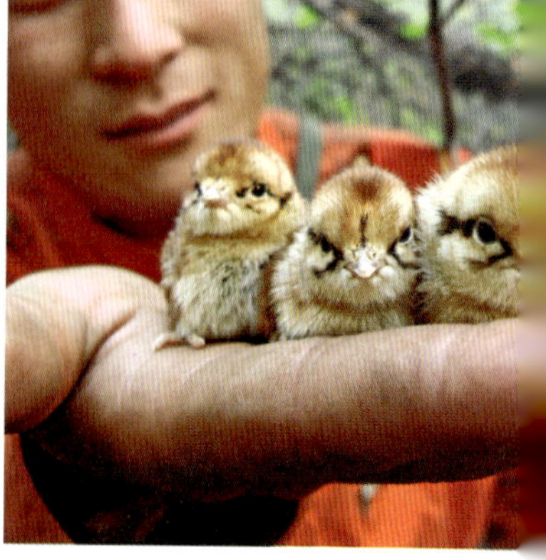

1. 夏季负重跑步

2. 爱护生灵

3. 林内巡护

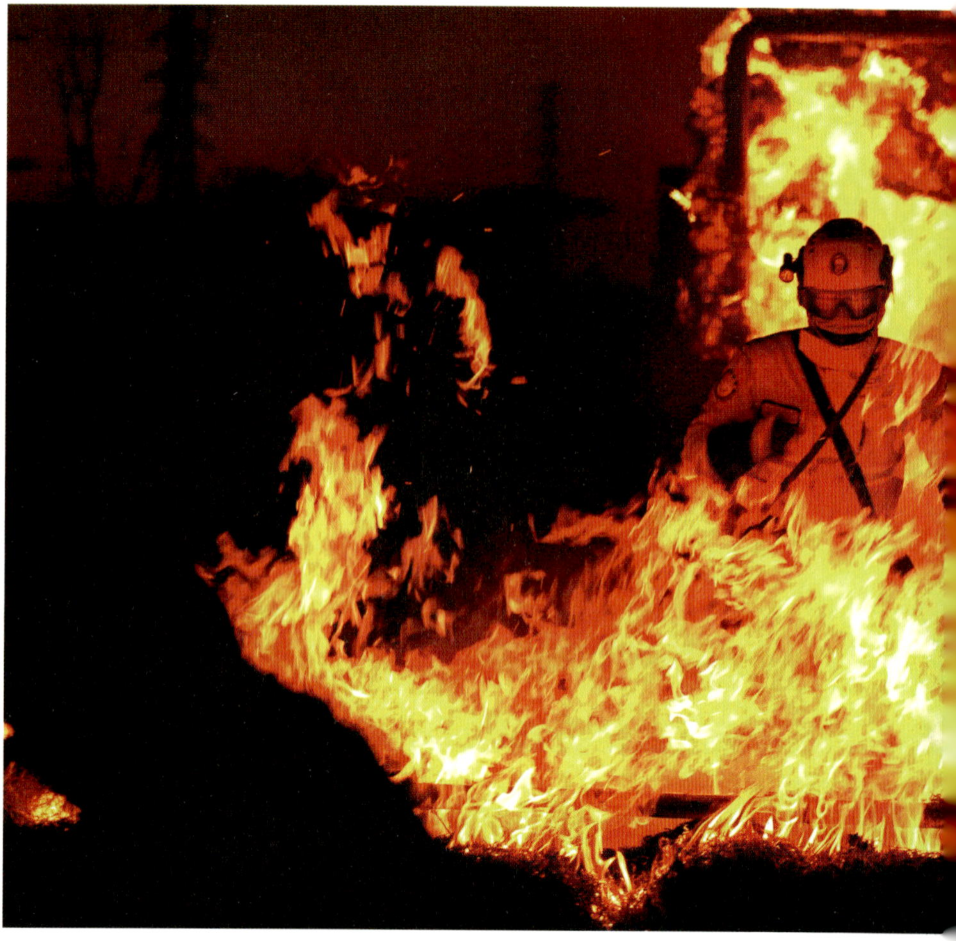

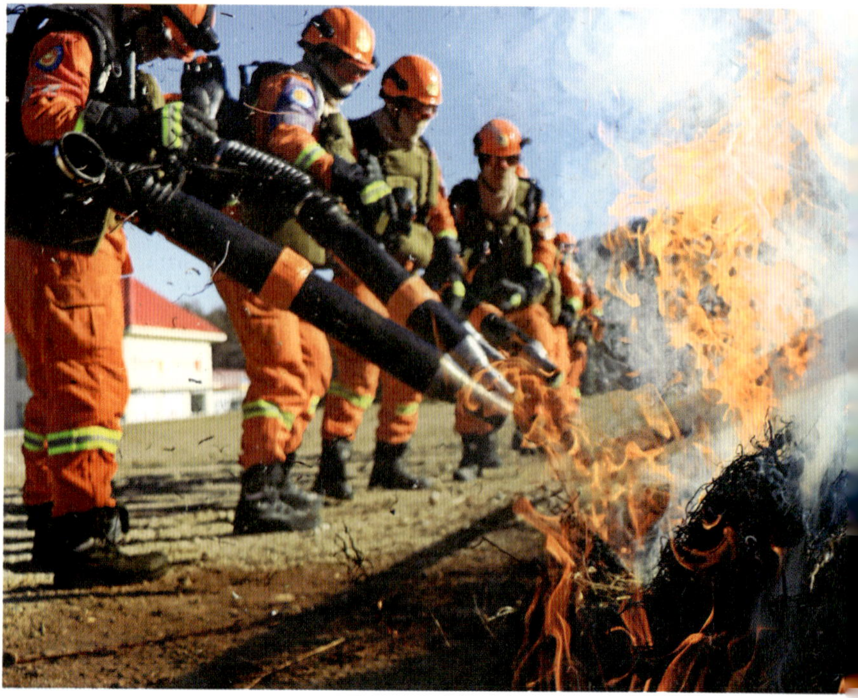

$\dfrac{1}{2\ \ 3}$

1. 穿越火魔
2. 风机灭火训练
3. 被烫伤的手

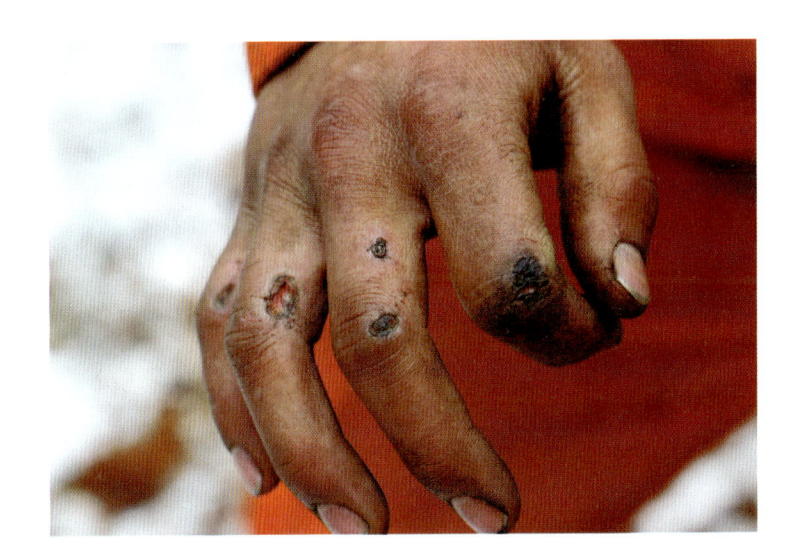

本作品中文简体版权由湖南人民出版社所有。
未经许可,不得翻印。

图书在版编目（CIP）数据

大兴安岭深处 / 纪红建著.
长沙：湖南人民出版社, 2024. 9. -- ISBN 978-7-5561-3597-4
Ⅰ. I12
中国国家版本馆CIP数据核字第2024GP2527号

DAXING'AN LING SHENCHU

大兴安岭深处

著　　者	纪红建
策划编辑	周　熠
责任编辑	周　熠　张　恬　欧家作
设计总监	虢　剑
装帧设计	肖睿子
责任印制	肖　晖
责任校对	蔡娟娟

出版发行	湖南人民出版社［http://www.hnppp.com］
地　　址	长沙市营盘东路3号
邮　　编	410005
经　　销	湖南省新华书店
印　　刷	长沙超峰印刷有限公司
版　　次	2024年9月第1版
印　　次	2024年9月第1次印刷
开　　本	710 mm × 1000 mm　1/16
印　　张	17.5
插　　页	14
字　　数	210千字
书　　号	ISBN 978-7-5561-3597-4
定　　价	68.00元

营销电话：0731-82221529　（如发现印装质量问题请与出版社调换）